# स्कूल डिबेट बुक

# स्कूल डिबेट बुक

आर. शंकर

प्रभात
पेपरबैक्स
www.prabhatbooks.com

*प्रकाशक*

**प्रभात पेपरबैक्स**

**प्रभात प्रकाशन प्रा. लि.** का उपक्रम

4/19 आसफ अली रोड, नई दिल्ली–110002

फोन : 23289777 • हेल्पलाइन नं. : 7827007777

इ–मेल : prabhatbooks@gmail.com ❖ वेब ठिकाना : www.prabhatbooks.com

*संस्करण*

प्रथम, 2022



*मूल्य*

दो सौ पचास रुपए

*मुद्रक*

आर–टेक ऑफसेट प्रिंटर्स, दिल्ली

**SCHOOL DEBATE BOOK**

*by* Shri R. Shankar

Published by **PRABHAT PAPERBACKS**

An imprint of Prabhat Prakashan Pvt. Ltd.

4/19 Asaf Ali Road, New Delhi-110002

ISBN 978-93-5521-280-1

₹ 250.00

मेरे माता-पिता
एवं सभी शिक्षकों
को समर्पित
जिनके आशीर्वाद से मैं यह पुस्तक लिख सका।

# लेखकीय वक्तव्य

आजकल स्कूलों एवं कॉलेजों में नियमित रूप से वाद-विवाद प्रतियोगिताओं का आयोजन होता रहता है। स्वतंत्रता दिवस या गणतंत्र दिवस जैसे अवसरों पर आयोजित होनेवाली इन प्रतियोगिताओं में छात्रों को एक पूर्व निर्धारित विषय पर पक्ष या विपक्ष में अपने विचार व्यक्त करने होते हैं। प्राय: ऐसे अवसरों पर अंतर्विद्यालयीन प्रतियोगिता का आयोजन भी होता है, जिनमें सर्वश्रेष्ठ वक्ता को पुरस्कृत भी किया जाता है। प्रतियोगिताओं एवं स्कूली परीक्षाओं में अभ्यर्थियों से किसी भी विषय के पक्ष या विपक्ष में अपने विचार व्यक्त करने को कहा जाता है। इसके अलावा, सरकारी या निजी क्षेत्र में उच्च पदों पर भरती के लिए होनेवाले साक्षात्कारों में भी उम्मीदवार के संप्रेषण एवं तर्क कौशल की परीक्षा ली जाती है। निश्चित रूप से एक अच्छा वक्ता ही मंच पर सशक्त रूप से बोल सकता है, तार्किक रूप से लिख सकता है और साक्षात्कार बोर्ड के सदस्यों को प्रभावित कर सकता है।

युवावस्था भविष्य निर्माण का एक महत्त्वपूर्ण चरण होती है, जिसमें किसी भी आदत की नींव रखी जाती है। इसी काल में तर्क कौशल एवं सशक्त संप्रेषण का बीज-रोपण होता है, जिसे नियमित अभ्यास एवं प्रतिभागिता से सींचा जाता है। आधुनिक पब्लिक स्कूलों में छात्र-छात्राओं को विभिन्न दृश्य-श्रव्य माध्यमों एवं पाठ्येतर गतिविधियों द्वारा इस कला में निपुण बनाने पर जोर दिया जाता है ताकि उन्हें साहसी, निर्भीक, संप्रेषण कौशल योग्य, तार्किक एवं प्रखर बनाया जा सके। वाद-विवाद एक कला है, जो जीवन भर काम आती है और एक प्रभावपूर्ण व्यक्तित्व के निर्माण में सहायक होती है।

वाद-विवाद विषयों पर ऐसी पुस्तकों का गंभीर अभाव है, जो प्रतिभागियों की आवश्यकताओं की पूर्ति कर सकें। समुचित मार्गदर्शन एवं पर्याप्त सामग्री के अभाव में ज्यादातर प्रतिभागी वाद-विवाद प्रतियोगिता के प्रति अभिरुचि नहीं दरशाते और वाद-विवाद प्रतियोगिता-कक्ष में मूक-दर्शक बने रहना चाहते हैं। इस पुस्तक में सामान्य अभिरुचि के विषयों के पक्ष एवं विपक्ष में सामग्री अभिव्यक्त एवं संकलित की गई है

ताकि युवा प्रतिभागियों को संगत विषय की जानकारी प्रदान की जा सके। पुस्तक में विभिन्न विषयों से संबंधित छायाचित्रों का भी प्रयोग किया गया है ताकि युवाओं के मन-मस्तिष्क पर त्वरित एवं चिरस्थायी प्रभाव पड़े। यदि पाठकों को एक वाद-विवाद गाइड के रूप में यह पुस्तक उपयोगी लगे तो इसका उद्देश्य सफल होगा। पुस्तक को बेहतर बनाने के लिए शिक्षकों, छात्र-छात्राओं एवं अभिभावकों के अमूल्य सुझावों का स्वागत है।

**—आर. शंकर**

# आभार

प्रायः हम अपने ज्येष्ठों, जैसे—माता, पिता, भाई एवं बहन आदि के प्रति ही आभार व्यक्त करते हैं, लेकिन मेरा मामला इसके ठीक विपरीत है। मैं अपने से उम्र में कनिष्ठों, जैसे—पुत्र-पुत्री और भतीजे-भतीजी आदि के प्रति आभार व्यक्त करता हूँ, जो अपने स्कूलों में होनेवाली वाद-विवाद प्रतियोगिता के लिए मेरे पास विभिन्न विषय लेकर आते थे और मुझे यह जिम्मेदारी सौंपी जाती कि मैं उन विषयों के पक्ष या विपक्ष में जानकारी उपलब्ध कराके वाद-विवाद प्रतियोगिता की तैयारी कराऊँ। उन विषयों के बारे में स्वयं ही विचार कर लिखने के अलावा मेरे पास और कोई चारा ही नहीं था, क्योंकि बाजार में ऐसी कोई पुस्तक उपलब्ध ही नहीं थी जिससे मैं मदद ले सकता। धीरे-धीरे मेरे पास ऐसे कई विषय एकत्र हो गए जिनसे मुझे यह प्रेरणा मिली कि इसे एक ऐसी पुस्तक का आकार दिया जा सकता है, जो उन छात्रों के लिए विशेष रूप से उपयोगी हो, जो वाद-विवाद प्रतियोगिता में भाग लेने से कतराते हैं।

निस्संदेह, ऐसे अवसरों पर कोई भी व्यक्ति अपने परिवार के बुजुर्गों को नहीं भूल सकता, जिनके आशीर्वाद ही प्रेरणा के रूप में फलित होते हैं एवं नैतिक बल प्रदान करते हैं।

सर्वोपरि, मैं अपने गुरुदेव पूज्य श्री देवराहा हंस बाबा के प्रति हार्दिक कृतज्ञता व्यक्त करता हूँ, जिनके सद्-आशीर्वाद के बिना इस पुस्तक का प्रकाशन संभव नहीं होता।

**—आर. शंकर**

# शिक्षाविद्

## वाद-विवाद कौशल कैसे विकसित करें

गला-काट प्रतिस्पर्धा के आज के दौर में जीवन के किसी भी क्षेत्र में सफलता प्राप्त करना अत्यंत दुष्कर कार्य है। एक योग्य व्यक्ति में ज्ञान के अलावा प्रभावी संप्रेषण कौशल का होना भी अत्यंत आवश्यक है, जिसके बिना वह किसी भी क्षेत्र में उच्च पद प्राप्त करने में सफल नहीं हो सकता। वाद-विवाद प्रतियोगिता में प्रतिभागिता व्यक्ति को सशक्त वक्ता बनाती है। वाद-विवाद एक कला है जिसे सतत अभ्यास द्वारा विकसित किया जा सकता है। वाणी का धाराप्रवाह होना व्यक्ति को अपने विचार प्रभावी एवं संतोषजनक रूप से व्यक्त करने में सक्षम बनाता है। यदि वह व्यापार क्षेत्र में कदम रखता है तो अपने व्यापार को अकल्पनीय ऊँचाइयाँ प्रदान कर सकता है। यदि वह वकील बनता है तो अपने मुवक्किल के पक्ष में विश्वसनीय बहस कर सकता है और यदि वह राजनीति में कदम रखता है तो प्रख्यात राजनेता बन सकता है। वाद-विवाद गतिविधि में भाग लेने के पूर्व व्यक्ति को कुछ तैयारियाँ करनी चाहिए।

## वाद-विवाद के लिए तैयारियाँ

वाद-विवाद विषयों में दो पक्ष होते हैं। वक्ता को या तो पक्ष में बोलना होता है या विपक्ष में। वक्ता को पक्ष या विपक्ष का चुनाव करते समय सावधान एवं व्यक्तिगत होना चाहिए। अपने निर्णय के पूर्व उसे पक्ष या विपक्ष पर भली-भाँति विचार कर लेना चाहिए। एक बार निर्णय ले लेने के बाद उसके समर्थन में विभिन्न पुस्तकों, पत्र-पत्रिकाओं, समाचार-पत्रों एवं लेखों से तथ्य जुटाने चाहिए। इसके उपरांत बेहद सावधानी एवं बुद्धिमत्तापूर्वक वाद-विवाद विषय का मसौदा तैयार किया जाना चाहिए। मसौदे में तीन भाग अवश्य होने चाहिए।

## प्रारंभिक भाग

वक्ता के अप्रासंगिक एवं अनुपयुक्त तथ्यों में उलझने का खतरा हमेशा बना रहता है, इसलिए यह आवश्यक है कि प्रारंभ में अपने भाषण की पृष्ठभूमि तैयार की जाए अन्यथा भाषण का प्रारंभिक भाग असंगत, छोटा एवं अप्रभावी हो सकता है। जिस तरह वक्ता का चेहरा दर्शकों का ध्यान आकर्षित करता है एवं उसके व्यक्तित्व का परिचायक होता है, उसी तरह भाषण की प्रस्तावना श्रोताओं को उसके द्वारा अपनाए जानेवाले तरीके के बारे में बताती है। अतः यह कहने की आवश्यकता नहीं है कि वक्ता को यह स्पष्ट रूप से तय कर लेना चाहिए कि वह पक्ष में अपने विचार रखेगा या विपक्ष में।

## मध्य भाग

भाषण के मध्य भाग में वाद-विवाद के विषय के संबंध में समस्त प्रासंगिक सूचनाएँ होनी चाहिए और यह कारण स्पष्ट किया जाना चाहिए कि क्यों विषय के पक्ष या विपक्ष में बोला जा रहा है। बिंदुओं को विचार के रूप में विकसित होना चाहिए एवं उनकी प्रस्तुति चरणबद्ध तरीके से उदाहरण, वाक्यांश तथा आँकड़ों के साथ की जानी चाहिए। बहस का तार्किक रूप से विकास होना आवश्यक है। दूसरे शब्दों में, पहले तर्क से ही दूसरा तर्क निकलना चाहिए। हर पैराग्राफ दूसरे पैराग्राफ से तार्किक रूप से जुड़ा होना चाहिए। असंबद्ध पैराग्राफ से भ्रांति उत्पन्न होती है और भाषण को समझने में कठिनाई होती है। मसौदा इस प्रकार तैयार होना चाहिए कि सभी पैराग्राफ भाषण के विषय से भली-भाँति जुड़े हुए हों। अच्छी तरह से तैयार किया गया भाषण का मसौदा स्पष्ट छवि के समान होता है जो दर्शकों पर अपना समुचित प्रभाव छोड़ता है। इसके अलावा, यह वक्ता की विश्लेषणात्मक योग्यता को सिद्ध करता है।

## उपसंहार या अंतिम भाग

भाषण के पूर्व भागों में प्रारंभ की गई बहस को अंतिम पैराग्राफ में समेटा जाना चाहिए। वक्ता को अपना भाषण गंभीरता एवं अधिकारपूर्वक इस विश्वसनीय तरीके से समाप्त करना चाहिए कि उसका नजरिया एवं तरीका तर्क पर आधारित साबित हो और अन्य कोई प्रतिभागी उस तर्क को काट न पाए।

## अभ्यास

मसौदा तैयार हो जाने के बाद वक्ता को इसे बेलाग तरीके से बोलने का अभ्यास करना चाहिए। उसे एक के बाद एक वाक्य अच्छी तरह से रट लेना चाहिए और शरीर

के आकार के दर्पण के सामने खड़े होकर बोलने का अभ्यास करना चाहिए, ताकि अपने चेहरे की अभिव्यक्ति एवं शारीरिक मुद्रा को देखा जा सके। घबराहट एवं असहजता आत्मविश्वास की कमी को दरशाते हैं एवं दर्शकों पर बुरा प्रभाव डालते हैं। धाराप्रवाह भाषण के लिए पर्याप्त मात्रा में अभ्यास आवश्यक होता है। कभी-कभी छात्रों को तात्कालिक भाषण देने के लिए आमंत्रित किया जाता है। भाषण देने के लिए पूर्व में किया गया अभ्यास एवं अनुभव तात्कालिक भाषण की प्रभावी अभिव्यक्ति में सहायक हो सकता है।

## भाषण की अभिव्यक्ति

वाद-विवाद प्रतियोगिता में वक्ता को विशिष्ट सभा के समक्ष अपने विचारों की अभिव्यक्ति करनी होती है। हॉल में बैठे सैकड़ों दर्शकों की उस पर केंद्रित नजरों से उसे घबराहट हो सकती है। उसका आत्मविश्वास खोने लगता है। घबराहट के कारण वह प्राय: शब्दों में उलझ जाता है। अपने भाषण के दौरान वक्ता को निम्नलिखित बातों का ध्यान रखना चाहिए—

- उसका ध्यान मुख्य अतिथि एवं दर्शकों पर केंद्रित होना चाहिए। भाषण के प्रारंभ या बाद में स्पष्टीकरण देते हुए वह दर्शकों को यह बता दे कि वह क्यों पक्ष या विपक्ष में बोल रहा है।
- उसके चेहरे पर झिझक या शर्मिंदगी का भाव नहीं होना चाहिए।
- उसे आत्मविश्वासपूर्वक धाराप्रवाह बोलना चाहिए।
- उसकी भाषा सरल होनी चाहिए और उसमें सामान्यत: प्रयोग होनेवाले शब्द एवं मुहावरों का प्रयोग होना चाहिए।
- उसे वाक्यों और बिंदुओं को दोहराने से बचना चाहिए। वाक्यों को दोहराने से निर्णायकों पर विपरीत प्रभाव पड़ता है एवं प्राप्त होनेवाले अंकों में कटौती हो सकती है।
- उसे भाषण के दौरान हकलाना एवं लड़खड़ाना नहीं चाहिए।
- उसे समयानुकूल सूझ का परिचय देते हुए अपने पूर्व वक्ताओं द्वारा रखे गए तथ्यों को याद कर लेना चाहिए, ताकि अपनी बारी आने पर उन तथ्यों का खंडन किया जा सके। इस तकनीक से भाषण प्रभावपूर्ण एवं सशक्त होगा।
- आप जो कुछ भी बोलें, उसका आधार तार्किक होना चाहिए। अपनी स्थिति बताएँ, अपने विचार का कारण स्पष्ट करें एवं जहाँ तक हो सके उसे उदाहरणों द्वारा सिद्ध करें।
- केवल सटीक तथ्य प्रस्तुत करें।

- अपने स्वर को निर्धारित करें। अपना स्वर उतना ही तेज करें जितना आपके भाषण बिंदु के अनुकूल हो।
- हाथों या चेहरे द्वारा कोई विचित्र अभिव्यक्ति न करें।
- मंच पर आकर मजाक न करें। गंभीर रहें।
- मंच पर से उतरने के पूर्व उपस्थित श्रोताओं के प्रति आभार अवश्य व्यक्त करें।

वास्तव में इस बात से ज्यादा फर्क नहीं पड़ता कि कोई व्यक्ति पक्ष में विचार प्रस्तुत कर रहा है या विपक्ष में, उसकी भाषण–शैली तार्किक, बहसपूर्ण एवं व्यावहारिक होनी चाहिए।

भाषण के दौरान व्याकरण संबंधी त्रुटियाँ उतनी महत्त्वपूर्ण नहीं होतीं, जितनी वक्ता का बोलने का तरीका होता है, जिसके आधार पर वक्ता गलत को भी सही एवं तार्किक सिद्ध करने की क्षमता रखता है।

# अनुक्रम

# 1

# कथन–विज्ञान वरदान है या अभिशाप

## पक्ष

### प्रस्तावना

निश्चित रूप से विज्ञान वरदान है। विज्ञान के ही कारण आदिमानव एक आधुनिक मानव के रूप में परिवर्तित हुआ है। आदिमानव बेघर, निर्वस्त्र, कष्टप्रद तरीके से गुफाओं में रहते थे एवं कष्टों एवं खतरों से भरा जीवन व्यतीत करते थे। दूसरी ओर आधुनिक मानव बेहतरीन, आरामदायक एवं सुखमय जीवन का निर्वाह कर रहा है। ऐसा क्यों? ऐसा सिर्फ विज्ञान के कारण है।

### परिवहन के साधन बहुत तेज हो गए हैं

प्राचीनकाल में परिवहन की कोई अच्छी प्रणाली नहीं थी। आदिमानव या तो पैरों पर चलता था या जंतुओं पर। एक स्थान से दूसरे स्थान पर जाना काफी कष्टप्रद होता था तथा पहुँचने में महीनों और वर्षों लग जाते थे, लेकिन अब परिदृश्य पूरी तरह से बदल गया है। भाप के इंजन, वायुयान, कार, बस, स्कूटर, मोटर–साइकिल इत्यादि के आविष्कार ने पूरी परिवहन प्रणाली में क्रांतिकारी बदलाव किए हैं।

### हमारे पास संचार के कई साधन हैं

आदिमानव के पास दूरसंचार का कोई साधन नहीं था, लेकिन आज हमारे पास टेलीफोन, मोबाइल फोन, इंटरनेट एवं फैक्स जैसी सुविधाएँ हैं जिनके माध्यम से हम दूर बैठे व्यक्तियों से बातचीत कर सकते हैं। इ–मेल के माध्यम से पलक झपकते ही संसार के किसी भी कोने में संदेश भेजे जा सकते हैं, जिसने वास्तव में इस दुनिया को एक वैश्विक गाँव में बदल दिया है।

## मनोरंजन के कई साधन

आज विज्ञान ने हमें सिनेमा, रेडियो, टेलीविजन, वी.सी.आर. एवं वी.सी.डी. जैसे मनोरंजन के कई साधन उपलब्ध कराए हैं। व्यक्ति टेलीविजन पर कार्यक्रम देखकर तथा वी.सी.आर. और वी.सी.डी. द्वारा अपनी पसंद की फिल्में देखकर आसानी से अपनी बोरियत दूर कर सकता है। आदिमानव के पास जीवन के तनाव को दूर करने के लिए मनोरंजन के ऐसे साधन नहीं थे।

## आज हम चिकित्सकीय रूप से सुरक्षित हैं

औषध विज्ञान के क्षेत्र में भी काफी तरक्की हुई है। पूर्व काल की भयानक एवं जानलेवा बीमारियाँ अब भयंकर व जानलेवा नहीं रह गई हैं। किसी जमाने में तपेदिक या टी.बी. सबसे भयंकर बीमारी थी लेकिन आज इसका इलाज एक साधारण बीमारी की तरह होता है। कई जीवनरक्षक औषधियों का भी आविष्कार हुआ है, जिनसे मृत्युदर में गिरावट आई है। कैंसर और एड्स जैसी भयंकर बीमारियों का इलाज तलाशने के लिए डॉक्टर अनुसंधानरत हैं। रेडियोलॉजी के क्षेत्र में हुई प्रगति, ई.सी.जी., सी.टी. स्कैन, एम.आर.आई., एक्स-रे इत्यादि से हमें गंभीर बीमारियों के निदान में सहायता मिलती है। प्रत्यारोपण सर्जरी एवं माइक्रो-सर्जरी से निराश लोगों के जीवन में आशा की किरण का संचार हुआ है। नि:संतान दंपतियों के लिए परखनली शिशु किसी सपने के साकार होने जैसा है।

## कृषिक्षेत्र

कृषिक्षेत्र में भी व्यापक प्रगति हुई है। कृषि-उत्पादन में कई गुना वृद्धि हुई है। संसार में अब खाद्यान्न की कोई कमी नहीं है। प्रेयरी, सवाना, पंपास आदि घास के कुछ मैदान अब यांत्रिक रूप से इतने व्यवस्थित हो गए हैं कि वे सारी दुनिया की खाद्यान्न आवश्यकता को पूरा कर सकते हैं। उपज को बढ़ाने के लिए कई प्रजातियों का विकास किया गया है। बड़े-बड़े बाँधों का निर्माण हुआ है, जिनसे से नहरों द्वारा रेगिस्तानों को जल की आपूर्ति की जाती है जिसके फलस्वरूप एक बहुत बड़ा क्षेत्र हरा-भरा हो गया है। कृषि विज्ञान द्वारा बीजों की गुणवत्ता में सुधार हुआ है एवं पादप-बीमारियों की रोकथाम में सहायता प्राप्त हुई है। जंतुओं के संकर प्रजनन एवं मुरगी पालन से उत्पादन में वृद्धि हुई है। जैव प्रौद्योगिकी ने हमें खाद्यान्न उत्पादन में सिर्फ आत्मनिर्भर ही नहीं अपितु अतिरिक्त उत्पादन योग्य बनाया है।

## सूचना प्रौद्योगिकी

कंप्यूटर के विकास के कारण सूचना प्रौद्योगिकी के क्षेत्र में क्रांतिकारी परिवर्तन हुए हैं। इसके फलस्वरूप साइबर युग का पदार्पण हुआ है, जो इंटरनेट द्वारा जुड़ी एक अज्ञात दुनिया है, जिसे इस संसार के परे दूसरा संसार कहा जा सकता है। वैश्वीकरण के सिद्धांत को साकार करने के लिए कंप्यूटरीकरण की शुरुआत हुई है।

## अन्य क्षेत्रों में विज्ञान का प्रयोग

आज उपग्रहों द्वारा ऐसे खनिज भंडारों के फोटो भेजे जाते हैं, जिनका दोहन अब तक नहीं हुआ है। इसके द्वारा चक्रवातों के फोटो भी प्राप्त होते हैं, जिनसे हमें समय रहते प्राकृतिक आपदा से बचने में मदद मिलती है। कंप्यूटर के आगमन से हमारी शैक्षिक प्रणाली सुदृढ हुई है एवं अब आँकड़ों और तथ्यों का संसाधन अधिक आसान और समयसाध्य हुआ है।

## विकास-उद्देश्यों हेतु नाभिकीय ऊर्जा का प्रयोग

प्रायः लोग विज्ञान पर परमाणु और नाभिकीय ऊर्जा के दुरुपयोग द्वारा सामूहिक विनाश के हथियार बनाने का आरोप लगाते हैं। यह सत्य नहीं है, इस ऊर्जा का इस्तेमाल पर्वतों को तोड़ने एवं कृषिकार्य हेतु बड़े बाँधों के निर्माण में भी हो रहा है, जिससे मानवमात्र समृद्ध हुआ है। परमाणु रिएक्टरों का प्रयोग विद्युत् उत्पादन में भी हो रहा है, क्योंकि प्राकृतिक ईंधन और पेट्रोलियम उत्पाद तेजी से समाप्त हो रहे हैं।

## उपसंहार

विज्ञान ने हमारे जीवन के प्रत्येक क्षेत्र पर प्रभाव डाला है। हमने सभ्यताओं के अंधकार भरे दौर से आधुनिक काल के उजाले तक का सफर तय किया है। एक सेवक की तरह विज्ञान ने मानवमात्र की सेवा बेहतरीन तरीके से की है और जो सही मायने में वरदान सिद्ध हुई है, लेकिन इसमें स्वामी की तरह विनाश और तबाही मचाने की क्षमता भी है।

आवश्यकता इस बात की है कि हम इसे मानवमात्र की सेवा के लिए सेवक ही बने रहने दें।

# विपक्ष

## प्रस्तावना

पृथ्वी पर मानव जीवन आसान नहीं है। चारों ओर फैले प्रदूषण, घातक बीमारियों, मिलावटी खाद्य पदार्थों, संदूषित जल, जहरीली गैसों आदि ने पृथ्वी पर हमारे अस्तित्व पर प्रश्नचिह्न लगा दिया है। इन सभी समस्याओं का एक ही कारण है ? क्या आप अनुमान लगा सकते हैं ? यदि आपका अनुमान विज्ञान है, तो आप सही हैं। विज्ञान वास्तव में अभिशाप ही है।

## विज्ञान ने मानव अस्तित्व को ही खतरे में डाल दिया है

16वीं शताब्दी के दौरान वैज्ञानिक अनुसंधानों एवं आविष्कारों ने यूरोप में औद्योगिक क्रांति की शुरुआत की तथा मनुष्य की जगह मशीनों ने ली। औद्योगिक रूप से उन्नत राष्ट्रों में नए बाजारों को तलाश करने की होड़ मच गई। उद्योगों द्वारा तैयार किए गए उत्पादों का उपभोग करने के लिए उपनिवेशवाद एवं सीमा विस्तार का कार्य शुरू हुआ, जिसने साम्राज्यवाद युग को जन्म दिया जो अंततः दो विश्वयुद्धों का कारण बना। इसके बाद जैविक, रासायनिक एवं नाभिकीय बमों को एकत्र करने की अंधी होड़ प्रारंभ हुई, जिसके फलस्वरूप इस दुनिया को कभी भी पलक झपकते ही समाप्त किया जा सकता है।

## लोग बीमारियों से मर रहे हैं

यह दावा किया जाता है कि चिकित्सा विज्ञान में हुए अनुसंधानों, आविष्कारों एवं खोजों से लोगों की जीवन-दर में वृद्धि हुई है। इसके फलस्वरूप कई असाध्य और घातक बीमारियों के उपचार की खोज हुई है। लेकिन ऐसा कतई नहीं है। एड्स, हेपेटाइटिस ए और बी तथा कैंसर जैसी बीमारियों से प्रतिवर्ष हजारों लोगों की मृत्यु होती है, लेकिन विज्ञान अब तक कोई सटीक उपचार प्रणाली खोजने में असफल रहा है। आज बाजार औषधियों एवं ब्राउन शुगर, हेरोइन, हशीश, एल.एस.डी., कोकीन जैसे मादक द्रव्यों से भरा पड़ा है जो युवा पीढ़ी को तबाह कर रहे हैं।

## किशोरवय बिगड़ रहे हैं

विज्ञान ने हमें सिनेमा, टेलीविजन, मोबाइल फोन, कंप्यूटर आदि दिए हैं, लेकिन इसके परिणामों पर गौर करें। सैटेलाइट चैनलों के माध्यम से हो रहे सांस्कृतिक हमले से हमारी युवा पीढ़ी बिगड़ रही है। ज्यादातर समय किशोरवय लोग टेलीविजन देखने में मशगूल रहते हैं और देर रात प्रसारित होनेवाली वयस्क फिल्में देखते हैं, जिनमें अश्लील

और नग्न दृश्यों की भरमार होती है। वे अपने माता-पिता, बुजुर्गों एवं शिक्षकों के प्रति अनादर और अवज्ञा का भाव रख रहे हैं। यहाँ तक कि वे कंप्यूटर का इस्तेमाल शिक्षा संबंधी उद्‌देश्यों की बजाय विपरीत लिंग के साथ चैटिंग में करते हैं।

## दिन-प्रतिदिन अपराध-दर में वृद्धि हो रही है

विज्ञान ने हमें पिस्तौल, रिवॉल्वर, बम, ग्रेनेड और ए.के.47 जैसे हथियार प्रदान किए हैं, जिनका उपयोग असामाजिक तत्त्वों द्वारा डकैती, लूट, अपहरण एवं चेन झपटने जैसे अपराधों के लिए किया जा रहा है। निर्दोष व्यक्तियों को बेरहमी से मारा जा रहा है। सारे संसार में अपराध संस्कृति अपनी जड़ें जमा रही है।

## हम भयंकर बेरोजगारी की समस्या से जूझ रहे हैं

पूर्वकाल में व्यवसाय एवं उद्योगों में प्रचुर परिमाण में श्रमशक्ति का प्रयोग होता था। लोगों के पास रोजगार के पर्याप्त अवसर हुआ करते थे एवं उन्हें बेरोजगारी का सामना नहीं करना पड़ता था। शनैः-शनैः विज्ञान ने मशीनों का आविष्कार किया जिन्होंने कारखानों, कार्यशालाओं और उद्योगों में मनुष्य की जगह ले ली। इसके कारण हजारों लोग बेरोजगार हो गए। इसके बाद से बेरोजगार लोगों की संख्या बढ़नी शुरू हुई। अब विज्ञान ने कंप्यूटर बना दिया है, जो अकेले ही सैकड़ों लोगों का कार्य कर सकता है। आज रोजगार की तलाश में सड़कों पर टहल रहे हजारों बेरोजगार युवकों की संख्या के लिए कौन जिम्मेदार है ? क्या विज्ञान नहीं है ?

## प्रदूषण ने पारिस्थितिकी असंतुलन का खतरा पैदा कर दिया है

परिवहन एवं संचार के द्रुतगामी साधनों के कारण हम आधुनिक सभ्यता पर गर्व करते हैं। आज सड़कों पर पेट्रोल और डीजल से चलनेवाले हजारों वाहन कार्बन मोनो ऑक्साइड जैसी विषैली गैस का उत्सर्जन कर रहे हैं। हम लोग इन विषैली गैसों में श्वसन के लिए मजबूर हैं और श्वसन संबंधी बीमारियों से जूझ रहे हैं। उद्योगों की चिमनियों से उत्सर्जित गैसों के कारण वातावरण में ओजोन परत को क्षति पहुँची है, जिसके कारण अब पराबैंगनी किरणें आसानी से सीधे मनुष्य पर कहर बरपा सकती हैं। ग्रीन हाउस प्रभाव के कारण ग्लोबल वार्मिंग या भूमंडलीय तापन ने हमारे ग्रह के समक्ष अस्तित्व का संकट पैदा कर दिया है।

समुद्र का जल-स्तर बढ़ रहा है जिसके कारण यह धरती जलमग्न हो सकती है। नदियों में प्रवाहित औद्योगिक कचरा जल प्रदूषण का कारण बन रहा है। विभिन्न विषैले

रसायनों के कारण जलीय जीवन विलुप्त होने की कगार पर है। चिकित्सा वैज्ञानिकों ने व्यक्तियों को ऐसी मछलियों के सेवन से बचने का परामर्श दिया है जो नदियों और समुद्र में छोड़ी गई प्लास्टिक सामग्रियों को खाती हैं। भोपाल गैस त्रासदी और चेर्नोबिल गैस लीक जैसी घटनाओं ने मानव अस्तित्व को ही खतरे में डाल दिया था।

## कृषिक्षेत्र

उर्वरकों एवं कीटनाशकों के प्रयोग से फसलों के उत्पादन में तो वृद्धि हुई है परंतु खाद्यान्नों की गुणवत्ता में गिरावट आई है। खाद्य पदार्थों के नाम पर लोग वास्तव में कीटनाशकों और उर्वरकों का सेवन कर रहे हैं और विभिन्न बीमारियों के शिकार हो रहे हैं।

## बहुत भारी कीमत चुकानी पड़ रही है

यह सत्य है कि जब हम घरों में बल्ब और ट्यूबलाइट जलाते हैं तो गर्व से भर उठते हैं लेकिन हम उस समय पश्चात्ताप से भर जाते हैं जब विद्युतीकरण से लोगों के मरने का समाचार सुनते हैं। हमें जेम्स वॉट और विल्बर राइट बंधुओं पर गर्व है जिन्होंने भाप के इंजन और हवाई जहाज का आविष्कार किया परंतु जब किसी ट्रेन के टकराने और हवाईजहाज के क्रैश होने का समाचार सुनाई देता है तब हमारी खुशी दुःख में बदल जाती है। वास्तव में हम विज्ञान द्वारा की गई खोजों और आविष्कारों की भारी कीमत चुका रहे हैं।

## निष्कर्ष

विज्ञान ने सामान्य मानव के जीवन में सुख से ज्यादा दुःख का संचार किया है। निश्चित रूप से हमारे पूर्वज कहीं ज्यादा सुखी थे जिनके पास भले ही यांत्रिक और इलेक्ट्रॉनिक सुख-सुविधा के सामान नहीं थे परंतु वे प्रकृति के साथ शांतिपूर्वक रहते थे। हिरोशिमा और नागासाकी के लोगों के मन मस्तिष्क पर लगा जख्म इतना गहरा है कि इसने विज्ञान के नाम पर भी धब्बा लगा दिया है। निस्संदेह, विज्ञान के बढ़ते दुरुपयोग ने इसे अच्छे सेवक के बजाय एक बुरा स्वामी बना दिया है।

□

# 2

# कथन—सह-शिक्षा समय की आवश्यकता है

## पक्ष

### प्रस्तावना

भारत जैसे निर्धन देश में सह–शिक्षा पद्धति ही पुरुष व महिलाओं में शिक्षा और साक्षरता फैलाने का सर्वश्रेष्ठ एवं सबसे सस्ता तरीका है। ज्यादातर शिक्षा संस्थान दोनों में से किसी एक लिंग को शिक्षा प्रदान करते हैं। बालक और बालिकाओं के लिए पृथक् संस्थान समाज की प्रभावी रूप से सेवा करने में असफल रहे हैं। कई शिक्षाविद्, अध्यापक एवं अभिभावक शिक्षा के समस्त स्तरों पर सह–शिक्षा शुरू करने की पैरवी करते हैं, इसीलिए मैं भी इस कथन का समर्थन करता हूँ कि सह–शिक्षा समय की आवश्यकता है।

### पुरुष श्रेष्ठता की धारणा भंग हुई है

यह पुरानी मान्यता है कि स्त्रियाँ पुरुषों से पीछे या कम होती हैं। वे पुरुषों से प्रतिस्पर्धा नहीं कर सकतीं। चूँकि वे घर की चारदीवारी के भीतर रहती हैं इसलिए उन्हें अलग तरह की शिक्षा की आवश्यकता है। लड़कों के साथ उच्च तथा तकनीकी शिक्षा प्राप्त करना उनके लिए महँगा एवं कठिन साबित होगा। लेकिन लड़कियों ने इस धारणा को तोड़ा है। उन्होंने सिद्ध किया है कि यदि उन्हें अवसर एवं सुविधा प्रदान की जाए तो वे लड़कों को पीछे छोड़ सकती हैं। सी.बी.एस.ई., आई.सी.एस.ई., मेडिकल, इंजीनियरिंग और संघ लोक सेवा आयोग के बेहतर परिणामों ने यह सिद्ध किया है कि लड़कियाँ किसी मामले में लड़कों से कम नहीं हैं।

### बराबरी और समानता की भावना विकसित हुई है

सह–शिक्षा प्रणाली महिलाओं एवं पुरुषों को एक साथ लाई है तथा उन्हें एक–दूसरे को बेहतर तरीके से समझने के लिए मित्रवत् वातावरण प्रदान किया है। अब लड़के भी

यह मानने लगे हैं कि लड़कियाँ भी उनके समान बुद्धिमान, मेहनती, सख्त एवं कर्तव्यनिष्ठ हैं। लोकतंत्र एवं संविधान की भावना को दृष्टिगत करते हुए दोनों के मध्य सामाजिक एवं लोकतांत्रिक समानता लाने के लिए सह-शिक्षा ही सर्वाधिक प्रभावी तरीका है। यह समय की माँग है कि हम महिलाओं एवं पुरुषों दोनों के लिए समान अधिकार एवं उत्तरदायित्व सुनिश्चित करें।

## महिलाओं के प्रति अत्याचार में कमी आई है

लिंग विशेष एवं उसकी समस्याओं को समझना आज किसी भी शिक्षा का आधार बन गया है। अलग-अलग शैक्षणिक संस्थानों में पढ़ रहे महिला एवं पुरुषों को एक-दूसरे के बारे में जानने की अतिउत्सुकता होती है। समाज में महिलाओं की स्थिति अभी भी संतोषजनक नहीं है। उन्हें द्वितीय दरजा दिया गया है। प्रतिदिन हम परिवार एवं समाज में महिलाओं पर हुए अत्याचार के समाचार सुनते हैं। मध्यकालीन मानसिकता कि महिलाएँ मनोरंजन का साधन हैं, अब भी मौजूद है। सह-शिक्षा समाज में महिलाओं के प्रति लैंगिक अत्याचार को कम करने में सहायक हो सकती है।

## पुरुष एवं महिलाएँ—गाड़ी के दो पहिए

यह समाज पुरुष और महिलाओं से मिलकर बना है। दोनों एक-दूसरे के पूरक हैं। यह ठीक ही कहा गया है कि दोनों एक गाड़ी के दो पहियों के समान है। यदि दोनों में से एक पहिया भी खराब हो जाए तो गाड़ी चल नहीं सकती। समाज और राष्ट्र के बेहतर संचालन और विकास के लिए यह परम आवश्यक है कि दोनों लिंगों का समान रूप से विकास हो। सह-शिक्षा संस्थान बालक एवं बालिकाओं दोनों को सामाजिक एवं मनोवैज्ञानिक निषेधों से छुटकारा पाने में सक्षम बनाते हैं। यदि झिझक और शर्मीलेपन का उनका जन्मजात गुण स्कूल स्तर पर ही दूर नहीं किया गया, तो बाद में इससे उनके पारिवारिक जीवन में तनाव पैदा होने की संभावना है।

## सामाजिक बुराइयों का उन्मूलन

हम यह भली-भाँति जानते हैं कि हमारे समाज में दहेज प्रथा और जाति प्रथा जैसी कई सामाजिक बुराइयाँ प्रचलित हैं। लेकिन सह-शिक्षा प्रणाली दोनों लिंगों को एक-दूसरे के करीब लाई है। बड़े पैमाने पर प्रेम-विवाह हो रहे हैं। लोग जाति-बंधन और दहेज माँग की परवाह न करते हुए अपनी इच्छा से विवाह कर रहे हैं। जाति-बंधन शिथिल हो रहे हैं जिससे जाति रहित समाज के निर्माण का मार्ग प्रशस्त हो रहा है।

## एक आर्थिक प्रणाली

अब शिक्षा काफी महँगी हो गई है। एक विकासशील देश होने के नाते भारत दोनों लिंगों के लिए अलग-अलग शिक्षा संस्थान बनाने पर अधिक धन खर्च नहीं कर सकता। सह-शिक्षा प्रणाली देश के लिए आर्थिक रूप से बेहतर सिद्ध हुई है विशेषकर ग्रामीण इलाकों में जहाँ आबादी दूर-दूर बसी हुई है, एक ही परिसर और शिक्षाकर्मी बालक और बालिकाओं दोनों को शिक्षित करने में प्रयोग किए जा सकते हैं।

## निष्कर्ष

कोई राष्ट्र तभी सही दिशा में प्रगति कर सकता है जब महिलाएँ एवं पुरुष समान रूप से शिक्षित हों। महिलाओं का निरक्षर होना देश के विकास में बड़ी बाधा है। एक राष्ट्र तभी स्वस्थ हो सकता है जब देश में सामाजिक सौहार्द बना हुआ हो। समाज का एकपक्षीय विकास राष्ट्र की प्रगति सुनिश्चित नहीं कर सकता। जी हाँ, सह-शिक्षा समय की आवश्यकता है।

# विपक्ष

## प्रस्तावना

सह-शिक्षा प्रणाली में महिलाओं एवं पुरुषों दोनों को एक ही छत के नीचे शिक्षा प्रदान की जाती है। पूर्वकाल में, ज्यादातर शिक्षा संस्थान दोनों लिंगों में से किसी एक को पृथक् रूप से शिक्षा प्रदान किया करते थे। लड़कियों को महिला विद्यालयों एवं महाविद्यालयों में शिक्षा प्रदान की जाती थी और पुरुषों के अलग विद्यालय हुआ करते थे। लेकिन अब ज्यादातर पब्लिक स्कूलों में सह-शिक्षा प्रणाली प्रारंभ हो गई है, जिसे समय की आवश्यकता बताया जा रहा है। लेकिन मैं इस कथन के विपक्ष में हूँ।

## पुरुष : समाज के आधार स्तंभ

पुरुष एवं महिलाएँ एक-दूसरे से पूर्णत: भिन्न होते हैं एवं दोनों को अलग तरह की शिक्षा प्रदान करने की आवश्यकता है। हमारा समाज पुरुष-प्रधान समाज है। ज्यादातर कार्य पुरुष समुदाय द्वारा ही संपन्न किए जाते हैं। महिलाएँ केवल सहायक की भूमिका निभाती हैं। यदि हम मानव सभ्यता के इतिहास की ओर नजर डालें तो पाएँगे कि पुरुषों का योगदान महिलाओं की तुलना में ज्यादा रहा है। आधुनिक युग पुरुषों के ही कारण है। लोगों का यह मानना है कि यदि महिलाओं और पुरुषों दोनों को एक ही छत के तले शिक्षा प्रदान की जाए तो इससे संतुलित समाज के निर्माण का मार्ग प्रशस्त होगा एवं कई

सामाजिक बुराइयों पर लगाम लगेगी। ये सब एक कोरी कल्पना है। लड़कियों को केवल वही विषय पढ़ाए जाने चाहिए जो उन्हें उनकी आवश्यकता के अनुसार बौद्धिक रूप से तैयार कर सकें, जैसे—आशुलिपि, शिक्षण, नर्सिंग, चित्रकला आदि, जबकि पुरुषों को ऐसी शिक्षा दी जानी चाहिए जिससे उन्हें डॉक्टर, इंजीनियर, अधिकारी, राजनेता आदि बनने में सहायता प्राप्त हो।

## महिलाओं के प्रति अपराधों में वृद्धि हो रही है

कॉलेज के दिनों में विपरीत लिंग के प्रति आकर्षण चरम पर रहता है। यदि सह-शिक्षा लागू की जाती है तो इससे महिलाओं एवं पुरुषों के मध्य नजदीकियों एवं विवाह पूर्व शारीरिक संबंधों के मामलों को प्रोत्साहन मिलेगा क्योंकि वे शारीरिक सुख प्राप्त करने की अपनी भावना पर नियंत्रण नहीं रख पाएँगे। विकसित देशों में किशोरावस्था में ही माँ बनने के मामले हमारे सामने आए हैं। महिलाओं के प्रति अत्याचार और उनके शोषण के मामलों में वृद्धि हुई है। वास्तव में ज्यादातर संस्थानों द्वारा सह-शिक्षा प्रणाली अपना लेने के बाद भी महिलाओं के प्रति अपराध-दर में कोई कमी नहीं आई है। कॉलेजों में लड़कियों के साथ छेड़खानी और बलात्कार के समाचार प्रायः सुनाई देते हैं। हमें कॉलेज परिसर में लड़कियों के कारण पैदा हुए तनाव के समाचार भी सुनने को मिलते हैं।

## ध्यान हट जाता है

सह-शिक्षा संस्थानों में उस दृश्य की सराहना कतई नहीं की जा सकती जब हम लड़कियों को प्रभावित करने के लिए लड़कों को परिसर के इर्द-गिर्द मोटर-साइकिल एवं कारें लहराते हुए देखते हैं। यहाँ तक कि लड़कियाँ भी लड़कों को आकर्षित करने के लिए भड़कीले वस्त्र पहनना पसंद करती हैं। वास्तव में सह-शिक्षा उन्हें बरबाद कर रही है। किशोरावस्था ऐसी अत्यंत महत्त्वपूर्ण अवस्था होती है जिसमें छात्र के नैतिक और चारित्रिक गुणों पर सख्त निगरानी रखने की आवश्यकता होती है। अपने भविष्य और रोजगार के बारे में गंभीरतापूर्वक सोचने के बजाय लड़के एवं लड़कियाँ एक-दूसरे के साथ का आनंद लेने के लिए अकसर सिनेमा व होटलों में ज्यादा रुचि लेते हैं। केवल यही नहीं, कभी-कभी तो शिक्षक भी अपने छात्र-छात्राओं के साथ संबंध बना लेते हैं एवं रिश्तों को कलंकित करते हैं। सह-शिक्षा संस्थानों का वातावरण अच्छा नहीं होता।

## लड़के एवं लड़कियाँ जीवन तबाह कर लेते हैं

यह धारणा बनाना गलत है कि सह-शिक्षा से लड़के एवं लड़कियों को एक-दूसरे को समझने व बेहतर जोड़ी बनाने में मदद मिलती है, जिससे दहेज प्रथा का उन्मूलन

हो रहा है। साथ-साथ अध्ययन के दौरान पुरुष और महिलाएँ परस्पर प्रेम करने लगते हैं। वे अपने अभिभावकों की अनुमति के बिना संबंध स्थापित कर विवाह कर लेते हैं। कुछ दिनों में नशा उतरने के बाद उनका प्रेम काफूर हो जाता है एवं आपस में तालमेल न होने के कारण वे तलाक लेना चाहते हैं। सह-शिक्षा के कारण अकसर लड़कियों की विनम्रता और शर्मीलापन समाप्त हो जाता है जो कि नारीसुलभ गुण होता है। वे इतनी मुखर और अक्खड़ हो जाती हैं कि उनके परिवार एवं मित्रगण उनसे तंग आ जाते है और उन्हें अकेला छोड़ देते हैं। हमें समाज में ऐसी कई अविवाहित महिलाएँ दिखाई देती हैं, जिन्हें तुनकमिजाज स्वभाव के कारण उनके माता-पिता द्वारा त्याग दिया गया है।

## निष्कर्ष

दरअसल सह-शिक्षा भारतीय संस्कृति एवं सभ्यता के खिलाफ है। हमारा समाज नाजुक उम्र में दोनों लिंगों के आपस में मेल-जोल की अनुमति नहीं देता। प्राथमिक एवं माध्यमिक स्तर पर लड़के और लड़कियों को अलग-अलग शिक्षा प्रदान की जानी चाहिए। शिक्षकों और छात्राओं, दोनों को उस समय झिझक का सामना करना पड़ता है जब जीव विज्ञान एवं शारीरिक विज्ञान जैसे विषयों के अध्ययन-अध्यापन में लिंग के बारे में स्पष्ट जिक्र किया जाता है। कक्षा में ऐसे विषयों को पढ़ाए जाते वक्त शुद्ध एवं संयत भाषा का प्रयोग संभव नहीं है बल्कि इनका उत्तेजक होना तय है। यह झिझक पृथक् शिक्षा संस्थानों में दिखाई नहीं देती क्योंकि एक ही लिंग के छात्र-छात्राएँ इन्हें हलके में एवं उदासीनतापूर्वक लेते हैं। निस्संदेह, यह समय की आवश्यकता नहीं है बल्कि सरकार द्वारा शिक्षा पर खर्च को कम करने के दबाव के कारण है।

□

# 3

# कथन–क्या खेलकूद और क्रीड़ा आवश्यक हैं

## पक्ष

### प्रस्तावना

जी हाँ, खेलकूद और क्रीड़ा हमारे जीवन के लिए अत्यंत आवश्यक हैं। खेलकूद के बिना हमारा जीवन नीरस और बोरियत से भरा होगा। दिन भर के कठिन परिश्रम और मेहनत के बाद प्रत्येक व्यक्ति तनाव व चिंता से मुक्त होना चाहता है। खेलकूद एवं क्रीड़ा इसका सर्वश्रेष्ठ तरीका है। सिर्फ वयस्क ही नहीं, बच्चे भी इसके दीवाने हैं। किसी बच्चे से पूछो कि वह अपने जीवन में सबसे ज्यादा क्या पसंद करता है। सबसे अधिक संभावना इसी बात की है कि उसका उत्तर खेलकूद और क्रीड़ा ही होगा। यदि उसे इसकी अनुमति नहीं दी जाती तो यह उसके प्रति बहुत बड़ा अन्याय है। वह बीमार हो सकता है, परीक्षा में फेल हो सकता है और मनोवैज्ञानिक रूप से बीमार हो सकता है। किसी बच्चे को उसके बचपन में खेलकूद और क्रीड़ा के अधिकार से वंचित नहीं किया जाना चाहिए।

### क्रीड़ा शिक्षकों की भरती हुई है

यदि यह आवश्यक नहीं होता तो स्कूल एवं कॉलेजों में खेलकूद और क्रीड़ा पर कभी ध्यान नहीं दिया जाता। इसके बढ़ते हुए महत्त्व को ध्यान में रखते हुए छात्रों को खेलने के लिए अलग से समय दिया जाता है। ज्यादातर स्कूल अपने छात्र छात्राओं को चुस्त एवं दुरुस्त रखने के लिए, उन्हें खेलकूद और क्रीड़ा में प्रशिक्षित करने के लिए क्रीड़ा शिक्षक की नियुक्ति करते हैं। स्कूल जानेवाले बच्चों के चहुँमुखी विकास के लिए पाठ्येतर गतिविधियाँ आवश्यक मानी जाती हैं।

## खेलकूद से खराब नहीं होते

लोग सामान्यत: यह कहते रहते हैं कि खेलकूद समय की बरबादी के अलावा और कुछ नहीं है। एक बहुत प्रसिद्ध कहावत है—पढ़ोगे-लिखोगे बनोगे नवाब। खेलोगे-कूदोगे बनोगे खराब। दरअसल ऐसा कहने में कोई सार नहीं है। आधुनिक समय में यह कहावत अप्रासंगिक हो चुकी है। आजकल खेलकूद और क्रीड़ा से बहुत यश और धन की प्राप्ति होती है।

## क्रीड़ा से यश और प्रसिद्धि की प्राप्ति

सामान्यत: लोग खेलकूद और क्रीड़ा के प्रति दीवानगी रखते हैं। किसी ने भी अंतरराष्ट्रीय मैच के दौरान दर्शकों से खचाखच भरा स्टेडियम देखा ही होगा। हजारों की संख्या में लोग क्रिकेट मैच को देखने के लिए उमड़ते हैं। आज मास्टर ब्लास्टर सचिन तेंडुलकर के नाम से भला कौन परिचित नहीं है जो दुनिया भर में विख्यात खेल प्रतिभा के रूप में पहचाने जाते हैं। अपने आश्चर्यजनक खेल के कारण प्रसिद्ध फुटबॉल खिलाड़ी पेले को ब्लैक डायमंड की उपाधि प्रदान की गई है। ध्यानचंद के खेल से हिटलर इतना प्रभावित था कि एक बार उसने उनकी हॉकी को यह जानने के लिए तोड़ा था कि कहीं उसमें चुंबक तो नहीं लगी है। फुटबॉल खिलाड़ी डेविड बेकहम इतने लोकप्रिय हैं कि उनके जीवन पर एक फिल्म बैंड इट लाइक बेकहम भी बनी है जिसे सभी वर्गों द्वारा पसंद किया गया। ऐसी खेल हस्तियों की एक लंबी सूची तैयार की जा सकती है जिन्हें आज घर-घर में पहचाना जाता है।

## क्रीड़ा की लोकप्रियता बढ़ रही है

खेलकूद एवं क्रीड़ा का आयोजन ग्राम, जिला, राज्य, राष्ट्रीय एवं अंतरराष्ट्रीय स्तर पर होता है। हम विश्व भर में समय-समय पर आयोजित होनेवाले ओलंपिक खेलों, विश्वकप, एशियाई खेलों, कॉमनवेल्थ खेलों आदि के बारे में जानते हैं। ऐसी प्रतियोगिताओं में एक साधारण खिलाड़ी रातोरात सुर्खियों में आ जाता है।

## भाग्योदय होता है

अब खेलकूद के माध्यम से धन अर्जित करने की प्रचुर संभावनाएँ हैं। कुछ वर्ष पहले तक केवल उद्योगपति, बड़े व्यापारी, फिल्मी सितारे एवं बुद्धिजीवी लोग ही अधिक धन अर्जित कर पाते थे। लेकिन अब खिलाड़ियों ने इस धारणा को तोड़ दिया है। कुछ खिलाड़ी करोड़पति बन चुके हैं और शानदार जीवन व्यतीत कर रहे हैं। भारत

में क्रिकेट सर्वाधिक आयवाला खेल है जबकि विश्व भर में लॉन टेनिस सर्वाधिक आय प्रदान करनेवाला खेल है।

## निष्कर्ष

खेलकूद एवं क्रीड़ा का अभ्यास मनुष्य को शारीरिक रूप से स्वस्थ रखता है। हमें प्राय: कम उम्र में हार्ट अटैक और ब्लडप्रेशर से लोगों की मृत्यु का समाचार सुनाई देता है। शारीरिक श्रम न करने के कारण ज्यादातर लोग मोटापे के शिकार हैं। हम मिलावटी खाना और प्रदूषित पानी पीते हैं जो वास्तव में स्वास्थ्य के लिए हानिकारक हैं। किसी को यह नहीं भूलना चाहिए—स्वस्थ शरीर में ही स्वस्थ मस्तिष्क का वास होता है। इस पृथ्वी पर स्वस्थ मानव मस्तिष्क ही सभ्यता के विकास और प्रगति के लिए आश्चर्यजनक रूप से कार्य कर सकता है। लेकिन मस्तिष्क तभी स्वस्थ रहेगा जब शरीर स्वस्थ होगा और शरीर सिर्फ खेलकूद और क्रीड़ा के माध्यम से ही स्वस्थ रखा जा सकता है।

# विपक्ष

## प्रस्तावना

जी नहीं, खेलकूद और क्रीड़ा जरा भी आवश्यक नहीं हैं। ये सिवाय समय की बरबादी के और कुछ नहीं है। यह एक सामान्य धारणा है कि जो लोग खेलकूद में समय खर्च करते हैं वे आमतौर पर पढ़ने में अच्छे नहीं होते तथा पढाई के बजाय खेलने में ध्यान लगाते हैं जिससे उनकी कमियाँ छुपाई जा सकें। यहाँ तक कि उनके परिणाम भी बेहतर नहीं होते तथा वे कक्षा में हीनभावना से ग्रस्त रहते हैं। सख्त प्रतिस्पर्धा के कारण रोजगार प्राप्त करने की संभावना बहुत कम होती है इसलिए खेलकूद और क्रीड़ा को कैरियर बनाना बेवकूफी भरा कार्य है।

## समय की बरबादी

किसी भी व्यक्ति को खेलकूद जैसी गतिविधियों में समय बरबाद नहीं करना चाहिए। समय बहुमूल्य है। इसे खेलकूद में बरबाद नहीं करना चाहिए। केवल उच्च शिक्षा द्वारा ही भविष्य सुरक्षित किया जा सकता है। शिक्षा की विभिन्न शाखाओं में रोजगार की बहुत संभावनाएँ हैं। चिकित्सा, इंजीनियरिंग, प्रबंधन इत्यादि शिक्षा की कई शाखाओं में केवल संतोषजनक परिणाम रहने पर भी आसानी से रोजगार प्राप्त किया जा सकता है। वहीं दूसरी ओर खेलकूद के क्षेत्र में रोजगार की संभावनाएँ बहुत कम हैं। विभिन्न खेलों और क्रीड़ाओं में जिला स्तर और राज्य स्तर के ऊपर जाना बहुत कठिन होता है। इसके

अलावा खिलाड़ियों के चयन में पक्षपात एवं भाई–भतीजावाद का बोलबाला है। अच्छे खिलाड़ी होने के बावजूद आपको बेतुके आधार पर चयन से वंचित किया जा सकता है।

## रोजगार की कोई संभावना नहीं

हमारे देश में खेलकूद के क्षेत्र में बेहतर संभावनाएँ नहीं हैं। ऐसे कुछ ही खिलाड़ी हैं जिन्हें शीर्ष पर पहुँचने के बाद रोजगार प्राप्त होता है। ज्यादातर खिलाड़ी बेरोजगार ही रहते हैं। खेल से संन्यास के बाद वे कष्टप्रद जीवन बिताते हैं। हम कई बार समाचार–पत्रों में पढ़ते हैं कि ऐसे खिलाड़ी जिन्होंने स्वर्ण पदक जीतकर देश को गौरवान्वित किया, अपने बुढ़ापे में सड़कों पर भीख माँगते दिखाई दिए। सरकार द्वारा उन्हें कोई आर्थिक सुरक्षा प्रदान नहीं की जाती। वे अजनबियों जैसा जीवन बिताते हैं और गुमनाम रूप से मृत्यु को प्राप्त होते हैं।

## भ्रष्टाचार का स्रोत

अब खेलकूद से भ्रष्टाचार के नए चेहरे सामने आ रहे हैं। यहाँ तक कि प्रसिद्ध खिलाड़ी भी भ्रष्ट आचरण में लिप्त हो जाते हैं। हाल ही में दक्षिण अफ्रीकी क्रिकेट टीम के कप्तान हैंसी क्रोनिए पर मैच फिक्सिंग का आरोप लगा, जिन्होंने अंत में यह स्वीकार किया कि उन्होंने मैच को हारने के लिए उसे फिक्स किया था। भारत में भी कुछ शीर्ष खिलाड़ियों पर मैच हारने के लिए रिश्वत लेने के आरोप लगे हैं। यह देश के प्रति बहुत बड़ा अपराध है। अत: इसमें संदेह नहीं है कि खेलकूद और क्रीड़ा भ्रष्टाचार को फैला रहे हैं तथा खेल भावना को नुकसान पहुँचा रहे हैं।

## खेलकूद एवं क्रीड़ा प्रशंसकों की सांप्रदायिक भावना

आजकल, खेल प्राय: खेल भावना से नहीं खेले जा रहे हैं। जब भी भारत और पाकिस्तान के मध्य क्रिकेट मैच खेला जाता है, सांप्रदायिक भावनाएँ जन्म लेती हैं। दोनों देश एक–दूसरे के विरुद्ध खिलाड़ियों की तरह नहीं बल्कि योद्धाओं की तरह खेलते हैं। इससे सामान्य जनमानस पर बुरा प्रभाव पड़ता है और प्राय: संवेदनशील नगरों में सांप्रदायिक दंगे भड़क जाते हैं जिनमें निर्दोष लोगों की हत्या होती है। ऐसे खेल से क्या फायदा जिसकी वजह से निर्दोष लोगों की जान जाती है!

## निष्कर्ष

इसमें संदेह नहीं कि शारीरिक रूप से स्वस्थ रहना आवश्यक है लेकिन इसका यह

मतलब नहीं कि खेलकूद एवं क्रीड़ा आवश्यक हैं। जहाँ तक शारीरिक स्वास्थ्य का प्रश्न है, इसे थोड़े से व्यायाम, योग और टहलकर प्राप्त किया जा सकता है। आधारभूत ढाँचे और सुविधाओं के अभाव में खेलकूद में सफलता का प्रतिशत बहुत कम है। रोजगार सुरक्षा के अभाव ने खिलाड़ियों का ध्यान खेलकूद गतिविधियों से हटाया है। इसी वजह से बड़े-बुजुर्गों ने यह कहावत बनाई है—पढ़ोगे-लिखोगे बनोगे नवाब, खेलोगे-कूदोगे बनोगे खराब।

□

# 4

# कथन–कंप्यूटरीकरण : वरदान या अभिशाप

## पक्ष

### प्रस्तावना

मनुष्य ने लौह युग एवं कांस्य युग में लोहे एवं काँसे से बने औजारों का निर्माण किया था जिनका सर्वत्र इस्तेमाल होता था। उसी तरह आधुनिक काल में मनुष्य कंप्यूटर पर गर्व कर सकता है। कंप्यूटर एक ऐसा आश्चर्यजनक आविष्कार है जिसने हमारी जीवन-शैली में क्रांतिकारी रूप से सकारात्मक परिवर्तन किए हैं और लगातार कर रहा है। अब यह हमारी गतिविधि के प्रत्येक क्षेत्र में अपनी महत्त्वपूर्ण भूमिका अदा कर रहा है, जैसे—उद्योग-धंधों, कृषि, मौसम पूर्वानुमान, वैज्ञानिक अनुसंधान, डिजाइनिंग, प्रिंटिंग, प्रकाशन, बैंक, यातायात नियंत्रण, भाषा अध्ययन, वित्तीय संस्थाओं, अंतरिक्ष अनुसंधान, संचार, मीडिया, चिकित्सा, विमानन, साहित्य एवं मनोरंजन आदि के क्षेत्र में। इसका आविष्कार मानवजाति के लिए वरदान साबित हुआ है। कंप्यूटर के प्रयोग ने जीवन के प्रत्येक क्षेत्र में क्रांतिकारी परिवर्तन किए हैं। आधुनिक काल में कंप्यूटर अपरिहार्य हो गए हैं। यदि इनका प्रयोग अचानक बंद कर दिया जाए तो औद्योगिक एवं व्यावसायिक घराने ढह जाएँगे। प्रबंधन, संगठन और योजना से लेकर वास्तविक उत्पादन तक हर चरण में कंप्यूटर का इस्तेमाल हो रहा है। रोबोट, जो और कुछ नहीं बल्कि कंप्यूटर नियंत्रित हाथ और पैर हैं, का प्रयोग कई कारखानों में किया जा रहा है। रोबोट द्वारा बोरियत एवं जोखिम से भरे कार्य बेहतर तरीके से किए जा सकते हैं। व्यक्तिगत रोबोट का प्रयोग विकलांग व्यक्ति को आत्मनिर्भर एवं स्वतंत्र बनाने में हो रहा है। उच्च ताप पर खतरनाक रसायनों या धातुओं की हैंडलिंग आदि कार्य रोबोट द्वारा मनुष्य की निगरानी में आसानी से किए जा सकते हैं।

## कार्य आसान हुआ है

बैंक और रेलवे के कंप्यूटरीकरण ने आम जनता और वहाँ कार्यरत कर्मचारियों को राहत दी है। टिकट व आरक्षण लेना अब अधिक त्वरित और सुविधाजनक हो गया है। चिकित्सा क्षेत्र में कंप्यूटरों का प्रयोग मानव शरीर में बीमारियों और असामान्यताओं का पता लगाने में सटीकतापूर्वक किया जा रहा है।

## अद्वितीय परिणाम

कंप्यूटरों की ही सहायता से वैज्ञानिक अनुसंधान एवं अंतरिक्ष खोजें अपने वर्तमान स्तर तक पहुँच पाई हैं। जटिल समस्याओं का समाधान आश्चर्यजनक गति एवं सटीकता से होता है। कंप्यूटर सिर्फ जटिल गणनाएँ ही नहीं करते बल्कि वे विभिन्न दशाओं का मिथ्याभास करते हुए ऐसी दशाओं में विभिन्न वस्तुओं के व्यवहार का सटीक पूर्वानुमान भी कर सकते हैं। कंप्यूटर ने ऐसे आविष्कार और खोजें मुमकिन बनाई हैं जो अन्यथा संभव नहीं होतीं। कोई भी अंतरिक्ष मिशन या सैटेलाइट प्रक्षेपण काफी हद तक कंप्यूटरों पर निर्भर करता है। कंप्यूटर की सहायता से हम काफी दूर स्थित आकाशगंगाओं और उनके अवयवों के बारे में महत्त्वपूर्ण जानकारियाँ जुटा सके हैं।

## सारा विश्व एक वैश्विक गाँव में बदल गया है

मीडिया और संचार के क्षेत्र में कंप्यूटर के पदार्पण ने समस्त विश्व को एक वैश्विक गाँव में बदल दिया है। पृथ्वी पर स्थित किन्हीं भी दो बिंदुओं या स्थल का आपस में संपर्क अब संभव है। इंटरनेट के माध्यम से कोई भी व्यक्ति न्यूनतम लागत पर दूरस्थ देशों के बारे में तत्काल सूचना प्राप्त कर सकता है। इ-कॉमर्स के पदार्पण से व्यवसाय और विपणन के क्षेत्र में क्रांतिकारी परिवर्तन हुए हैं। अब कोई भी व्यक्ति शोरूम पर जाए बिना अपने पसंद के रंग और मॉडल की कार खरीद सकता है। वह अपनी मनपसंद कार की खरीद के लिए कंप्यूटर स्क्रीन पर ही आदेश दे सकता है। इ-कॉमर्स जैसी सेवा ने सूचनाओं और आँकड़ों के आदान-प्रदान को संभव बनाया है। व्यक्तिगत कंप्यूटरों का प्रयोग घर-गृहस्थी के खर्चों का हिसाब-किताब रखने में हो रहा है। कंप्यूटर की अनुपस्थिति में जूरासिक पार्क और द प्रीडेटर जैसी फिल्में और एनीमेशन फिल्मों की कल्पना ही नहीं की जा सकती।

### निष्कर्ष

निस्संदेह, कंप्यूटरीकरण ने जीवन के हर क्षेत्र में क्रांतिकारी परिवर्तन किए हैं। पुराने से नए का ये परिवर्तन हर क्षेत्र में दृष्टिगोचर हो रहा है। निश्चित रूप से यह कंप्यूटर के ही कारण है। जी हाँ, यह आधुनिक काल के लिए एक वरदान है।

## विपक्ष

### प्रस्तावना

लोगों को यह कहने में प्रसन्नता का अनुभव होता है कि कंप्यूटर ने जीवन के हर क्षेत्र में क्रांतिकारी परिवर्तन किए हैं लेकिन वे यह भूल जाते हैं कि हमें इसकी कितनी बड़ी कीमत चुकानी पड़ रही है। निश्चित रूप से कंप्यूटरीकरण वरदान नहीं अभिशाप है।

### बेरोजगारी की गंभीर समस्या

बैंक, इंश्योरेंस, कृषि, औद्योगिक, वाणिज्यिक विभाग जैसे सभी कार्यालय पूर्णत: कंप्यूटरीकृत होने के दौर में हैं जिसके कारण लाखों लोग बेरोजगार हो जाएँगे। वास्तव में यह बेरोजगारी की गंभीर समस्या को ओर बढ़ा रहा है। एक कंप्यूटर कई लोगों का काम अकेले ही कर लेता है। मानव श्रमशक्ति को मशीनों द्वारा परिवर्तित किया जा रहा है जिससे रोजगार की संभावनाओं में कमी आ रही है। अब हर तरफ सड़कों पर रोजगार की तलाश में युवा भटकते हुए दिखाई दे रहे हैं। हाल ही में भारत सरकार ने विभिन्न कार्यालयों में कर्मचारियों की संख्या में 10 प्रतिशत की कटौती की घोषणा की है। यह क्या है? यह स्रोतों का अभाव नहीं बल्कि कंप्यूटरीकरण का परिणाम है।

### अन्य दुष्प्रभाव

कंप्यूटर पर काम करनेवाले व्यक्ति को लंबे समय तक कंप्यूटर स्क्रीन के समक्ष बैठकर काम करना होता है, जिसके कारण उसे आँखों में जलन एवं स्पॉन्डिलाइटिस जैसी कई शारीरिक बीमारियों का सामना करना पड़ता है जो उसे उदासीन और आलसी बना देती हैं। कंप्यूटरों का इस्तेमाल घातक हथियारों के विकास के लिए किया जा रहा है। व्यक्तियों द्वारा कंप्यूटर में सेंध लगाकर उसमें मौजूद आँकड़ों की हेराफेरी को रोकना भी कठिन होता जा रहा है।

## उद्योग और व्यवसायों पर विपरीत प्रभाव

उद्योग एवं व्यवसाय क्षेत्र के भूमंडलीकरण में कंप्यूटर ने महत्त्वपूर्ण भूमिका अदा की है। यहाँ तक कि टिस्को, टेल्को जैसी कई बड़ी कंपनियाँ भी इससे बुरी तरह प्रभावित हुई हैं। वे घाटे में चल रही हैं। कई अन्य व्यापारिक संस्थान भी बंद होने के कगार पर हैं। इनमें काम करनेवाले कई कर्मचारियों को स्वैच्छिक सेवानिवृत्ति या छँटनी का सामना करना पड़ा है। ऐसा सिर्फ कंप्यूटरीकरण के ही कारण है।

## मशीन तो मशीन ही है

कंप्यूटर मानव निर्मित मशीनें हैं। उनसे गलती हो सकती है। हमें प्रायः कंप्यूटर नेटवर्क के फेल होने का समाचार मिलता रहता है जिससे पूरा तंत्र ही एक तरह से ठप हो जाता है। हाल ही में इस नई सहस्त्राब्दी की शुरुआत में कंप्यूटर से जुड़ी एक गंभीर समस्या पैदा हुई थी। ज्यादातर कंप्यूटर डिजिटल होते हैं और अंकीय प्रणाली पर कार्य करते हैं। एक समय तो ऐसा लगने लगा था कि कंप्यूटर पर आधारित सारा तंत्र ही ढह जाएगा लेकिन योग्य भारतीय कंप्यूटर इंजीनियरों द्वारा वर्ष 2000 को नाम दे देने से इस समस्या का हल निकल पाया। कल्पना करें, यदि यह परिवर्तन कारगर नहीं होता तो पूरा तंत्र ही ढह गया होता।

## मानव मस्तिष्क का कोई विकल्प नहीं

मानव मस्तिष्क का कोई विकल्प नहीं है। वर्ष 2000 के अंत में संपन्न हुए अमरीकी राष्ट्रपति चुनाव में कंप्यूटर द्वारा वोटों की गणना काफी विवादित रही थी। अंततः सर्वोच्च न्यायालय को इस मुद्दे पर फैसला देना पड़ा और वोटों की गणना मानवीय रूप से की गई जिसमें जॉर्ज डब्ल्यू. बुश को विजेता घोषित किया गया।

## सामाजिक बुराइयों का जन्म

कंप्यूटर के पदार्पण ने सामाजिक बुराइयों को जन्म दिया है। कंप्यूटर शिक्षा प्रदान करने के नाम पर शहरों में हर जगह साइबर कैफे कुकुरमुत्ते की तरह फैल गए हैं। वे भ्रष्टाचार के गढ़ बन गए हैं। इनमें ज्यादातर युवा लोग विपरीत लिंगियों के साथ चैटिंग में मशगूल रहते हैं। वे इन जगहों पर इंटरनेट पर अश्लील वॉइस चैटिंग तथा अश्लील वेबसाइटों का आनंद उठाते हैं।

**निष्कर्ष**

कंप्यूटर कभी मानव मस्तिष्क की जगह नहीं ले सकते, लेकिन वे निगरानी में कार्य कर सकते हैं। हम उन पर पूरी तरह निर्भर नहीं हो सकते। मशीन अंततः मशीन ही होती है और वह गलती कर सकती है। जिस दिन कंप्यूटर आधारित यह पूरा तंत्र फेल होगा, उस दिन यह मानवता के लिए विनाशकारी होगा। इसने न केवल लाखों लोगों को बेरोजगार किया है बल्कि विश्वयुद्ध की आशंकाओं को भी जन्म दिया है। सिर्फ एक बटन के दबाते ही यह पृथ्वी तहस-नहस हो सकती है। निस्संदेह, कंप्यूटरीकरण मानवता के लिए अभिशाप है।

□

# 5

# कथन–टेलीविजन समाज पर विपरीत प्रभाव डाल रहा है

## पक्ष

### प्रस्तावना

टेलीविजन के कई फायदे होने के बावजूद इसकी तीखी आलोचना होती है और इसे परिवारों और समाज को प्रभावित करने के एक प्रमुख माध्यम के रूप में देखा जाता है। हाल ही में फ्रांस में एक महिला ने फ्रांस के स्टेट टेलीविजन चैनल के मुखिया के विरुद्ध यह शिकायत करते हुए मुकदमा दायर किया कि उसका सत्रह वर्षीय पुत्र एक अमरीकी धारावाहिक के मुख्य पात्र का अनुकरण करते हुए उस समय मौत का शिकार हो गया जब उसने बम बनाने के लिए साइकिल के हैंडिल बार में शक्कर और खर-पतवारनाशक रसायन को मिश्रित किया। उसने टी.वी. चैनल के मुखिया पर हत्या का आरोप लगाया और टेलीविजन पर हिंसा दिखाने के विरोध में मुकदमा दर्ज कराया।

### बच्चे सबसे अधिक प्रभावित होते हैं

बच्चे समाज का वह हिस्सा हैं जो इससे सबसे ज्यादा प्रभावित होते हैं क्योंकि वे वास्तविकता और दिखावे में अंतर नहीं कर पाते। भारत में लोकप्रिय टी.वी. धारावाहिक शक्तिमान पर प्रतिबंध लगाया गया था क्योंकि कई बच्चे काल्पनिक चरित्र शक्तिमान की नकल करते हुए अपनी जान से हाथ धो बैठे थे। समाचार-पत्रों ने इस धारावाहिक के कारण हुई दुर्घटनाओं को प्रमुखता से प्रकाशित किया तथा कई अभिभावकों को इस धारावाहिक पर प्रतिबंध लगवाने के लिए न्यायालय की शरण में जाने को विवश किया। इसके अलावा, माता-पिता अकसर यह शिकायत भी करते हैं कि उनके बच्चे हर समय टी.वी. के सामने बैठे रहते हैं, यहाँ तक कि वे टी.वी. कार्यक्रमों और कार्टून फिल्मों को देखते हुए ही खाना खाते हैं।

## किशोरवय लोग बिगड़ रहे हैं

टेलीविजन ने सिर्फ बच्चों को ही नहीं बल्कि किशोरों को भी प्रभावित किया है। सैटेलाइट चैनलों के माध्यम से एक तरह से सांस्कृतिक हमला हुआ है। किशोरवय देर रात प्रसारित होनेवाली फिल्में बड़े चाव से देखते हैं जिनमें हिंसा और अश्लीलता की भरमार होती है। वे समाचार या अन्य शिक्षाप्रद कार्यक्रम देखने के बजाय एम.टी.वी. जैसे चैनल देखना ज्यादा पसंद करते हैं जो उन्हें काफी हद तक गैर-जिम्मेदार, अनुशासनहीन तथा उग्र बना रहे हैं।

## उपभोक्तावाद को बढ़ावा

टेलीविजन पर दिखाए जानेवाले कार्यक्रम वास्तविकता से कोसों दूर होते हैं। वे केवल हमारी भावनाओं को उद्वेलित करते हैं जिनका वास्तविक जीवन से कोई लेना-देना नहीं होता। ज्यादातर कार्यक्रम सिर्फ मनोरंजक होते हैं और इनमें नैतिक और शैक्षिक मूल्यों का अभाव होता है। अब यह दर्शकों में उपभोक्तावाद को बढ़ावा देने का सशक्त माध्यम बन गया है। उपभोक्ता सामग्रियों का विज्ञापन ही सभी कार्यक्रमों का मुख्य कार्य हो गया है। यहाँ तक कि फिल्मी सितारों और क्रिकेट खिलाड़ियों से सामग्री की गुणवत्ता और उपयोगिता को ध्यान में रखे बिना विज्ञापन कराया जा रहा है। इस प्रवृत्ति ने टी.वी. सेट को विभिन्न व्यापारिक संस्थानों का शोरूम मात्र बना दिया है।

## जुए की प्रवृत्ति को बढ़ावा

हाल ही में हमने कौन बनेगा करोड़पति जैसे कार्यक्रम देखे हैं। यह क्या है ? यह और कुछ नहीं बल्कि जुआ है। कुछ प्रश्नों का उत्तर दीजिए और रातोरात करोड़पति बन जाइए। ऐसे कार्यक्रम हमें पैसा कमाने के सबसे सरल तरीकों के बारे में बताते हैं जो कि वास्तव में टी.वी. कार्यक्रम निर्माताओं का एक गलत कार्य है।

## बीमारियों एवं व्याधियों का कारण

आजकल रंगीन टी.वी. सेट का प्रयोग हो रहा है। इससे दर्शकों की आँखें खराब हो रही हैं। टी.वी. स्क्रीन से निकलनेवाली किरणें हमारे स्वास्थ्य के लिए हानिकारक होती हैं। ज्यादातर दर्शक पीठ दर्द और स्पॉन्डिलाइटिस की शिकायत करते हैं।

## सार्वजनिक कार्य प्रभावित होते हैं और तनाव पैदा होता है

ज्यादातर चैनलों पर क्रिकेट मैचों का सीधा प्रसारण होता है। लोग अपने महत्त्वपूर्ण

कार्यों को दरकिनार करते हुए मैच का सीधा प्रसारण देखते हैं। वे अवकाश ले लेते हैं जिससे सार्वजनिक कार्य प्रभावित होता है। भारत और पाकिस्तान के बीच मैच के दौरान सांप्रदायिक तनाव बढ़ता है। युद्धों और दुर्घटनाओं के जीवंत प्रसारण से अपरिपक्व लोगों के मन में किसी देश या संप्रदाय विशेष के प्रति सामाजिक असामंजस्य और नफरत को बढ़ावा मिलता है।

### निष्कर्ष

इसकी बढ़ती हुई अलोकप्रियता के कारण कई लोगों ने अपने केबल कनेक्शन हटवा दिए हैं क्योंकि इससे उनके बच्चों की शिक्षा-दीक्षा पर बुरा प्रभाव पड़ रहा था। टी.वी. के बारे में अभिभावकों की राय अच्छी नहीं है और उन्होंने इसे बुद्धू बक्सा नाम दिया है जो सस्ता मनोरंजन और बेकार की शिक्षा प्रदान करता है। निश्चित रूप से यह समाज पर बुरा प्रभाव डाल रहा है।

## विपक्ष

### प्रस्तावना

टेलीविजन विज्ञान का एक अनूठा उपहार है। मनोरंजन एवं संप्रेषण के प्रभावी माध्यम के रूप में अब यह प्रत्येक परिवार का अभिन्न अंग हो गया है और मनोरंजन, सूचना और शिक्षा की दुनिया में वास्तविक क्रांति लाया है। कोई इसके आकार को देखकर इसके महत्त्व का अंदाजा नहीं लगा सकता क्योंकि इसने सारे विश्व को एक वैश्विक ग्राम में परिवर्तित कर दिया है। मुश्किल से ही कोई व्यक्ति समाज पर इसके विपरीत प्रभाव के बारे में सोच सकता है।

### मनोरंजन का स्रोत

टेलीविजन के आगमन के पूर्व लोगों के पास मनोरंजन के साधन बहुत सीमित थे। उन्हें फिल्म देखने के लिए सिनेमा हॉल जाना पड़ता था। लेकिन अब वे घर में टी.वी. पर ही फिल्में देख सकते हैं। सिनेमा के दीवानों को अब सिनेमाघर के बाहर लंबी कतार में खड़े होकर वास्तविक कीमत से कई गुना कीमत पर ब्लैक में टिकट खरीदने की आवश्यकता नहीं है। आराम से सोफे पर बैठकर चाय की चुस्कियों और पूरे परिवार के साथ फिल्मों को देखा जा सकता है। तरह-तरह की फिल्मों के अलावा, हम टी.वी. पर मनोरंजन और आनंद से भरे कई तरह के धारावाहिक देख सकते हैं।

## सूचना का स्रोत

अब टेलीविजन सूचनाएँ प्राप्त करने का एक प्रमुख स्रोत बन गया है। सारे संसार में हो रही घटनाओं की जानकारी हम दृश्य सहित प्राप्त कर सकते हैं। समाचार चैनल लोकप्रियता प्राप्त कर रहे हैं क्योंकि वे चौबीसों घंटे समाचार प्रसारित करते रहते हैं। हमें समाचार प्राप्त करने के लिए किसी विशेष समय की प्रतीक्षा करने की आवश्यकता नहीं रह गई है, दिन में किसी भी समय टी.वी. खोलो और पलक झपकते ही जानकारी प्राप्त कर लो। किसी भी राष्ट्रीय एवं अंतरराष्ट्रीय महत्त्व के मुद्दे पर चैनलों में बेहतरीन विचार-विमर्श होता है जिससे लोगों को शिक्षित करने एवं जनमत तैयार करने में सहायता मिलती है। संसद् की काररवाई का सीधा प्रसारण देखकर अपने जनप्रतिनिधियों के बारे में राय बनाना संभव हो गया है। भारत जैसे लोकतंत्र में जनता का मत अत्यंत महत्त्वपूर्ण है।

## शिक्षा का स्रोत

नौजवान पीढ़ी को शिक्षित बनाने के लिए भी टी.वी. एक महत्त्वपूर्ण स्रोत है। यू.जी.सी. के कार्यक्रम दूरस्थ ग्रामीण इलाकों सहित स्कूल और महाविद्यालय के छात्रों को एक ही समय पर गुणवत्तापूर्ण शिक्षा प्रदान करते हैं। वैज्ञानिक आविष्कारों एवं खोजों पर आधारित कार्यक्रमों का भी प्रसारण विभिन्न चैनलों पर होता है जो लोगों को इस क्षेत्र में हो रहे अद्यतन विकास से अवगत कराते हैं। यहाँ तक कि खेल-प्रेमी भी स्टेडियम में जाए बिना घर पर ही विभिन्न खेल स्पर्धाओं का आनंद उठा सकते हैं।

## विज्ञापन का स्रोत

विज्ञापन टी.वी. का एक प्रमुख आकर्षण है। हमें बहुराष्ट्रीय कंपनियों द्वारा निर्मित की गई रोजमर्रा के इस्तेमाल की कई नई सामग्रियों की जानकारी मिलती है। विज्ञापन का सर्वश्रेष्ठ माध्यम होने के कारण टी.वी. ने इन सामग्रियों के विक्रय को आश्चर्यजनक ऊँचाइयों तक पहुँचा दिया है।

## जीवंतता का स्रोत

टेलीविजन धारावाहिकों एवं विज्ञापनों की लोकप्रियता ने मॉडलिंग और अभिनय के क्षेत्र में संभावनाओं के द्वार को खोला है। ऐसे कलाकार एवं मॉडल जो रातोरात टी.वी. सितारे बन गए हैं, अब फिल्म उद्योग में अपनी किस्मत आजमा रहे हैं। वास्तव में, टी.वी. ने उन्हें सेलुलाइड की दुनिया में कदम रखने के लिए एक प्लेटफॉर्म उपलब्ध

कराया है। इसकी अनुपस्थिति में उनकी योग्यता सामने नहीं आ पाती। टी.वी. के माध्यम से सैकड़ों कलाकार, निर्माता, निर्देशक, कैमरामैन एवं जूनियर आर्टिस्ट अपनी गृहस्थी चला रहे हैं।

**निष्कर्ष**

आज टेलीविजन हमारे जीवन का अभिन्न अंग बन गया है और सभी वर्गों के घर में अपनी पैठ बना चुका है। यहाँ तक कि झुग्गी बस्तियों में भी टी.वी. देखने को मिल जाता है। यह इसकी बढ़ती लोकप्रियता का प्रमाण है। यदि इसके विपरीत प्रभाव होते तो यह इतनी लोकप्रियता कभी प्राप्त नहीं कर सकता था। अपने घर में टी.वी. सेट के बिना आज हम आधुनिक जीवन की कल्पना भी नहीं कर सकते।

□

# 6

# कथन–क्या हमें गाँवों की ओर वापस लौटना चाहिए?

## पक्ष

### प्रस्तावना

जी हाँ, अब समय आ गया है कि हम गाँवों की ओर वापस लौटें। एक ग्राम प्रधान देश होने के नाते भारत के 85 प्रतिशत लोग गाँवों में निवास करते हैं। महात्मा गांधी ने एक बार सही ही कहा था कि भारत की आत्मा गाँवों में निवास करती है। भारत की आजादी के दशकों बाद भी गाँवों की स्थिति में सुधार नहीं हुआ है। यदि गाँव समृद्ध, विकसित, सुविधासंपन्न होंगे तो समाज के हर वर्ग के लोग गाँवों की ओर लौटना चाहेंगे।

### डॉक्टरों को गाँव जाना चाहिए

चिकित्सा सुविधा के अभाव ने गाँवों का जीवन कष्टप्रद बना दिया है। मरीजों को आकस्मिक चिकित्सा सुविधा प्रदान करने के लिए अच्छे अस्पताल और चिकित्सालय नहीं हैं। यदि डॉक्टर गाँव जाएँगे तो मानवता के प्रति उनकी यह सच्ची सेवा होगी और निश्चित रूप से गाँवों का चेहरा बदल जाएगा। अन्य लोग भी गाँवों की ओर लौटना चाहेंगे।

### इंजीनियरों को गाँव जाना चाहिए

गाँवों में अच्छी सड़कों का अभाव है। गाँवों में इंजीनियरों के लिए कार्य की प्रचुर संभावनाएँ हैं। वे सड़क, तालाब, पुल, नालियाँ और नहर बनाने में सहायता कर सकते हैं। निश्चित रूप से गाँवों में उनकी उपस्थिति गरीबों के कष्ट को कम कर सकती है एवं गाँव को स्वर्ग बना सकती है।

## व्यापारियों को गाँव जाना चाहिए

गाँवों में बाजार सुविधा का अभाव है। गाँवों में बाजार स्थापित कर व्यापार में वृद्धि करने की अपार संभावनाएँ हैं। व्यापारियों को इससे अच्छा लाभ प्राप्त होगा और ग्रामीणों को सही दरों पर गुणवत्तापूर्ण सामग्री खरीदने में मदद प्राप्त होगी। जैसे ही गाँवों की दशा में सुधार होगा, शहरों में रहनेवाले लोग गाँवों की ओर आकर्षित होंगे क्योंकि वे शहरों में खुश नहीं हैं।

## शहरों का जीवन प्रदूषण से भरा हुआ है

प्रदूषण के कारण शहरों का जीवन अब आकर्षक नहीं रह गया है। सड़कों पर दौड़ते हजारों वाहनों से पर्यावरण में धुएँ का उत्सर्जन एक आम बात है। लोग कार्बन मोनो ऑक्साइड जैसी गैस में श्वसन के लिए बाध्य हैं जो कि उनके स्वास्थ्य के प्रति हानिकारक है। लगभग हर शहर और नगर के बाहरी इलाकों में कई कारखाने और उद्योग स्थापित हो रहे हैं। इन कारखानों एवं उद्योगों से निकला कचरा या तो पास की नदी में प्रवाहित कर दिया जाता है या खुले मैदान में डाल दिया जाता है जो कि सार्वजनिक स्वास्थ्य के लिए काफी खतरनाक है। स्वास्थ्य संबंधी जोखिम शहरों में रहनेवालों के समक्ष एक बड़ी समस्या है।

## शहरों के कबूतरखाने

शहरों की जनसंख्या में दिन दूनी रात चैगुनी बढ़ोतरी हो रही है। छोटे घरों की जगह बहुमंजिली इमारतों ने ले ली है। अपार्टमेंट संस्कृति तेजी से पाँव पसार रही है। ऐसा लगता है कि मनुष्यों के मकान कबूतरखाने की तरह हो गए हैं। शहरों की घनी आबादी ने इसके पूरे सौंदर्य और संस्कृति को छीन लिया है। चाहे रेलवे स्टेशन हों, बस अड्डे, अस्पताल या स्कूल, हर जगह लोगों की भारी भीड़ ही देखने को मिलती है। यहाँ तक कि ऐसे स्थान, जो प्राकृतिक रूप से सुंदर हैं, आनुवंशिक उद्योगों और अपार्टमेंट संस्कृति की बाढ़ के कारण नारकीय हो गए हैं।

## गाँव प्रदूषण से मुक्त हैं

शहरों के शोर-शराबे से मुक्त गाँव अब भी साफ एवं स्वच्छ स्थान है। वहाँ जहर उगलती चिमनियाँ नहीं हैं। वातावरण प्रदूषण से मुक्त है। गाँवों में हम स्वच्छ व ताजी हवा ले सकते हैं और शुद्ध पानी पी सकते हैं। गाँव का वातावरण शांत और एकांतपूर्ण होता है। वहाँ हम सही मायने में जीवन का आनंद ले सकते हैं।

## निष्कर्ष

यदि गाँवों में डॉक्टर, इंजीनियर, व्यापारी एवं जीवन के हर क्षेत्र के लोग रहना शुरू कर दें तो इसमें कोई संदेह नहीं है कि सामान्य जनता भी गाँवों की ओर लौटना पसंद करेगी क्योंकि वे शहरों के कबूतरखाने वाले जीवन से तंग आ चुके हैं। ऐसा कौन है जो गाँवों के प्रदूषण मुक्त वातावरण में साँस लेना और प्रकृति के नैसर्गिक सुख को प्राप्त करना नहीं चाहेगा! अपने राष्ट्र के प्रति सभी नागरिकों का कुछ दायित्व होता है, यदि हमारे गाँव उपेक्षित रहेंगे तो हमारा देश ताकतवर और प्रगतिशील नहीं हो सकेगा।

# विपक्ष

## प्रस्तावना

नहीं, हमें गाँवों की ओर नहीं लौटना चाहिए। भारत गाँवों का देश है। सुविधाओं के अभाव में गाँवों की दशा शोचनीय है। लोग कष्टप्रद और शोचनीय जीवन व्यतीत करते हैं। स्थिति इतनी गंभीर हो गई है कि वहाँ रहनेवाले लोग भी अब वहाँ रहना नहीं चाहते। यह माना जाता है कि सिर्फ ऐसे लोग ही गाँवों में रह रहे हैं जो नगरों में रहन-सहन का खर्च नहीं उठा पाते।

## गाँव में बाजारों का अभाव

यदि आप गाँव में बसने के बारे में सोच रहे हैं तो कई समस्याओं से जूझने के लिए तैयार हो जाइए। आवश्यक घरेलू सामान और सब्जियों के लिए या तो आपको हफ्ते में एक दिन लगनेवाली हाट पर निर्भर रहना होगा या चार-पाँच मील का सफर करना पड़ सकता है। सीमांत किसानों को अपने द्वारा उत्पादित अनाज को बहुत सस्ती दरों पर बिचौलियों को बेचना पड़ता है क्योंकि दूरस्थ बाजारों तक उनकी पहुँच नहीं है। बिचौलियों द्वारा किसानों के उत्पादन का सर्वाधिक लाभ उठाया जाता है तथा किसान निर्धन ही बने रहते हैं।

## शिक्षा सुविधाओं का अभाव

यदि आप गाँवों में जाना चाहते हैं, तो घटिया शिक्षा की समस्या से जूझने के लिए तैयार हो जाइए। आपको अपने बच्चों को शिक्षा दिलाने के लिए अच्छे स्कूल नहीं मिलेंगे। सरकारी स्कूलों की दशा बेहद खराब है, न ही शिक्षक और न ही विद्यार्थी गुणवत्तापूर्ण शिक्षा के लिए गंभीर हैं। निश्चित रूप से आपके बच्चे गलत रास्ते पर जाने के लिए बाध्य होंगे।

## चिकित्सा सुविधाओं का अभाव

यदि आप गाँवों में बसने के बारे में सोच रहे हैं तो चिकित्सा संबंधी समस्याओं का सामना करने को तैयार हो जाइए। शायद ही आपको अपने पुत्र और पुत्री के उपचार के लिए कोई डॉक्टर मिले। प्राथमिक स्वास्थ्य केंद्रों पर नियुक्त डॉक्टर न ही वहाँ मरीजों का उपचार करते हैं, न ही ड्यूटी पर उपस्थित होते हैं। वे साप्ताहिक या मासिक रूप से वहाँ आते हैं। यहाँ तक कि छोटे-मोटे ऑपरेशन एवं चिकित्सा के लिए ग्रामीणों को नजदीकी शहरों या नगरों में जाना पड़ता है। सामान्यतः भोले-भाले ग्रामीण नीम-हकीमों और तांत्रिकों के शिकार हो जाते हैं।

## परिवहन सुविधा का अभाव

गाँव में यदि आपके पास कार है तो या तो यह गैरेज में खड़े-खड़े जंग खाती रहेगी या बहुत जल्द खराब हो जाएगी। वर्षा ऋतु के दौरान कीचड़ से भरी सड़कों पर परिवहन पूरी तरह से ठप्प हो जाता है। गाँवों में बैलगाड़ी और ट्रैक्टर ही परिवहन के माध्यम हैं। परिवहन एक बड़ी समस्या है जो एक जगह से दूसरी जगह पर जाना कष्टप्रद बना देती है।

## शुद्ध पेयजल का अभाव

गाँवों में सिर पर मटके लेकर जाती महिलाएँ प्रायः दिखाई देती हैं। पेयजल के लिए लोगों को लंबी दूरी तय करनी पड़ती है। ज्यादातर गाँवों में खुले कुओं से पेयजल प्राप्त किया जाता है जो अशुद्धियों से भरे होते हैं। हमें प्रायः लोगों के डायरिया एवं अन्य जलवाहित बीमारियों से ग्रसित होने के समाचार सुनाई देते हैं।

## विद्युत् का अभाव

विद्युत, विज्ञान की एक महान् देन है जिसने आधुनिक युग के द्वार खोले हैं। लेकिन विद्युत् के अभाव में ज्यादातर गाँव अँधेरे में ही रहते हैं। सूर्यास्त के बाद गाँवों में जीवन ठहर जाता है। विद्यार्थियों को लालटेन की धीमी रोशनी में पढ़ाई करनी पड़ती है। विद्युत् के अभाव में गाँवों में कोई कारखाना या उद्योग स्थापित नहीं होता। लोगों को खेती पर ही निर्भर होना पड़ता है जो कि आय और जीवन का एकमात्र स्रोत है। कम आय होने के कारण गाँवों में जीवन स्तर अत्यंत निम्न श्रेणी का होता है।

## असुरक्षा की भावना

आजकल गाँव रहने के लिए सुरक्षित नहीं है। बेचारे ग्रामीण प्राय: आतंकी हमलों के शिकार हो जाते हैं। यदि आप बड़े किसान हैं, तो लोग आपकी समृद्धि से ईर्ष्या करने लगते हैं और आपको परेशान करने के लिए विभिन्न तरीकों का इस्तेमाल करते हैं। यदि आप अमीर व्यक्ति हैं, तो आपके ऊपर अपहरण की तलवार हमेशा लटकती रहती है। गाँव में निगरानी के लिए कोई पुलिस स्टेशन नहीं होता। कोई भी व्यक्ति गाँवों की ओर लौटने के बारे में सोच भी कैसे सकता है जहाँ जीवन और संपत्ति सुरक्षित नहीं हैं।

## निष्कर्ष

इसमें संदेह नहीं कि गाँवों का वातावरण प्रदूषण से मुक्त है लेकिन जब तक गाँवों में आधारभूत सुविधाएँ उपलब्ध नहीं कराई जातीं और जीवन यापन की दशा में अपेक्षित सुधार नहीं होता, शिक्षित और प्रगतिशील लोग गाँवों की ओर वापस लौटने के बारे में सोच भी नहीं सकते।

□

# 7

# कथन—बालश्रम एक सामाजिक बुराई है जिसके उन्मूलन की आवश्यकता है

## पक्ष

**प्रस्तावना**

जी हाँ, बालश्रम एक सामाजिक बुराई है जिसका उन्मूलन होना ही चाहिए। बच्चे किसी भी देश की आशा होते हैं। देश का भविष्य उन पर निर्भर होता है। यदि वे कमजोर और निर्धन होंगे तो देश कमजोर और निर्धन होगा और यदि मजबूत होंगे तो देश मजबूत होगा। यदि वे निरक्षर होंगे तो देश प्रगति नहीं करेगा। वे किसी भी देश की अमूल्य निधि होते हैं।

**बचपन बरबाद हो जाता है**

निर्धन परिवारों के बच्चों को बहुत कम वेतन पर छोटे-मोटे कार्यों में लगा दिया जाता है क्योंकि वे निर्धन होते हैं। उनके निर्धन माता-पिता उनसे आर्थिक सहायता प्राप्त करते हैं और वे उन्हें किसी-न-किसी कार्य में लगाने के लिए आकर्षित होते हैं। इस तरह बच्चों का भविष्य बरबाद हो जाता है। जबकि अमीर परिवारों के बच्चे शिक्षा प्राप्त करने के लिए स्कूल जाते हैं, अभागे निर्धन बच्चे कालीन निर्माण उद्योगों और बीड़ी कारखानों में काम करते हुए देखे जा सकते हैं। भारत में कोई भी व्यक्ति बच्चों को होटलों, कारखानों, उद्योगों और दुकानों में काम करता हुआ देख सकता है। इन जगहों के मालिक वयस्क श्रमिक के बजाय बाल श्रमिक रखना पसंद करते हैं क्योंकि वे कम वेतन पर आसानी से उपलब्ध होते हैं। यह और कुछ नहीं बल्कि बच्चों का उत्पीड़न है।

**यह अमानवीय कार्य है**

घरेलू एवं वाणिज्यिक कार्यों में बच्चों को लगाना एक अमानवीय कार्य है।

बालश्रम के विरोध में कई संगठन कार्य कर रहे हैं। वे सरकार पर इस अमानवीय कृत्य के विरोध में कानून बनाने के लिए दबाव डाल रहे हैं। श्रम अधिनियम के तहत किसी भी कारखाने, होटल एवं वाणिज्यिक संगठन में बाल श्रमिक रखना एक संज्ञेय अपराध है। लेकिन हम श्रम अधिनियम का सरासर उल्लंघन होते हुए देखते हैं। हाल ही में एक गैर-सरकारी संगठन ने बिहार में एक बाल श्रमिक को बँधुआ मजदूरी से मुक्त कराया और उसे बिल क्लिंटन से मिलाने अमरीका भी ले जाया गया। यह खबर टेलीविजन समाचारों में प्रमुखता से दिखाई गई।

## इस बुराई के उन्मूलन के लिए जागरूकता की आवश्यकता है

इस दोषपूर्ण सामाजिक बुराई के उन्मूलन के लिए लोगों के बीच जागरूकता फैलाने की आवश्यकता है। यह किसी भी सभ्य समाज के ऊपर धब्बा है। कोई भी देश अपने बच्चों पर गर्व नहीं कर सकता, यदि वे निर्धनता या अन्य किसी कारण से स्कूल जाने से रोके जाते हैं। यहाँ तक कि भारतीय संविधान के अनुच्छेद 24 में बालश्रम जैसी सामाजिक बुराई के उन्मूलन से संबंधित प्रावधान हैं। हाल ही में भारत सरकार ने इस सामाजिक बुराई पर लगाम लगाने के लिए सेवा कोड में संशोधन किए हैं। अब सरकार ऐसे प्रभावशाली अधिकारियों के विरुद्ध कारर्वाई कर सकती है जो अपने घरों में बाल श्रमिक रखते हैं। कोई देश तभी प्रगति कर सकता है और ताकतवर बन सकता है जब उस देश के भविष्य यानी बच्चों को उनकी प्रतिभा निखारने का समुचित अवसर प्रदान किया जाता है। प्रत्येक बच्चे को उसकी आर्थिक पृष्ठभूमि की परवाह न करते हुए देश के अच्छे नागरिक के रूप में विकसित होने के लिए समस्त सुविधाएँ प्रदान की जानी चाहिए। एक बच्चे से उसका बचपन छीनना न सिर्फ कानूनन अपराध है अपितु मानवता के प्रति भी जघन्य अपराध है।

## निष्कर्ष

किसी भी सामाजिक बुराई का उन्मूलन करने के लिए उसकी जड़ों पर प्रहार किया जाना आवश्यक है। स्पष्ट रूप से निर्धनता एवं जनसंख्या विस्फोट ही इस सामाजिक कलंक के मुख्य कारण हैं। निर्धनता कम करने और जनसंख्या को नियंत्रित करने के प्रयास किए जाने चाहिए। कोई भी देश प्रगति नहीं कर सकता यदि उसके बच्चे उपेक्षित हों और अपने बचपन से दूर छोटे-मोटे कार्यों को करने के लिए विवश किए जाएँ। बालश्रम किसी भी सभ्य समाज पर एक कलंक है। इस सामाजिक बुराई के उन्मूलन के लिए कठोर कानून बनाने और उनके कड़ाई से लागू किए जाने की आवश्यकता है।

# विपक्ष

## प्रस्तावना

सामान्यत: लोगों की यही राय है कि बालश्रम एक अपराध है, लेकिन ऐसा है नहीं। भारत एक विकासशील देश है जिसकी जनसंख्या विशाल है। यहाँ के लोग निरक्षर हैं, ज्यादातर परिवारों में तीन या चार बच्चों से अधिक होते हैं। सहारे का और कोई माध्यम नहीं होने के कारण वे अपने बच्चों की आय पर निर्भर होते हैं जो आवश्यकता के अनुसार पर्याप्त कमा लेते हैं। बालश्रम पर प्रतिबंध लगाने से कोई लाभ नहीं होगा, इसके विपरीत उनका जीवन और अधिक कष्टप्रद और दयनीय हो जाएगा।

## आर्थिक असमानता बढ़ रही है

हमारा देश कई समस्याओं से जूझ रहा है। निर्धनता उनमें से एक है। आर्थिक असमानता इतनी अधिक हो गई है कि कुछ लोग बहुत अमीर हैं जबकि कुछ लोग बहुत गरीब। गरीबों के पास जीवन-यापन का कोई माध्यम नहीं है। उनकी आय बड़े परिवार के खर्च उठाने के लिए पर्याप्त नहीं है। इसीलिए असहाय माता-पिता अपने बच्चों को बहुत कम वेतन पर कारखानों या अन्य जगहों पर भेजने के लिए मजबूर होते हैं।

## शिक्षा का अभाव

भारत में निरक्षरता बहुत व्यापक स्तर पर है। लोग शिक्षा का महत्त्व नहीं समझते और अपने बच्चों की शिक्षा पर ध्यान नहीं देते। वे शिक्षा से ज्यादा आर्थिक गतिविधियों में रुचि लेते हैं। ऐसे स्कूल पर्याप्त संख्या में नहीं हैं जो उन्हें मुफ्त में शिक्षा प्रदान कर सकें। निर्धन परिवार बच्चों की शिक्षा का खर्च उठाने में असमर्थ होते हैं। उनमें से कुछ बच्चे बहुत कम उम्र में स्कूल जाना छोड़ देते हैं और अपने निर्धन माता-पिता का सहारा बनना पसंद करते हैं।

## जनसंख्या विस्फोट

जनसंख्या वृद्धि पर कोई नियंत्रण नहीं है। कई बच्चे होने के कारण निर्धन परिवार उनका बोझ नहीं उठा पाते। उनकी सोच यही होती है कि जितने ज्यादा बच्चे होंगे, परिवार में उतने ही अधिक कमानेवाले हाथ होंगे। कुछ हद तक वे सही भी हैं। एक पुरानी कहावत है—जितने बेटे, उतनी लाठी। हमारा सामाजिक ढाँचा भी जनसंख्या वृद्धि के लिए जिम्मेदार है और यह गरीब बच्चों को असमय रोजगार में लगने को विवश करता है।

## रोजगार के लिए शिक्षुता

कुछ परिवारों के लिए तो बालश्रम एक वरदान है। सामान्यत: एक भारतीय परिवार में चार बच्चों से अधिक होते हैं। बेचारा पिता इतने बड़े परिवार का बोझ उठाने और अपने बच्चों को शिक्षा प्राप्त करने के लिए स्कूल भेजने में असमर्थ होता है। बहुत कच्ची उम्र में बच्चे घर से बाहर काम पर जाने को विवश होते हैं। कोई भी व्यक्ति बच्चों को मेकैनिक के रूप में स्कूटर वर्कशॉप में काम करते देख सकता है। बाद में ये बच्चे सड़क किनारे अपनी स्वयं की दुकान खोलकर कमाना शुरू कर देते हैं, आत्मनिर्भर बनते हैं और अपने परिवार को सहारा प्रदान करते हैं।

## निष्कर्ष

डिग्रियाँ प्राप्त करने के बाद भी लोग रोजगार की तलाश में एक कार्यालय से दूसरे कार्यालय में चक्कर लगाते रहते हैं। उच्च डिग्री प्राप्त करने के बाद भी उन्हें उपयुक्त रोजगार प्राप्त नहीं होता और वे निराश और परनिर्भरता के शिकार हो जाते हैं। निस्संदेह, बेरोजगारी, निर्धनता और निरक्षरता की समस्या को दूर करने के लिए बुद्धिमत्तापूर्ण कदम उठाए जाने आवश्यक हैं। जब तक इनका अस्तित्व रहेगा, कोई भी बालश्रम की समस्या के उन्मूलन के बारे में सोच नहीं सकता, चाहे कानून कितना भी सख्त बना दिया जाए।

□

# 8

# कथन–सौंदर्य प्रतियोगिताओं पर रोक लगनी चाहिए

## पक्ष

### प्रस्तावना

सौंदर्य प्रतियोगिताओं पर रोक लगनी चाहिए। यह हमारे समाज में दिनोदिन जगह बनाती जा रही स्वस्थ प्रवृत्ति नहीं है। सौंदर्य प्रतियोगिता के नाम पर कई संगठनों ने वास्तव में अश्लीलता, नग्नता और उपभोक्तावाद फैलाने के लिए विभिन्न प्रकार की दुकानें खोल ली हैं।

### एक विदेशी विचार

यूरोपीय और पश्चिमी देशों में सौंदर्य प्रतियोगिताएँ रोजमर्रा की गतिविधियों में शामिल हैं। इन प्रतियोगिताओं में साल की सबसे खूबसूरत लड़की का चयन किया जाता है। सभी देश राष्ट्रीय सौंदर्य प्रतियोगिताओं का आयोजन करते हैं। बृहद् आयोजन—विश्व सौंदर्य प्रतियोगिता ने बड़े पैमाने पर मीडिया-कवरेज को आकर्षित किया जिससे प्रतियोगियों के बीच बहुत जोश भर गया। अब यह लगता है कि इन प्रतियोगिताओं को यदि कम या बंद नहीं किया जाता है तो यह बीमारी छोटे इलाकों तक पहुँच जाएगी, शहर और कस्बे तो पहले से ही इससे ग्रसित हैं।

### वाणिज्यिक तरीका

सौंदर्य प्रतियोगिताएँ वास्तव में पूँजीपतियों और बहुराष्ट्रीय कंपनियों के दिमाग की उपज हैं, जो इन प्रतियोगिताओं को प्रायोजित करते हैं। ऐसी प्रतियोगिताओं के आयोजन के पीछे प्रमुख उद्‌देश्य अपने उत्पादों के वैश्विक प्रचार के अलावा बाजारों की खोज करना भी है। वर्तमान में भारत विश्व-पटल पर एक बड़े उपभोक्ता बाजार के रूप में

उभरा है, परिणामस्वरूप भारतीय सुंदरियाँ एक के बाद एक सौंदर्य प्रतियोगिता जीतती हुई दिखाई पड़ रही हैं। उनके द्वारा एक के बाद एक सभी प्रतिष्ठित खिताब अपने नाम किए गए हैं। इसका क्या अर्थ है ? उभरता हुआ भारतीय बाजार एक ऐसा महत्त्वपूर्ण कारण है जिसकी निर्णायकों द्वारा उपेक्षा नहीं की जा सकती। महिलाओं के वस्त्र, फैशन सामग्री और सौंदर्य प्रसाधन बनानेवाली बहुराष्ट्रीय कंपनियों के उत्पादों की बिक्री नई ऊँचाइयों को छू रही है।

## नारीत्व का अपमान

सौंदर्य प्रतियोगिता का आयोजन नारीत्व का भी अपमान है। कुल मानव आबादी का आधा भाग महिलाएँ हैं। महिलाएँ प्रेम, लगाव, करुणा और त्याग की प्रतिमूर्ति मानी जाती हैं। उनके कंधों पर अगली पीढ़ियों के निर्माण की जिम्मेदारी है। लेकिन ऐसी प्रतियोगिताओं के नाम पर वे कामुक निगाहों के समक्ष अंगप्रदर्शन करती हैं। बेहद फूहड़ तरीके से इन प्रतियोगिताओं में नग्नता का प्रदर्शन होता है। वास्तव में यह नारीत्व का अपमान है। भारत में महिलाओं को अत्यंत उच्च दरजा प्राप्त है एवं उन्हें श्रद्धा की नजरों से देखा जाता है। उनका तन पवित्र माना जाता है एवं इसकी तुलना धरती माँ से की जाती है क्योंकि दोनों ही मानव सभ्यता को जन्म देती व लालन-पालन करती हैं। हिंदू संस्कृति और मान्यताओं में देवियों की एक लंबी सूची है जिनकी श्रद्धाभाव से पूजा-उपासना की जाती है। ऐसी प्रतियोगिताओं में परोसी जानेवाली नग्नता वास्तव में हिंदू परंपरा और संस्कृति के खिलाफ है। इसके अलावा मंचों पर परेड करतीं, स्विमिंग पूल में तैरतीं और ब्रा, बिकनी व हाफपैंट में अर्धनग्नावस्था में फोटो खिंचाती हुई लड़कियों को देखकर भारतीय मानसिकता को आघात पहुँचता है।

## विपरीत प्रभाव

सौंदर्य प्रतियोगिताएँ नौजवान पीढ़ी पर विपरीत प्रभाव डाल रही हैं। ऐसी प्रतियोगिताओं के पैरोकार यह कहकर इनका बचाव करते हैं कि नग्नता वस्तु में नहीं, देखनेवाले की नजरों में होती है। वे इसे आधुनिकता और नई सोच का प्रतीक मानते हैं। मिस वर्ल्ड या मिस यूनिवर्स का खिताब किसी महिला को केवल उसकी शारीरिक सुंदरता के लिए ही नहीं बल्कि मानसिक योग्यता और बुद्धिमत्ता के आधार पर दिया जाता है। ऐसे तर्क आधारहीन हैं। सुंदरता व्यक्ति की नजरों में होती है। यह तुलनात्मक वाक्य है। क्योंकि सर्वश्रेष्ठ सुंदरता का कोई मानदंड नहीं है और यह प्रत्येक व्यक्ति और स्थान के अनुसार अलग-अलग होती है। वास्तव में यह एक छलावा है। सभी प्रजातियों—कैकेयन, मंगोलियन, आर्य, अफ्रीकन इत्यादि लड़कियों को एक-दूसरे से प्रतिस्पर्धा करने के लिए

एक ही झुंड में रखा जाता है। क्या किसी अफ्रीकी सुंदरी की तुलना कैकेयन सुंदरी से की जा सकती है? क्या एक अफ्रीकी सुंदरी का वैश्विक स्तर पर चयन हो सकता है?

### निष्कर्ष

सौंदर्य प्रतियोगिताएँ भारतीय समाज पर विपरीत प्रभाव डाल रही हैं। लड़कियाँ इनकी दीवानी हो रही हैं। इन प्रतियोगिताओं पर जितनी जल्द प्रतिबंध लगे, समाज का उतना ही भला होगा। मिस वर्ल्ड और मिस यूनिवर्स का ताज पहनने के बाद ऐश्वर्या और सुष्मिता क्या कर रही हैं? मदर टेरेसा का मार्ग अपनाने के बजाय उन्होंने बॉलीवुड की चमक-दमक भरी दुनिया अपना ली।

## विपक्ष

### प्रस्तावना

विश्व भर में सौंदर्य प्रतियोगिताओं का आयोजन एक आम बात है। बंगलुरु में वर्ष 1996 में आयोजित हुई मिस वर्ल्ड प्रतियोगिता के विरोध में देश भर में प्रदर्शन हुए। कुछ राजनीतिक दल भी इस विरोध प्रदर्शन में शामिल हो गए एवं उन्होंने इस बड़े आयोजन का यह कहते हुए विरोध किया कि इससे अश्लीलता व फूहड़पन को बढ़ावा मिलता है तथा भारतीय संस्कृति और परंपरा की छवि को नुकसान पहुँचता है। ऐसे तर्क के पीछे कोई जनाधार नहीं है।

### कोई नग्नता और फूहड़ता नहीं

नग्नता और अश्लीलता के मुद्दे पर सौंदर्य प्रतियोगिता की आलोचना नहीं की जा सकती। रैंप पर किए जा रहे अंगप्रदर्शन की तुलना में भारतीय सिनेमा कहीं अधिक अंगप्रदर्शन करता है। बैंडिट क्वीन फिल्म के कुछ दृश्य अत्यंत आपत्तिजनक थे। परिणामस्वरूप निचली अदालत द्वारा इसके कुछ दृश्य के प्रदर्शन पर रोक लगा दी गई थी, लेकिन बाद में उच्चतम न्यायालय ने इस प्रतिबंध को यह कहते हुए हटा दिया कि फिल्म के दृश्य कहानी के अनुरूप थे तथा वासना पैदा नहीं करते। भारतीय सिनेमा के ग्रेट शो मैन राजकपूर की फिल्मों में भी नग्न दृश्य होते थे परंतु सेसर बोर्ड ने कभी उनपर कैंची नहीं चलाई क्योंकि वे दृश्य वासनापूर्ण भाव उत्तेजित नहीं करते थे। यदि सौंदर्य प्रतियोगिताओं को फूहड़ और नग्न माना जाता है तो भारतीय फिल्में नग्नता से भरी हुई हैं और यदि सौंदर्य प्रतियोगिता में महिलाओं का नग्न होना माना जाता है तो भारतीय सिनेमा में नारी देह का कहीं अधिक दुरुपयोग होता है।

## नारी शक्ति के रूप में महिला की पहचान

हम आधुनिक काल में रह रहे हैं और यह आवश्यक है कि हम समय के साथ तालमेल बिठाएँ। हमारी संस्कृति ने हमें कभी भी समय से पीछे रहना नहीं सिखाया। वे दिन बीत गए जब महिलाएँ घर की चारदीवारी में बंद रहती थीं। अब महिलाएँ नारी शक्ति के रूप में उभर रही हैं और जीवन के हर क्षेत्र में पुरुषों से बेहतर प्रदर्शन कर रही हैं। सौंदर्य प्रतियोगिताओं में भाग लेनेवाले प्रतिभागी अवयस्क नहीं होते जो सही और गलत में अंतर न समझ पाएँ। आज की नारी आर्थिक रूप से स्वतंत्र है और वह यह निर्णय कर सकती है कि उसके लिए क्या सही है और क्या गलत! किसी को भी उसके मार्ग में आने और नजरें गड़ाने का अधिकार नहीं है। महिलाओं ने सदियों तक जुल्मोसितम का सामना किया है और अब वह समय आ गया है कि वे खुली हवा में साँस लें। इसे नए युग की शुरुआत मानना चाहिए।

## व्यावसायिक प्रवृत्ति

आज के दौर में मॉडलिंग एक शानदार कैरियर है और सौंदर्य प्रतियोगिताएँ इस आकर्षक व्यवसाय की शुरुआत मानी जाती हैं। सुंदर महिलाएँ आदर्श बनना चाहती हैं एवं मॉडल, मिस वर्ल्ड या मिस यूनिवर्स बनना चाहती हैं। इससे उनके समक्ष धन, प्रसिद्धि और संभावनाओं के द्वार खुलते हैं। किसी सुंदरी की प्रतिभा को स्वीकार करने में कोई हर्ज नहीं है क्योंकि यह ईश्वर से मिला एक प्राकृतिक उपहार है एवं चंद भाग्यशाली महिलाओं को ही यह उपहार प्राप्त होता है।

## इसे सही भावना से ग्रहण करना चाहिए

सौंदर्य प्रतियोगिताओं को अन्य खेलकूद प्रतियोगिताओं की तरह ही खेल भावना से देखा जाना चाहिए। आखिर यह भी एक प्रतियोगिता है और प्रतिभागियों को प्रतियोगिता के नियम के अनुसार ही परिधान पहनने पड़ते हैं। नग्नता किसी वस्तु में नहीं बल्कि देखनेवाले की नजरों में होती है। ऐसे आयोजनों को लेकर महिला एवं सामाजिक संगठनों का विरोध व्यर्थ का दिखावा है और राजनीतिक रूप से प्रेरित लगता है। इसमें नारीत्व का कोई अपमान नहीं है बल्कि इसके विपरीत यह उनकी स्वतंत्रता का उल्लंघन है। महिला और सामाजिक संगठनों को सौंदर्य प्रतियोगिताओं में महिलाओं की नग्नता दिखाई देती है परंतु देह व्यापार के प्रति कभी उनका गुस्सा नहीं भड़का। क्या यह पाखंड नहीं है?

## निष्कर्ष

सौंदर्य प्रतियोगिताओं के आयोजन में कोई बुराई नहीं है, बल्कि यह प्रतिभावान युवतियों को अंतरराष्ट्रीय पटल पर अपनी प्रतिभा प्रदर्शित करने और रातोरात प्रसिद्धि प्राप्त करने का अवसर प्रदान करती हैं। यह दिनोदिन लोकप्रियता अर्जित कर रही हैं और इस पर रोक लगाने के लिए उठाया गया कदम जनता की आवाज को दबाना होगा। □

# 9

# कथन—क्या हमें कम उम्र में विवाह करना चाहिए?

## पक्ष

### प्रस्तावना

जी हाँ, हमें कम या सही उम्र में ही विवाह करना चाहिए। जल्द विवाह करने में कोई हानि नहीं है क्योंकि इससे हमारी भावी पीढ़ियों का बेहतर भविष्य सुनिश्चित होता है।

### परिवार ही सामाजिक व्यवस्था का केंद्र है

परिवार ही समाज का निर्माण करनेवाली इकाई है। समाज का बेहतर भविष्य और समृद्धि परिवार पर ही निर्भर करती है। परिवार की समृद्धि और ताकत उसके सदस्यों पर निर्भर करती है। यदि परिवार के सदस्य स्वस्थ और बुद्धिमान होंगे तो परिवार भी ताकतवर और समृद्ध होगा। अत: यह स्पष्ट है कि राज्य, समाज और परिवार एक-दूसरे से जुड़े हुए होते हैं एवं किसी राज्य का भविष्य, समृद्धि और ताकत इसके नागरिकों पर निर्भर करती है, जिनसे मिलकर परिवार बनता है।

### विवाह से मानव प्रजनन सुनिश्चित होता है

विवाह वह संस्था है जो स्त्री और पुरुष को एक साथ रहकर वैवाहिक जीवन व्यतीत करने की अनुमति प्रदान करती है। इसकी शुरुआत परिवारों की समृद्धि और बेहतर भविष्य सुनिश्चित करने और संकीर्णता रोकने के लिए की गई थी। प्रागैतिहासिक काल में लोग बर्बर हुआ करते थे। उन दिनों विवाह का प्रचलन नहीं था। व्यवस्था और अनुशासन बनाए रखने एवं जीवन में सेक्स का महत्त्व स्वीकार करते हुए मानव प्रजनन को सुनिश्चित करने के लिए विवाह नामक संस्था की शुरुआत की गई। ब्रह्मचर्य, गृहस्थ,

वानप्रस्थ और संन्यास नामक चार आश्रमों की स्थापना की गई। गृहस्थ आश्रम वयस्क लोगों के लिए था, लेकिन यह प्रणाली समय के साथ समाप्त हो गई। देर से विवाह करने का प्रचलन शुरू हो गया जिससे कई सामाजिक अपराधों और विसंगतियों का जन्म हुआ।

## विवाह में देरी से युवाओं को तनाव होता है

वर्तमान समय में युवा भारी मानसिक तनाव का सामना कर रहे हैं क्योंकि उनके माता-पिता उन्हें सही आयु में विवाह की अनुमति प्रदान नहीं करते। इस तथ्य की पूर्णरूपेण उपेक्षा की जाती है कि सेक्स या शारीरिक सुख की इच्छा किसी व्यक्ति के जीवन और भविष्य के निर्माण में महत्त्वपूर्ण भूमिका अदा करती है। लड़कों पर पहले रोजगार प्राप्त करने का दबाव होता है। रोजगार प्राप्ति तक वे प्राय: विवाह योग्य आयु को पार कर चुके होते हैं। यदि वे जल्द रोजगार प्राप्त करने में सफल भी हो जाते हैं तो कई सामाजिक कारणों से उनके विवाह वर्षों बाद होते हैं। उनके माता-पिता दहेज की माँग करते हैं। विवाह की जटिल प्रक्रिया से तंग आकर ज्यादातर युवा प्रेम-विवाह के नाम पर बेमेल विवाह करने को विवश हो जाते हैं और अपना जीवन तबाह कर लेते हैं। जैसे ही विवाहित युगल व्यावहारिक जीवन में प्रवेश करते हैं, सारा प्रेम काफूर हो जाता है।

## पश्चिम की नकल करने की कोई आवश्यकता नहीं

पश्चिमी देशों में पुरुषों और महिलाओं की विवाह की औसत आयु क्रमश: 36 एवं 32 वर्ष है। यद्यपि वे इतनी परिपक्व उम्र में विवाह करना गलत नहीं समझते, लेकिन फिर भी यह माना जाता है कि यह विवाह करने की सही उम्र नहीं है। उम्र के इस चरण में जीवन का व्यवस्थापन और बच्चों का पालन-पोषण अधिक कठिन हो जाता है। एक वयस्क पिता की बजाय एक युवा पिता अपने परिवार का विकास बेहतर तरीके से कर सकता है। एक पिता से यह अपेक्षा की जाती है कि वह अपनी संतान को वह हर सुविधा उपलब्ध कराएगा जो उसे शिक्षा, परिवार व्यवस्थापन और कैरियर को लेकर प्राप्त नहीं थी। देर से विवाह करने का परिणाम यह होता है कि जब तक संतान वयस्क होती है, पिता वृद्धावस्था प्राप्त कर चुके होते हैं। कमजोर पिता अपनी संतान की भली-भाँति देखभाल करने में असफल होते हैं।

## सही उम्र में विवाह आवश्यकता है

सही उम्र में विवाह से तात्पर्य कम उम्र में विवाह करना नहीं है जैसा कि राजस्थान, मध्य प्रदेश, गुजरात एवं अन्य राज्यों में होता रहता है। 5-6 वर्ष के बच्चों का विवाह नहीं किया जाना चाहिए। भारतीय संविधान के अनुसार, महिला एवं पुरुष 18 वर्ष की आयु

पूरी होने पर चुनाव में मतदान कर सकते हैं। यहाँ तक कि सरकार भी उन्हें राजनीति, कैरियर, सेक्स एवं अन्य मसलों पर निर्णय लेने के लिए परिपक्व मानती है। महिलाओं के मामले में 18 वर्ष की आयु विवाह के लिए उपयुक्त मानी जाती है क्योंकि डॉक्टरों के अनुसार वे एक निर्धारित आयु के बाद गर्भधारण करने में असफल रहती हैं।

### निष्कर्ष

स्वस्थ पीढ़ी सुनिश्चित करने के अंतिम लक्ष्य के साथ–साथ सामाजिक अपराध और विसंगतियों पर रोक लगाने के लिए सही उम्र में विवाह ही वास्तव में सही कदम है। हमें प्राय: समाज में महिलाओं के प्रति अत्याचार एवं बलात्कार की खबरें सुनने को मिलती रहती हैं। ये और कुछ नहीं, देर से विवाह करने का परिणाम है। हमारी कई सामाजिक बुराइयों का समाधान सही उम्र में विवाह करने से हो सकता है।

## विपक्ष

### प्रस्तावना

जी नहीं! हमें कम उम्र में विवाह नहीं करना चाहिए। यह किसी भी रूप में अच्छा कार्य नहीं है, बल्कि यह एक ऐसी बुराई है जो सामाजिक वातावरण को बिगाड़ सकती है एवं कई समस्याओं को जन्म दे सकती है।

### विवाह का सही उद्देश्य भूल रहे हैं

विवाह एक ऐसा सामाजिक बंधन है जो दो शरीर एवं आत्माओं को एक करता है। यह एक ऐसी संस्था है जो महिलाओं एवं पुरुषों को एक साथ रहने एवं गृहस्थ जीवन व्यतीत करने की अनुमति प्रदान करती है। लेकिन समय व्यतीत होने के साथ इस प्रणाली में कई बुराइयों ने जगह बना ली है। किसी भी व्यक्ति को परिपक्व या वयस्क होने पर ही विवाह करने की अनुमति थी। अब इसका वास्तविक उद्देश्य पीछे छूट गया है। अब लोग अपनी संतानों का विवाह बोझ समझकर उनकी आयु एवं अन्य कारकों को ध्यान में रखे बिना ही कर रहे हैं।

### विवाह के सही मायने समझने में असफल

भारत के ग्रामीण इलाकों में 10 से 15 वर्ष की आयु में विवाह तय कर दिए जाते हैं। राजस्थान, म.प्र. और गुजरात जैसे राज्यों में 5 से 7 साल तक के बच्चों का जबरन विवाह कर दिया जाता है। ये परंपराएँ शहरी इलाकों में प्रचलित नहीं हैं।

## चिकित्सकीय रूप से कम उम्र में विवाह जायज नहीं

पारंपरिक परिवार लड़कियों की आयु 18 से 20 वर्ष होने पर उसके लिए विवाह योग्य वर तलाशना प्रारंभ कर देते हैं। वास्तव में यह किसी लड़की के लिए विवाह की सही उम्र नहीं है। नव युवावस्था में लड़की गर्भधारण के लिए तैयार नहीं होती। डॉक्टरों के अनुसार गर्भधारण की सही आयु 22 से 26 वर्ष के बीच होती है। पुरुष को 28 से 30 वर्ष की आयु में पिता बनना चाहिए। ऐसा इसलिए भी है क्योंकि इस आयु तक पुरुष रोजगार प्राप्त करने एवं परिवार को सहारा देने में समर्थ हो जाता है। लड़की के लिए विवाह की आदर्श आयु 24 वर्ष एवं लड़के की 29 वर्ष होनी चाहिए।

## आय के स्रोत के बिना विवाह करने से जीवन नरक हो जाता है

कभी-कभी यह कहा जाता है कि भारतीय संविधान पुरुषों और महिलाओं को क्रमशः 22 और 18 वर्ष में मतदान का अधिकार प्रदान करता है। जब सरकार ही यह मानती है कि इस आयु में लड़के और लड़कियाँ अपने मताधिकार का सही प्रयोग कर प्रतिनिधि का चुनाव कर सकते हैं तो उन्हें कम उम्र में विवाह करने की अनुमति देने में कोई हानि नहीं है। लेकिन ऐसा सोचना स्वीकार्य नहीं हैं। राजनीतिक प्रतिनिधि का चुनाव और परिवार का भरण-पोषण दोनों अलग चीजें है। आय के स्रोत के बिना जीवन में कष्ट एवं कठिनाइयाँ सामने आती हैं। आय के स्थायी स्रोत के बिना विवाहित युगल का जीवन नरक समान हो जाता है। पश्चिमी देशों में, यदा-कदा ही कम उम्र में विवाह के समाचार सुनाई देते हैं। वहाँ विवाह की औसत आयु 32 से 36 वर्ष के मध्य होती है। वे सफलतापूर्वक पारिवारिक जीवन व्यतीत करते हैं एवं देर से विवाह करने में उन्हें किसी परेशानी का सामना नहीं करना पड़ता। आय के बंदोबस्त के बाद ही वे वैवाहिक संबंध करते हैं। हमारे देश में भी ऐसा ही होना चाहिए।

## निष्कर्ष

देर रो विवाह करने पर देश को जनसंख्या विस्फोट की समस्या से जूझने में भी सहायता प्राप्त हो सकती है। कम उम्र में विवाह एवं बाल विवाह को हतोत्साहित किया जाना चाहिए तथा संज्ञेय अपराध माना जाना चाहिए एवं ग्रामीण इलाकों में स्थानीय पंचायतों के माध्यम से इस पर नियंत्रण लगाना चाहिए।

□

# 10

# कथन–अवसर दिए जाने पर महिलाएँ बेहतर भारत और बेहतर विश्व का निर्माण कर सकती हैं

## पक्ष

### प्रस्तावना

यदि महिलाओं को अवसर प्रदान किया जाए तो वे बेहतर भारत और बेहतर विश्व का निर्माण कर सकती हैं। मैं इस कथन से सहमत हूँ। लगभग आधी आबादी महिलाओं की है। वे पुरुष के समान ही बुद्धिमान, गंभीर एवं परिश्रमी हैं एवं उन्होंने जीवन के हर क्षेत्र में अपनी योग्यता साबित की है।

### शिक्षा का क्षेत्र

कोई भी व्यक्ति शिक्षा के क्षेत्र में महिलाओं की अद्वितीय प्रगति को देख सकता है। यदि हम सी.बी.एस.ई., आई.सी.एस.ई., हाईस्कूल बोर्ड परीक्षा, मेडिकल, इंजीनियरिंग, प्रबंधन आदि परीक्षाओं के परिणामों पर गौर करें तो पाएँगे कि लड़कियाँ लड़कों की तुलना में बेहतर प्रदर्शन कर रही हैं। लड़कों की तुलना में उनके अंक प्रतिशत भी अधिक होते हैं। यह क्या दरशाता है ? पूर्व में, लड़कियों के अभिभावक उन्हें स्कूल–कॉलेज जाने से रोकते थे एवं वे घर की चारदीवारी के भीतर रहने को मजबूर थीं। वहाँ उनकी प्रतिभा दबी रहती थी लेकिन अब महिलाएँ एक शक्ति के रूप में उभरी हैं एवं विश्व में मानव सभ्यता के विकास में बराबरी का योगदान दे रही हैं।

### राजनीति का क्षेत्र

आज की महिला ने राजनीति के क्षेत्र में भी अपनी विशिष्ट पहचान बनाई है। ऐसी

कई महिला राजनीतिज्ञ हैं जिन्होंने प्रसिद्धि एवं लोकप्रियता अर्जित की है एवं राष्ट्र व विश्व की उन्नति में महत्त्वपूर्ण योगदान दे रही हैं। उनके महत्त्व को ध्यान में रखते हुए संसद् एवं विधानसभाओं में महिलाओं के लिए 33 प्रतिशत आरक्षण का प्रस्ताव भारत सरकार के समक्ष विचाराधीन है। भारत की पहली महिला प्रधानमंत्री स्वर्गीय इंदिरा गांधी को कौन भूल सकता है जिन्होंने संपूर्ण विश्व में अपने आपको एक काबिल प्रशासक के रूप में स्थापित किया।

## सौंदर्य प्रतियोगिता का क्षेत्र

भारतीय महिलाएँ वास्तव में मुखर एवं सुंदर हैं। भारतीय महिलाओं ने सौंदर्य प्रतियोगिता के क्षेत्र में भी अभूतपूर्व उपलब्धियाँ अर्जित की हैं एवं मिस वर्ल्ड, मिस यूनिवर्स एवं मिस एशिया-पैसिफिक जैसे खिताब अपने नाम किए हैं। अब तक तीन लड़कियों को मिस वर्ल्ड एवं एक को मिस यूनीवर्स खिताब प्राप्त हो चुका है। यदि वे इस क्षेत्र में विश्व-पटल पर अपनी योग्यता साबित कर सकती हैं तो अन्य क्षेत्रों में क्यों नहीं! यह कहना गलत होगा कि अपने व्यावसायिक हितों को ध्यान में रखते हुए उद्योगपतियों ने उन्हें ये खिताब दिलाए।

## खेलकूद के क्षेत्र में

हमारे देश में ऐसी कई महिला एथलीट हैं जिन्होंने हमारे देश का नाम रोशन किया है तथा विश्व स्तर पर अपनी योग्यता साबित की है। उन्होंने पुरुषों की तुलना में बेहतर प्रदर्शन किया है। हरियाणा की कर्णम मल्लेश्वरी ने वर्ष 2000 के सिडनी ओलंपिक में भारोत्तोलन प्रतियोगिता में कांस्य पदक जीता था। उन्हें ओलंपिक में पदक जीतनेवाली पहली भारतीय महिला होने का गौरव प्राप्त है।

## सामाजिक सेवा

समाज सेवा के क्षेत्र में महिलाएँ शिक्षा के माध्यम से निर्धन जनजातीय लोगों की दयनीय दशा को दूर करने में महत्त्वपूर्ण भूमिका अदा कर रही हैं। वे कई अनाथालय, सुधारगृह, स्कूल, अस्पताल एवं विधवा आश्रम का संचालन कर रही हैं। हाल ही में एक भारतीय महिला को समाज सेवा के क्षेत्र में अत्यंत प्रतिष्ठित मैग्सेसे पुरस्कार से सम्मानित किया गया है।

### व्यावसायिक क्षेत्र

व्यवसाय के क्षेत्र में भी महिलाओं की स्थिति में सुधार हुआ है। वे पुरुषों की ही तरह शिक्षा प्राप्त कर रही हैं एवं प्रशासनिक अधिकारी, डॉक्टर, प्रोफेसर, इंजीनियर इत्यादि बन रही हैं। अब वे आजीविका के लिए अपने पति और अभिभावकों पर निर्भर नहीं हैं।

### निष्कर्ष

पुरुष-प्रधान समाज में सदियों से महिलाओं को उत्पीड़न, बेरुखी एवं अत्याचारों का सामना करना पड़ा है। वे हमेशा नियंत्रण में रखी गई हैं एवं उन्हें वही करने को मजबूर किया गया जो समय-समय पर पुरुष उन्हें करने को कहते रहे। प्राचीनकाल में भी पुरुषों और महिलाओं के बीच भेदभाव किया जाता था। महिलाओं को वेद आदि ग्रंथ पढ़ने की अनुमति नहीं थी। मध्यकाल के दौरान कई कुरीतियाँ एवं प्रथाएँ, जैसे—सती प्रथा, बाल विवाह, परदा प्रथा आदि प्रचलन में आईं जिनसे महिलाएँ पुरुषों की तुलना में पिछड़ गईं। लेकिन अब यह परिदृश्य तेजी से बदल रहा है। भारतीय महिलाएँ अपनी सादगी, शील, सुंदरता और मातृत्व के लिए जानी जाती हैं। मिस वर्ल्ड का खिताब जीतने के बाद प्रियंका चोपड़ा ने सही ही कहा था कि वे प्रेम, शांति और भाईचारे का संदेश सारी दुनिया में फैलाना चाहती हैं। यदि भारतीय महिलाओं को पर्याप्त अवसर प्रदान किए जाएँ तो वे निश्चय ही बेहतर भारत और बेहतर विश्व का निर्माण कर सकती हैं।

## विपक्ष

### प्रस्तावना

मैं इस बात के विपक्ष में हूँ कि अवसर दिए जाने पर महिलाएँ बेहतर भारत और बेहतर विश्व का निर्माण कर सकती हैं। भारत विशाल जनसंख्यावाला देश है। इसमें आधी जनसंख्या महिलाओं की है। हमारा देश एक विकासशील देश है। हमें अंग्रेजों की गुलामी से आजाद हुए 56 वर्ष से अधिक हो गए हैं। लेकिन अफसोस की बात है कि अब तक हमें वांछित परिणाम देखने को नहीं मिले हैं। जब पुरुष ही इस देश का चेहरा बदलने में असफल रहे हैं, तो महिलाओं से क्या अपेक्षा की जा सकती है!

### प्रकृति ने महिलाओं को कमजोर बनाया है

महिलाओं के प्रति पुरुष के सामाजिक नजरिए में काफी परिवर्तन आया है। अब

उन्हें उन मध्यकालीन सामाजिक प्रतिबंधों का सामना नहीं करना पड़ता जो उन्हें वर्षों पूर्व करना पड़ता था। अब अभिभावक और माता-पिता भी स्त्री संतान के प्रति उतने सख्त नहीं हैं। उन्हें सह-शिक्षा संस्थानों में शिक्षा प्राप्त करने की अनुमति है जिसके परिणामस्वरूप वे डॉक्टर, इंजीनियर एवं अधिकारी आदि बन रही हैं लेकिन समाज और देश के प्रति उनका योगदान बहुत कम है। महिलाओं से वांछित परिणाम प्राप्त न होने का एक बहुत बड़ा कारण प्रकृति को माना जा सकता है जिसने उन्हें पुरुषों की तुलना में कमजोर बनाया है। उच्च पद प्राप्त होने के बावजूद वे अपने व्यवसाय में उस स्थिति को प्राप्त करने में असफल रहती हैं जो पुरुषों ने अर्जित की है।

## महिलाएँ अच्छी श्रमिक नहीं होती हैं

इस विचारधारा के पीछे महिलाओं की कुछ विशेषताएँ भी जिम्मेदार हैं कि महिलाएँ अच्छी श्रमिक नहीं हो सकतीं। प्रायः हमें कार्यालयों में महिलाएँ आपस में गप-शप करती हुई नजर आती हैं। भारतीय कार्यालयों में स्वेटर बुनती हुई महिलाएँ सामान्यतः देखी जा सकती हैं। यहाँ तक कि अधिकारीगण भी इसकी उपेक्षा करते हैं एवं महिला कर्मियों के प्रति नरम रवैया अपनाते हैं। जब भी कोई कठिन समस्या या उलझन सामने आती है, महिलाकर्मी की जगह पुरुषकर्मी को वरीयता दी जाती है।

## महिलाएँ घरों में ही बेहतर हैं

महिलाएँ नर्सिंग, शिक्षा या चिकित्सा व्यवसाय जैसे कुछ क्षेत्रों में ही बेहतर हैं। वे पुलिस और सेना जैसे विभागों, जो देश के विकास के लिए महत्त्वपूर्ण हैं, के लिए योग्य नहीं हैं। यद्यपि वे इन क्षेत्रों में भी देखी जा सकती हैं किंतु उनका योगदान नगण्य ही है। किसी देश के विकास के लिए राजनीति का क्षेत्र सर्वाधिक महत्त्वपूर्ण है। भारतीय राजनीति में महिलाओं की भागीदारी बहुत कम है। राजनीतिज्ञ संसद् और विधानसभाओं में महिलाओं के लिए 33 प्रतिशत आरक्षण की बात कर रहे हैं। यदि वे पुरुषों के समान ही फिट हैं तो उनके लिए हर क्षेत्र में आरक्षण होना चाहिए।

## भारतीय महिलाएँ सिर्फ सौंदर्य प्रतियोगिताओं में बेहतर प्रदर्शन कर रही हैं

भारतीय महिलाओं ने सिर्फ सौंदर्य प्रतियोगिताओं में अपनी योग्यता सिद्ध की है। अब तक चार लड़कियों ने मिस वर्ल्ड, एक ने मिस यूनिवर्स एवं दो ने मिस एशिया-पैसिफिक खिताब जीते हैं। ऐसा लगता है कि हर प्रतियोगिता में भारतीय सौंदर्य की

बाढ़ आई हुई है। इसका कारण बिल्कुल स्पष्ट है। भारत एक विशाल जनसंख्या और बड़े बाजारवाला देश है। अंतरराष्ट्रीय व्यापारिक घरानों एवं बहुराष्ट्रीय कंपनियों ने अपने उपभोक्ता उत्पाद को भारतीय बाजारों में प्रचलित करने के उद्‌देश्य से ही भारतीय सौंदर्य को प्रसिद्धि दिलाई है।

## निष्कर्ष

चाहे जितने भी अवसर महिलाओं को प्रदान कर दिए जाएँ, पुरुष की सहायता के बिना महिलाएँ बेहतर भारत और बेहतर विश्व का निर्माण नहीं कर सकतीं। वे बेहतर माँ हो सकती हैं, बेहतर प्रशासक, राजनीतिज्ञ, इंजीनियर, डॉक्टर, अधिकारी आदि नहीं। उनकी भूमिका घर की चारदीवारी तक सीमित है। उनके लिए यही बेहतर होगा कि वे गृहस्थी के कामकाज सँभालें और बाकी कार्य पुरुषों के लिए छोड़ दें।

□

# 11

# कथन–परंपरा प्रगति की राह में बाधक है

## पक्ष

### प्रस्तावना

जी हाँ, परंपरा प्रगति की राह में बाधक होती है। कभी-कभी यह हमारी प्रगति की राह में बड़े रोड़े अटकाती है। मान लीजिए, आपको एक प्रतिष्ठित बहुराष्ट्रीय कंपनी से एक नियुक्ति पत्र प्राप्त होता है जिसमें आपसे शनिवार को ड्यूटी पर रिपोर्ट करने के लिए कहा जाता है। तभी आपकी बुजुर्ग दादी दखल देती हैं कि शनिवार का दिन परिवार के लिए शुभ नहीं है; ऐसे में आपके भविष्य का क्या होगा? परिवार की परंपरा के नाम पर ऐसे अंधविश्वासों को मानना जीवन में आपकी तरक्की को रोकता है।

### भारतीय समाज परंपरा से बँधा हुआ है

जन्म से लेकर मृत्यु तक भारतीय लोग परंपरा और रिवाज के नाम पर कई उत्सव मनाते हैं। जब किसी परिवार में बच्चे का जन्म होता है तो छठी यानी जन्म के छह दिन बाद उत्सव का आयोजन होता है। अमीर परिवारों द्वारा ये उत्सव पूरे रस्मो-रिवाज के साथ आयोजित किए जाते हैं लेकिन ये उत्सव गरीब परिवारों पर आर्थिक रूप से भारी पड़ते हैं। उन्हें महाजनों से महँगी ब्याज दर पर कर्ज लेकर ये उत्सव मनाने पड़ते हैं। शादी-विवाह का आयोजन भी तड़क-भड़क के साथ किया जाता है। इसमें पानी की तरह पैसा बहाया जाता है। तमिलनाडु की मुख्यमंत्री जयललिता के पुत्र की शादी मीडिया की सुर्खियों में रही जिसमें एक करोड़ रुपए खर्च किए गए थे। यह क्या प्रदर्शित करता है? क्या यह विकास-विरोधी कदम नहीं है? अनावश्यक उत्सवों, यज्ञों, पूजा-पाठ एवं कर्मकांडों का आयोजन होता है। हिंदुओं में श्राद्ध उत्सव तेरह दिनों तक चलता है। यह बहुत अधिक समय खर्च करनेवाला कर्मकांड है जिसमें पंडित दिवंगत आत्मा की शांति के लिए विभिन्न प्रकार के दान का परामर्श देते हैं। यह और कुछ नहीं बल्कि लोगों की धार्मिक भावनाओं का शोषण है लेकिन लोग इन्हें परंपरा और रीति-रिवाज के नाम पर मानते हैं।

## पुराने रीति-रिवाजों ने हमारे समाज को मृतप्राय बना दिया है

पूर्व में, लोग विदेश यात्रा पर जाना अशुभ मानते थे। ऐसे लोगों को समाज से बहिष्कृत कर दिया जाता था जो उच्च शिक्षा प्राप्त करने के लिए विदेश जाया करते थे। ऐसे व्यक्तियों को, जो किसी अन्य जाति में या विदेशी मूल के व्यक्ति के साथ विवाह करते थे, समाज से हमेशा के लिए बेदखल कर दिया जाता था तथा उन्हें किसी भी सामाजिक कार्यक्रम में भाग लेने की अनुमति नहीं थी। ऐसे प्रतिबंध हमारे समाज को मृतप्राय बना देते हैं।

## भारतीय विदेशियों से पीछे हैं

पश्चिमी संस्कृति की तुलना में हमारी संस्कृति हर दृष्टि से पीछे है। पश्चिमी देशों का समाज एक मुक्त समाज है। वे परंपरा का अंधानुकरण नहीं करते। वे अपनी हर मान्यता के बारे में प्रश्न करते हैं एवं सामाजिक व राष्ट्रीय प्रगति के मसले पर कोई समझौता नहीं करते। उनके समाज में विचारहीन परंपराओं का कोई स्थान नहीं है। वे नई खोजों और आविष्कारों में विश्वास करते हैं।

## कट्टर रीति-रिवाज अब सामाजिक बुराई बन गए हैं

प्राचीन भारत में लोग अपनी परंपरा और रीति-रिवाजों का कड़ाई से पालन करते थे। इसके परिणामस्वरूप सती प्रथा, बाल विवाह एवं बँधुआ मजदूरी जैसी सामाजिक बुराइयों का जन्म हुआ। बदनाम जाति प्रथा एव दहेज प्रथा तो आज भी अस्तित्व में है। लोग अपने पुत्र के विवाह में दहेज की माँग करते हैं। लड़की के पिता को उत्पीड़न और बेइज्जती का सामना करना पड़ता है तथा कन्या संतान का जन्म अशुभ माना जाता है। इसके परिणामस्वरूप बड़ी संख्या में कन्या-भ्रूण हत्याएँ हुई हैं। परंपरा से बँधे लोग इसके परे मुश्किल से ही देख पाते हैं।

## निष्कर्ष

यह मानते हुए कि परंपरा और रीति-रिवाज के नाम पर कुरीतियों का पालन समाज एवं राष्ट्र की प्रगति में बाधक है, राजा राममोहन राय, स्वामी दयानंद सरस्वती, ईश्वर चंद्र विद्यासागर, ज्योतिबा फुले जैसे समाज सुधारकों ने सामाजिक कुरीतियों और परंपराओं के विरुद्ध लंबी लड़ाई की। उनके प्रयासों से कुछ बुरी प्रथाओं और कुरीतियों का उन्मूलन हुआ। यहाँ तक कि गांधीजी ने भी छुआछूत के विरुद्ध संघर्ष किया। हमें जागरूक होना चाहिए कि परंपरा एवं रीति-रिवाजों के नाम पर अंधविश्वास का पालन करना समाज एवं राष्ट्र की प्रगति में बाधक है।

# विपक्ष

## प्रस्तावना

जी नहीं, परंपरा समाज और राष्ट्र की प्रगति की राह में बाधक नहीं होती। ऐसा कोई राष्ट्र या समाज नहीं है जिसकी कोई परंपरा या संस्कृति न हो। कोई भी देश या समाज अपनी परंपरा एवं रीति-रिवाजों के द्वारा ही पहचाना जाता है। अत: इनका पालन करने में कोई बुराई नहीं है।

## परंपरा और संस्कृति का विकास एक दिन में नहीं होता

परंपरा कभी भी प्रगति की राह में बाधक नहीं है। यह हमारी सभ्यता और संस्कृति का हिस्सा है, जिस पर हमें गर्व है। परंपराएँ एक दिन में नहीं बनतीं। वे शताब्दियों में विकसित होती हैं। यह हमारे पूर्वजों द्वारा अर्जित अनुभवों का योग है जिससे हमारी पहचान विकसित हुई है एवं जिन्होंने हमें जीवन का सामाजिक एवं सभ्य तरीका बताया है। इनका पालन करने से प्रगति में कैसे बाधा हो सकती है।

## परंपराएँ हमेशा नैतिकता का पाठ पढ़ाती हैं

किसी राष्ट्र या समाज की पुरानी परंपराएँ कभी गलत सबक नहीं देतीं। हमारी विरासत अत्यंत समृद्ध है। हमें हमेशा अपने से बड़ों, माता-पिता, बुजुर्गों की सेवा एवं निर्धनों के प्रति सहानुभूति का पाठ पढ़ाया गया है। हमें अतिथि देवो भव की शिक्षा दी गई है एवं यह बताया गया है कि उनका समुचित आदर-सत्कार किया जाना चाहिए। यदि किसी के पास पर्याप्त भोजन नहीं है तो उसे स्वयं भोजन न करके सारा भोजन अतिथि को दे देना चाहिए। क्या यह गलत परंपरा है? निश्चित रूप से नहीं! हमें हमेशा प्रेम, शांति और भाईचारे के साथ रहने की शिक्षा प्रदान की गई है। अलग-अलग संस्कृतियाँ और परंपराएँ होने के कारण हमारा देश विविधता में एकतावाला देश है।

## भारतीय संस्कृति पाश्चात्य संस्कृति से ज्यादा समृद्ध है

प्राय: पश्चिमी संस्कृति और सभ्यता को सम्मान की दृष्टि से देखा जाता है लेकिन उनके पास वे चीजें नहीं है जो हमारी संस्कृति में हैं। पश्चिमी देशों में परिवार नामक संस्था अधिक मजबूत नहीं है। वे अपने से बड़ों, माता-पिता और बुजुर्गों को पर्याप्त सम्मान नहीं देते जबकि भारत में ऐसा नहीं है। हम अपने गुरुओं को भी सम्मान प्रदान करते हैं। सम्मान के मामले में गुरुओं का दरजा सर्वोपरि है। यह भी कहा गया है कि यदि हमारे

समक्ष गुरु और भगवान् दोनों खड़े हों तब भी हमें पहले गुरु का ही सम्मान करना चाहिए क्योंकि गुरु ने ही हमें भगवान् के बारे में ज्ञान प्रदान किया है।

## हिंदू संस्कृति वैज्ञानिक सिद्धांतों पर आधारित है

हिंदू संस्कृति सिर्फ एक धर्म नहीं है बल्कि यह वैज्ञानिक सिद्धांतों पर आधारित जीवन पद्धति है। हमारी परंपरा, संस्कृति एवं रीति-रिवाजों का विशेष महत्त्व है परंतु समय के साथ इनमें निरंतर बदलाव होता गया एवं ये अपना वास्तविक स्वरूप खो बैठीं। वास्तव में, परंपरा के नाम पर लोगों ने सामाजिक बुराइयों को जन्म दिया है। यह ऐसे कुछ मुट्ठी भर लोगों का काम है जिन्होंने हमारी प्राचीन परंपरा को बदनाम किया है। हमारी संस्कृति का विकास समय-समय पर हुए एक के बाद एक हमलों, आक्रमण और हत्याओं के साये में हुआ है। यदि हम भारत के पूरे इतिहास पर नजर डालें तो हम पाएँगे कि हमारे समाज में सामाजिक बुराइयों का जन्म कुछ निश्चित कारणों से हुआ। यहाँ तक कि सती प्रथा और बाल विवाह जैसी कुरीतियों का जन्म युवतियों एवं विधवाओं को आक्रमणकारियों से बचाने के लिए हुआ। दहेज प्रथा की यह कहकर पैरवी की गई कि विवाह समकक्ष हैसियत के लोगों में होना चाहिए।

## परंपरा का विकास से कोई लेना-देना नहीं है

ऐसा कोई राष्ट्र या समाज नहीं है जिसकी कोई संस्कृति और परंपरा न हो। यहाँ तक कि ब्रिटेन में राजशाही की बेहतरीन परंपरा है। लेकिन वहाँ राजशाही प्रतीकात्मक है, तथा देश पूरी तरह लोकतांत्रिक तरीके से चलाता है। अपने सुनहरे इतिहास के कारण ब्रिटेन की महारानी को अत्यंत सम्मान का दरजा प्राप्त है। एक परंपरागत देश होने के बावजूद ब्रिटेन विकसित देश है। एक समय इस देश ने पूरी दुनिया पर राज किया था। यह कहा जाता है कि ब्रिटिश राज्य में सूर्य कभी अस्त नहीं होता था।

## निष्कर्ष

प्रगति का विचार लोगों के रवैए पर निर्भर करता है। किसी देश की परंपरा एवं संस्कृति से सामाजिक एवं आर्थिक समृद्धि का कोई लेना-देना नहीं है। भारत ने कभी भी भौतिक विकास को महत्त्व नहीं दिया। हमने हमेशा आध्यात्मिक विकास पर जोर दिया है। दूसरी ओर, यूरोपीय देशों ने भौतिक या सांसारिक समृद्धि को ही प्राथमिकता दी है।

□

# 12

# कथन–धन ही अप्रसन्नता का मुख्य कारण है

## पक्ष

### प्रस्तावना

जी हाँ, धन ही अप्रसन्नता का मुख्य कारण है। सांसारिक सुख-सुविधा के पीछे भागने से कष्ट और दु:ख होना तय है। यह मानना सर्वथा गलत है कि धन ही प्रसन्नता, सुख और सांसारिक सुविधाओं का स्रोत है, धन के बिना जीवन व्यर्थ है तथा धन के बिना समाज में सम्मान नहीं होता।

### हिंदू वेद-पुराण धन के महत्त्व को नकारते हैं

हिंदू मान्यता के अनुसार मानव जीवन के चार लक्ष्य हैं—धर्म, अर्थ, काम, मोक्ष। जिनका तात्पर्य क्रमश: नैतिकता, धन, ऐंद्रिक सुख तथा जीवन-मरण चक्र से मुक्ति है। किसी भी व्यक्ति को अपने जीवन में सही मायने में सुख प्राप्त करने के लिए जीवन के इन चारों लक्ष्यों के बीच सही संतुलन प्राप्त करना आवश्यक है। केवल धन अर्जित करने में ही सारी शक्ति लगाना मनुष्य की प्रगति और विकास के लिए हानिकारक है।

### मोक्ष प्राप्त करना ही जीवन का अंतिम लक्ष्य है

मोक्ष प्राप्त करना ही मानव जीवन का अंतिम लक्ष्य है। धन-संपदा और सांसारिक समृद्धि के पीछे भागने से मनुष्य को कष्ट ही प्राप्त होता है। संतोष में ही जीवन का सार है। हमें महान् संत कबीर का यह दोहा नहीं भूलना चाहिए—साईं इतना दीजिए जा में कुटुंब समाय, मैं भी भूखा ना रहूँ, साधु ना भूखा जाय। ऐसे कई उदाहरण हैं जो सिद्ध करते हैं कि धन के पीछे भागते मनुष्य का जीवन ही तबाह हो गया। ज्यादातर समय, संपत्ति को लेकर हुए पारिवारिक विवाद का परिणाम अंतहीन हत्याएँ ही होती हैं। अचल संपत्ति को लेकर एक बार भतीजे ने अपने चाचा की ही हत्या कर दी थी। पुलिस ने उसे

गिरफ्तार किया एवं न्यायालय ने उसे आजीवन कारावास की सजा सुनाई। कोई मुझे यह बताए कि इस कार्य से उसे किस तरह अपने जीवन में सुख प्राप्त हुआ?

## चिंता का कारण

धन अपने साथ चिंता, कष्ट, मानसिक तनाव और अनिद्रा लाता है। गरीब व्यक्ति चैन की नींद सोता है जबकि अमीर को चैन की नींद नहीं आती। उसे हर समय अपने जीवन और संपत्ति पर खतरा मँडराता दिखाई देता है। आवश्यकता से अधिक धन का संग्रह मानसिक शांति, सुख और चित्त की शांति हर लेता है।

## धन प्राप्त करने हेतु गलत तरीकों का प्रयोग ही अप्रसन्नता का कारण है

सामान्यत: लोग पैसे के पीछे भागते रहते हैं। वे धन एकत्र करने के लिए हर संभव तरीके इस्तेमाल करते हैं तथा तस्करी, अपहरण, वसूली एवं डकैती जैसे गैर-कानूनी तरीके भी अपनाते हैं। प्राय: वे कुछ पैसों के लिए अपना जीवन दाँव पर लगा देते हैं। गलत काम करते हुए वे पुलिस द्वारा पकड़ लिए जाते हैं और अपना सारा जीवन जेल की सलाखों के पीछे गुजार देते हैं। हम प्राय: सुनते हैं कि ऑफिस में रिश्वत लेते हुए पकड़े जाने पर कर्मचारी या तो निलंबित कर दिए जाते हैं या नौकरी से निकाल दिए जाते हैं। धन की लालसा व्यक्ति को कष्ट में डाल देती है और उसका जीवन तबाह कर देती है।

## भौतिकतावाद ने हमारी शांति छीन ली है

हम सभी जानते हैं कि पश्चिमी दुनिया जीवन के प्रति भौतिकतावादी नजरिया रखती है। वहाँ के लोग तमाम सांसारिक सुख-सुविधाओं के बावजूद प्रसन्न नहीं हैं और मानसिक शांति की तलाश में रहते हैं। इसीलिए उनकी नजरों में भारतीय संतों और साधुओं के प्रति आदर का भाव होता है जो जीवन के आध्यात्मिक और नैतिक मूल्यों की शिक्षा देते हैं। आर्ट ऑफ लिविंग, क्रिया योग, इस्कॉन, रजनीश आश्रम जैसे संगठन मानवता की सच्ची सेवा कर रहे हैं क्योंकि वे जीवन में अनंत सुख के एकमात्र स्रोत के रूप में आध्यात्मिकता की शिक्षा प्रदान कर रहे हैं।

## निष्कर्ष

पश्चिमी देशों में धनी व्यक्ति सांसारिक सुखों से इतने ऊब गए हैं कि या तो वे आत्महत्या कर लेते हैं या मानसिक शांति और एकांत की तलाश में धन-संपदा और घर-बार छोड़ देते हैं। अत: निस्संदेह, धन ही सभी चिंताओं एवं जटिलताओं का कारण है और कभी हमें सच्चा सुख नहीं दे सकता।

# विपक्ष

## प्रस्तावना

यह कहना गलत होगा कि धन ही अप्रसन्नता का मूल कारण है। अप्रसन्नता मस्तिष्क की एक अवस्था है। कोई भी व्यक्ति किसी भी कारण से अप्रसन्न हो सकता है, सिर्फ धन के कारण ही नहीं। ज्यादातर समय लोग यही शिकायत करते हैं कि वे धन-संपदा की कमी के कारण अप्रसन्न हैं। यदि उनके पास धन होता तो उनका जीवन कहीं बेहतर होता। वे अपने जीवन की सभी समस्याओं का कारण धन की कमी बताते हैं।

## धन की शक्ति को नजरअंदाज नहीं किया जा सकता

धन ही शक्ति है। आज के भौतिकतावादी युग में धन के महत्त्व को अस्वीकार नहीं किया जा सकता। यदि हमारे पास धन नहीं होगा तो हम परिवार को गुणवत्तापूर्ण जीवन प्रदान नहीं कर सकते तथा आधुनिक दौर की आवश्यकताओं, जैसे—बच्चों को अच्छी शिक्षा, व्यापार, उद्योग या कारखाने की स्थापना और आधुनिक इलेक्ट्रॉनिक साजोसामान का आनंद लेना आदि की पूर्ति नहीं कर सकते। आज के समय में शिक्षा अत्यंत महँगी हो गई है। हमारे समाज में ऐसे कई उदाहरण सामने आए हैं कि प्रतिभावान छात्र धन के अभाव में शिक्षा पूरी नहीं कर पाए और निराशा के शिकार हो गए। वे दुनिया में वास्तव में अप्रसन्न और दुर्भाग्यशाली प्रतीत होते हैं। बेहतर शिक्षा, उद्यम और योग्यता होने के बावजूद कोई भी व्यक्ति धनाभाव के कारण उद्योग स्थापित करने के बारे में सोच नहीं सकता।

## जीवन निर्जन हो जाता है

पर्याप्त धन के अभाव में हम कोई भी काम नहीं कर सकते। पश्चिमी देश विकसित कहे जाते हैं जबकि हमारा देश उनसे काफी पीछे है। अमेरिकी डॉलर की तुलना में भारतीय मुद्रा का मूल्य काफी कम है। अपनी मौद्रिक ताकत के बल पर आज अमरीका सारे विश्व पर राज कर रहा है। बेहतर कैरियर और भविष्य की तलाश में दुनिया भर के प्रतिभाशाली लोग अमरीका जाना पसंद करते हैं। प्रतिभा पलायन के पीछे मुख्य उद्देश्य धन अर्जित करना ही है। एक भारतीय की तुलना में वे कहीं अधिक प्रसन्न एवं सुविधापूर्ण जीवन व्यतीत करते हैं। अत्यधिक धन-संपदा के स्वामी होने के कारण आजकल आप्रवासी भारतीयों को सुपर नागरिक का दरजा प्राप्त है एवं उन्हें घरेलू उद्योगपतियों की तुलना में अधिक सुविधाएँ प्रदान की जाती हैं।

## धन का अभाव मनुष्य को परिवार एवं समाज में दुःखी करता है

किसी ऐसे परिवार में जहाँ एक भाई गरीब और एक भाई अमीर हो, वहाँ गरीब के साथ हमेशा भेदभाव किया जाता है। गरीब भाई की हमेशा उपेक्षा की जाती है तथा अमीर को पूरा आदर-सम्मान प्राप्त होता है। यहाँ तक कि माता-पिता भी अपने समृद्ध पुत्र को प्रेम करते हैं। गरीब भाई से बढ़कर दुःखी और उपेक्षित और कोई नहीं होता। निरक्षर होने पर भी अमीर भाई को योग्य और पढ़े-लिखे गरीब भाई की तुलना में अधिक आदर-सम्मान प्राप्त होता है। योग्य गरीब भाई आर्थिक दबाव के कारण खुश नहीं होता। प्रसिद्ध महाकाव्य रामचरितमानस के रचयिता गोस्वामी तुलसीदास ने लिखा है—नहिं दरिद्र सम दुःख जग माही—यानी दुनिया में गरीबी से बढ़कर और कोई दुःख नहीं है। उन्होंने अपने जीवनकाल में स्वयं भी गरीबी और कड़वे अनुभवों की मार सही थी। तभी तो प्रसिद्ध हिंदी कहावत है—बाप बड़ा न भैया, सबसे बड़ा रुपैया।

## निष्कर्ष

यह कहना गलत होगा कि धन ही अप्रसन्नता का मूल कारण है। निस्संदेह, धन सबकुछ नहीं है लेकिन यह कई समस्याओं को दूर करता है, जीवन आरामदायक, सुखमय और आसान बनाता है। कोई भी व्यक्ति चाहे कितना भी प्रतिभाशाली क्यों न हो, धन की शक्ति के बिना जीवन में कुछ नहीं कर सकता। टाटा, बिरला, डालमिया आदि अत्यंत समृद्ध लोग हैं और उन्हें कौन अप्रसन्न कह सकता है क्योंकि वे ऐसे असंख्य परिवारों के जीवन में खुशियाँ लाए हैं जो उनके कारखानों में काम करते हैं। जीवन में विकास, प्रगति और प्रसन्नता के प्रमुख कारक के रूप में धन के महत्त्व को नकारा नहीं जा सकता। □

# 13

# कथन–आज का संगीत संगीत नहीं कहा जा सकता

## पक्ष

### प्रस्तावना

जी हाँ, आज का संगीत संगीत नहीं कहा जा सकता। इसने संगीत के समस्त गुणों को भुला दिया है। लोग ऐसे संगीत से ऊब चुके हैं और इसे शोरगुल कहा जाने लगा है। ज्यादातर समय लोग तथाकथित आधुनिक संगीत या कर्कश रीमिक्स सुनकर अपने रेडियो और टेलीविजन बंद कर देते हैं।

### संगीत दिल की चीज है

संगीत का संबंध मानव–मन की कोमल भावनाओं, भावों, भावुकताओं और नरमी से है। इसमें इतनी शक्ति होती है कि यह हमें खुशी से हिला–डुला और नचा सकता है। यह मानव–मन और मस्तिष्क पर समान रूप से खुशनुमा प्रभाव डालता है। ऐसा कोई व्यक्ति नहीं होता जो संगीत की धुनों पर न झूमे।

### गहज कोलाहल

आज के संगीत को संगीत नहीं कहा जा सकता। इसे शोर–शराबा कहना ही बेहतर होगा। संगीत के नाम पर आजकल सिर्फ ड्रम, स्टील और एकॉर्डियन आदि को पीटा जाता है तथा समूह गान के नाम पर शोर–शराबा ही मिश्रित किया जाता है। लेकिन वास्तव में ये हमारे दिमाग पर नकारात्मक प्रभाव डालते हैं। आधुनिक संगीत को विभिन्न नाम दिए गए हैं—डिस्को, पॉप, रेगी, जैज, रॉक एवं पाश्चात्य संगीत। युवा पीढ़ी ऐसे संगीत के पीछे दीवानी है जिसे वे मुश्किल से ही समझ पाते हैं लेकिन समय के साथ तालमेल बैठाने के लिए वे इसका अंधानुकरण करते हैं।

## आज का संगीत किसी मायने में शोरगुल से बेहतर नहीं

आधुनिक संगीत ऊँचे स्वर में बजाया जाता है जिससे शहरों में ध्वनि प्रदूषण फैलता है। माइक, साउंड बॉक्स, स्टीरियोफोनिक संगीत के शोरगुल से हमारी सुनने की क्षमता पर असर पड़ रहा है। निश्चित रूप से ऐसे संगीत से हमारा मनोरंजन नहीं होता और हम ताजगी महसूस नहीं करते, इसके उलट हम बीमारियों एवं व्याधियों के शिकार हो रहे हैं। हम अपने मन को राहत पहुँचाने तथा जीवन की बोरियत तथा एकरसता को दूर करने के लिए संगीत सुनते हैं। लेकिन कोई भी व्यक्ति आधुनिक संगीत से राहत प्राप्त करने की अपेक्षा नहीं कर सकता, इसके विपरीत वह ड्रम पीटने एवं कर्कश ध्वनि को सुनकर तनावग्रस्त हो जाता है।

## लोग शास्त्रीय संगीत की ओर लौट रहे हैं

आधुनिक संगीत में स्वर, लय (सुर व ताल) का अभाव है। लोग आज भी शास्त्रीय एवं पुराने गीतों को सुनना पसंद करते हैं। शास्त्रीय संगीत की कैसेट और सी.डी. की भारी माँग है एवं लोग बड़ी संख्या में इन्हें सुनना पसंद करते हैं। संगीत-प्रेमी लोग आधुनिक संगीत से ऊबकर गजल, सुगम संगीत एवं भजन की ओर लौट रहे हैं।

## पुराना ही सुहाना है

हमारे शास्त्रीय संगीत और आधुनिक संगीत की आपस में कोई तुलना नहीं की जा सकती। यहाँ सिर्फ एक पुरानी कहावत ही चरितार्थ होती है—ओल्ड इज गोल्ड। हमारे पास संगीत की अत्यंत समृद्ध परंपरा रही है। भारत के सुप्रसिद्ध संगीतकारों—तानसेन और बैजूबावरा—को कौन भूल सकता है। ये दोनों ही सम्राट् अकबर के शासनकाल में महान् संगीतकार हुए हैं। हम इन लोगों से जुड़ी उन कहानियों को भी नहीं भुला सकते जो इनकी संगीत क्षमताओं को सिद्ध करती हैं। कहते हैं कि बैजूबावरा के संगीत का प्रभाव तो इतना अधिक था कि यह पत्थर को पिघला सकता था और दीपक को जला सकता था।

## निष्कर्ष

यद्यपि आज हमारे पास तानसेन और बैजूबावरा जैसी प्रतिभाएँ नहीं है, लेकिन हमारे पास उस्ताद अमजद अली खान, उस्ताद जाकिर हुसैन, शिव कुमार शर्मा, पं. पन्नालाल घोष इत्यादि कुछ ऐसे संगीतकार हैं जिन्होंने हमारे देश का नाम रोशन किया है। लेकिन ये कलाकार सिर्फ संगीत-प्रेमियों के बीच ही प्रसिद्ध हैं। आज का युवा

शास्त्रीय संगीत को भूल चुका है एवं संगीत को लेकर उसकी रुचि में परिवर्तन आया है एवं वह शोरगुल सुनना ही पसंद करता है।

## विपक्ष

### प्रस्तावना

मैं इस कथन से सहमत नहीं हूँ कि आज के संगीत को संगीत नहीं कहा जा सकता। आज का संगीत अत्यधिक सुरीला, रोमांचक तथा राहत देनेवाला है। यह अब भी आकर्षित करता है तथा लोग इसे रुचि के साथ सुनना पसंद करते हैं।

### आज के संगीत में अच्छे संगीत के सभी गुण मौजूद हैं

आज का संगीत सुरीला, तालबद्ध एवं प्रभावकारी है। यह लोगों को अपने पैरों पर थिरकने के लिए मजबूर कर देता है। मस्तिष्क पर इसके राहत भरे प्रभाव से हमारा तनाव व चिंताएँ दूर हो जाती हैं। यह इतना प्रभावशाली है कि लोग अपने आप को रोक नहीं पाते। कभी-कभी तो यह प्रभाव इतना गहरा होता है कि लोग संगीत की धुनों पर नाचना शुरू कर देते हैं।

### आज का संगीत वैश्विक संगीत है

आधुनिक संगीत पॉप, जैज, रॉक एवं शास्त्रीय का मिश्रण है। इसमें संगीत के सभी श्रेष्ठ गुण मौजूद हैं। इसका समग्र प्रभाव हमारी कल्पनाओं के परे है। लोग यह आरोप लगाते हैं कि आधुनिक संगीत सिवाय शोर-शराबे के और कुछ नहीं है। यह ध्वनि प्रदूषण एवं अश्लीलता फैलाता है। लेकिन यह वास्तविकता नहीं है। वास्तव में आधुनिक वाद्य यंत्रों के पदार्पण के बाद लोगों के मन-मस्तिष्क पर इस संगीत का प्रभाव अत्यंत गहरा होता है। हारमोनियम, ढोलक, सितार, बाँसुरी इत्यादि की जगह अब इलेक्ट्रिक गिटार, ड्रम, एकॉर्डियन, स्टील इत्यादि ने ले ली है।

### आधुनिक संगीत अधिक लोकप्रिय है

मूल रूप से संगीत की दो श्रेणियाँ हैं—आधुनिक एवं शास्त्रीय। आधुनिक संगीत की लोकप्रियता का अंदाजा महज इसी बात से लगाया जा सकता है कि लोग बड़ी संख्या में इसके दीवाने हैं। दूसरी और शास्त्रीय संगीत, जो कि पुराने जमाने का संगीत है, सामान्य लोगों को आकर्षित नहीं करता। यह समृद्ध ओर धनाढ्य लोगों का संगीत बनकर रह गया है जबकि आधुनिक संगीत सामान्य जनमानस एवं युवाओं को आकर्षित करता है।

## आधुनिक संगीत ने अपनी चमक नहीं खोई है

यह कहना गलत होगा कि हमारे पास तानसेन और बैजूवावरा जैसे गायक और संगीतकार नहीं हैं। हमारे पास लता मंगेशकर और आशा भोसले जैसी गायिकाएँ हैं जिनकी आवाज दुनिया भर में लाखों लोगों द्वारा पसंद की जाती है। समय के साथ चीजें बदलती हैं। जो कुछ भी भूतकाल में हमारे पास था, आधुनिक काल में उससे कहीं ज्यादा है। हमने जीवन के हर क्षेत्र में प्रगति की है। कुछ संगीत कंपनियाँ सारी दुनिया में कारोबार कर रही हैं। संगीत की कैसेटों की रिकॉर्ड-तोड़ बिक्री हुई है। यह प्रदर्शित करता है कि संगीत-प्रेमियों की संख्या में जबरदस्त इजाफा हुआ है।

## संगीत के क्षेत्र में हुए प्रयोगों ने आधुनिक संगीत में सुधार किया है

हम संगीत के क्षेत्र में भी नए प्रयोग कर रहे हैं। पुराने गीतों को नए वाद्य यंत्रों के साथ रीमिक्स करके बनाए गए गाने तेजी से लोकप्रिय हो रहे हैं। पहले का संगीत ऐसे नियमों में जकड़ा हुआ था जिनका पालन हर हालत में अनिवार्य था। ये नियम कभी-कभार ही तोड़े जाते थे। लेकिन आधुनिक संगीत काफी प्रयोगधर्मी और रचनात्मक है। किसी समय जैज संगीत को संगीत माना ही नहीं जाता था एवं फ्यूजन को इसका अशुद्ध संस्करण माना जाता था लेकिन आज यह संगीत-प्रेमियों की पहली पसंद है।

## निष्कर्ष

आज के संगीत में कई तरह की लय, ध्वनि एवं ताल हैं। संगीत के क्षेत्र में सभी अवरोध तोड़ दिए गए हैं। आज के संगीत का दायरा अत्यंत विस्तृत है एवं सच्चा संगीत विश्व की अन्य दूसरी चीजों की तरह निरंतर परिवर्तनशील एवं विकसित होना चाहिए। आज संगीत सार्थक, सोद्देश्य, मधुर एवं मन-मस्तिष्क को राहत पहुँचानेवाला है। इसे शोरगुल कहना इसके साथ अन्याय होगा।

□

# 14

# कथन—लालच ही जीवन में अप्रसन्नता लाता है

## पक्ष

### प्रस्तावना

लालच का तात्पर्य है आवश्यकता से अधिक की अपेक्षा करना। यह मानव का स्वभाव है कि वह अधिक प्राप्त करना चाहता है लेकिन जब वह ऐसा करने में असफल होता है तो वह दु:खी हो जाता है। निश्चित रूप से, लालच ही जीवन में अप्रसन्नता लाता है।

### लालच ही अप्रसन्नता का भंडार-घर है

आय के ज्ञात स्रोतों या क्षमता से अधिक प्राप्त करने की लालसा ही मनुष्य को लालची बनाती है। लालच ही सभी प्रकार की अप्रसन्नता का भंडारगृह है। आवश्यकता से अधिक की माँग करना ही लालच है। अपनी आवश्यकता को जानना ही विवेक है और विवेक ही प्रसन्नता है। आवश्यकताओं को सीमित करने का ज्ञान न होना एवं सिर्फ अपने ही बारे में सोचना लालच है। यह ऐसा ही है कि पैरों से विकलांग व्यक्ति मैराथन दौड़ने एवं एवरेस्ट पर चढ़ने की इच्छा रखे। हमें पहले अपनी सीमाएँ जाननी चाहिए एवं इसके बाद ही लक्ष्य तय करने चाहिए। यह अच्छा है कि कोई व्यबित अपनी सीमा के अनुसार अधिकतम प्राप्त करने की इच्छा रखे परंतु अपनी सीमाओं का निर्धारण करना इसलिए महत्त्वपूर्ण है ताकि बाद में निराशा हाथ न लगे।

### लालच विवेक को हर लेता है

हम सभी लोगों ने उस लालची व्यक्ति की कहानी सुनी है जिसके पास सोने का

अंडा देनेवाली मुरगी थी। एक दिन एक ईर्ष्यालु पड़ोसी ने उसे मुरगी को मारकर सारे अंडे एक साथ निकाल लेने की सलाह दी। लालची व्यक्ति ने जब मुरगी का पेट काटकर देखा तो उसके हाथ पश्चात्ताप के अलावा और कुछ नहीं लगा। प्रसन्नता अभिलाषा और वास्तविकता के बीच की पतली रेखा पर चलने के समान है। प्रत्येक व्यक्ति को कपड़े के अनुसार ही अपना कोट सिलाना चाहिए लेकिन पहले यह जानना आवश्यक है कि कोट सिलवाने के लिए कितना कपड़ा आवश्यक है। संतुलन समाप्त होते ही जीवन में अप्रसन्नता का आगमन तय है जिससे सारा जीवन नारकीय एवं कष्टप्रद हो जाता है।

## लालच ही बुराइयों का स्रोत है

लालच ही बुराइयों का स्रोत है। लोग प्रायः धन और शक्ति के पीछे भागते रहते हैं। अमीर और शक्तिशाली बनने के लिए वे अपने जीवन में गलत तरीके अपनाते हैं। प्रकृति के नियम के अनुसार, गलत रास्ते पर चलने से बुरे परिणाम प्राप्त होने तय हैं। कम समय में धनवान बनने के लालच में लोग अपने सगे-संबंधियों तथा विरोधियों की हत्या तक कर देते हैं। क्षणिक रूप से यह लगता है कि लोग धनवान और शक्तिशाली हो गए हैं परंतु भविष्य में यह गलत साबित होता है। लालच के वशीभूत होकर वे एक के बाद एक गलतियाँ करते जाते हैं और एक दिन उनकी भिड़ंत अपने से अधिक शक्तिशाली से होती है जो उसकी सारी धन-दौलत छीन लेता है।

## लालच हमें असंतुष्ट बनाती है

हमारी भारतीय संस्कृति और परंपरा भी हमें यह शिक्षा देती है कि लालच ही जीवन में असंतोष का कारण है। हमारे संतों और साधुओं ने संतोष को ही प्रसन्नता का स्रोत बताया है। संतोष ही जीवन का आधार है जो हमें सीमित साधनों के बावजूद हमेशा संतुष्ट रहने की शिक्षा देता है। यह हमें जीवन में किसी भी चीज की प्राप्ति के लिए गलत तरीकों को अपनाने की शिक्षा नहीं देता। हमारे राष्ट्रपिता महात्मा गांधी ने भी जीवन के लक्ष्यों की प्राप्ति के लिए उचित मार्ग के चयन पर जोर देते हुए कहा था—माध्यम ही लक्ष्य को उचित या अनुचित सिद्ध करता है।

## निष्कर्ष

हमारे धार्मिक ग्रंथ भी हमें मनुष्य के छह शत्रुओं या दोषों पर नियंत्रण रखने की शिक्षा देते हैं—वासना, क्रोध, लालच, अहंकार, मोह, ईर्ष्या। यदि इन पर नियंत्रण नहीं किया गया तो व्यक्ति के जीवन में दुःख होना अवश्यंभावी है। लालच ही अंसतोष का

मुख्य कारण है। एक असंतुष्ट व्यक्ति कभी प्रसन्न नहीं रह सकता। वह कई बुरी आदतों का शिकार हो जाता है तथा हर समय दुःखी रहता है।

## विपक्ष

### प्रस्तावना

जी नहीं, जीवन में अप्रसन्नता के लिए सिर्फ लालच के अलावा अन्य कई कारक भी जिम्मेदार हैं। शहरों में सड़क के किनारे सोते ऐसे लोग प्रायः दिखाई पड़ते हैं जिनके पास अपने तन एवं मन को एकाग्र रखने के लिए पर्याप्त साधन नहीं है। हमें हर ओर दुःखद दृश्य दिखाई देते रहते हैं—भीख माँगती हुई महिलाएँ, कारखानों में गुलामों की तरह काम करते बच्चे एवं परिवार पालने में आपा खोते हुए पुरुष। इन सभी कष्टों का कारण लालच नहीं बल्कि निर्धनता एवं मानसिक तनाव है।

### प्रसन्नता और अप्रसन्नता मस्तिष्क की अवस्थाएँ हैं

कोई भी व्यक्ति खुशहाल पत्नी में, उपेक्षित बच्चे में, अकेले पुरुष में, गलत समझे जाने में भी अप्रसन्नता देख सकता है। वे अप्रसन्न क्यों हैं? वे लालच नहीं बल्कि प्रेम के अभाव के कारण अप्रसन्न हैं। वांछित या आवश्यक माने जाने का एहसास ही प्रसन्नता के लिए आवश्यक है एवं प्रेम भावना का अभाव ही अप्रसन्नता का कारण है। प्रसन्नता मस्तिष्क की एक अवस्था है। एक ऐसा व्यक्ति भी प्रसन्न हो सकता है जो भले ही अमीर न हो परंतु मानसिक रूप से संतुष्ट हो। इसके विपरीत एक अत्यंत धनवान व्यवसायी असंतुष्ट एवं अप्रसन्न हो सकता है। एक माँ अपने बच्चे की एक झलक देखकर खुश हो जाती है तथा एक पिता अपने बच्चे को अपने से आगे निकलता देख उत्साहित हो जाता है। एक भाई अपनी बहन को सुखी देखकर एवं बहन अपने भाई को सुखी देखकर प्रसन्न हो जाते हैं। इस भावना का लालच से कुछ भी लेना-देना नहीं है।

### शारीरिक रूप से फिट न होना भी अप्रसन्नता का कारण होता है

अस्पताल में अप्रसन्न लोगों की भरमार होती है एवं इसी तरह एक ऐसे परिवार में जहाँ दर्द और कष्ट से पीड़ित मरीज हों, अप्रसन्नता बिखरी रहती है। वे लोग अप्रसन्न होते हैं तथा हर समय व्यथित रहते हैं। एक ऐसा समृद्ध व्यक्ति, जिसका स्वास्थ्य अच्छा नहीं हो, भी अप्रसन्न रहता है। वह अपनी दौलत से दवाएँ तो खरीद सकता है परंतु वास्तविक प्रसन्नता नहीं। यहाँ उसकी अप्रसन्नता का कारण लालच नहीं बल्कि खराब सेहत एवं शारीरिक अक्षमता है जिसके कारण उसका जीवन कष्टप्रद हुआ है।

## निर्धनता से मनुष्य अप्रसन्न होता है

प्रसिद्ध संत गोस्वामी तुलसीदास ने कहा है—नहिं दरिद्र सम दु:ख जग माहीं। इस कथन में महान् सत्य छुपा है। सड़कों पर भीख माँगते हुए लोगों को देखना किसी भी सभ्य समाज के लिए हृदय विदारक है। जरा गाँव जाकर गरीब जनजातियों एवं निर्धन लोगों का जीवन देखिए। वे बड़ी मुश्किल से अपना काम चला पाते हैं। उनके दु:खों और अप्रसन्नता के लिए लालच को नहीं बल्कि निर्धनता को दोषी माना जा सकता है।

## असफलता से मनुष्य अप्रसन्न होता है

प्रसन्नता मनुष्य की सफलता पर निर्भर होती है। एक ऐसे छात्र की अप्रसन्नता का अनुमान लगाना कठिन होता है जो उच्च पद के लिए प्रतियोगिता में सम्मिलित हुआ हो और अनुत्तीर्ण हो गया हो। यहाँ दु:ख का कारण असफलता है, लालच नहीं। यदि कोई व्यक्ति अत्यधिक धन कमाना चाहता हो तो उसे लालची कहा जाएगा। लेकिन ऐसा है नहीं। हमारे पास टाटा, बिरला, अंबानी इत्यादि सफल उद्योगपतियों के उदाहरण हैं जिन्होंने अपार संपत्ति अर्जित की है तथा इसका निवेश कारखानों तथा उद्योगों को स्थापित करने में किया है। क्या हम उन्हें लालची कह सकते हैं? निश्चित रूप से नहीं।

## निष्कर्ष

लालच को अप्रसन्नता के मूल कारण के रूप में कहा जा सकता है। जीवन में अप्रसन्नता के स्रोत के रूप में कई कारक जिम्मेदार हैं। एक गरीब व्यक्ति प्रसन्न हो सकता है एवं अमीर व्यक्ति अप्रसन्न। सबकुछ मानसिक अवस्था एवं विद्यमान सामाजिक एवं पारिवारिक कारणों पर निर्भर करता है। लेकिन हमें अपनी अनियंत्रित भावनाओं को काबू में रखना सीखना चाहिए जो प्राय: कष्टों का कारण बनती हैं। □

# 15

# कथन—क्या हम अपने पूर्वजों से अधिक प्रसन्न हैं?

## पक्ष

### प्रस्तावना

निश्चित रूप से हम अपने पूर्वजों की तुलना में अधिक प्रसन्न हैं। अपने पूर्वजों की तुलना में आधुनिक समय में हम कहीं अधिक आरामदायक एवं सुखद जीवन व्यतीत कर रहे हैं। यदि तुलना की जाए तो कोई भी यह निष्कर्ष निकाल सकता है कि हम अपने पूर्वजों की अपेक्षा अधिक प्रसन्न हैं।

### हमारे पूर्वजों का जीवन खानाबदोश था

हमारे पूर्वजों के पास पहनने के लिए कपड़े, रहने के लिए घर तथा खाने के लिए भोजन नहीं हुआ करता था। वे गुफाओं में रहते थे, छाल पहनते थे तथा कच्चा मांस खाते थे। उन्हें बर्बर और असभ्य कहा जाता था। शनैः-शनैः उन्होंने सभ्यता और संस्कृति का विकास, नई खोजें तथा अनुसंधान किए जिससे उनके जीवन के हर क्षेत्र में परिवर्तन आया।

### आधुनिक मनुष्य बेहतर स्थिति में है

आधुनिक मनुष्य अपने पूर्वजों की तुलना में अधिक प्रसन्न है, जिन्होंने इतिहास के काले अध्याय में कष्टप्रद जीवन व्यतीत किया है। वैज्ञानिक विकास ने पहले से विद्यमान सामाजिक, आर्थिक एवं राजनीतिक तंत्र को परिवर्तित किया है। हमारे पास पहनने के लिए उपयुक्त कपड़े, रहने के लिए अच्छे आवास तथा वर्षों तक लाखों लोगों का पेट भरने योग्य खाद्य सामग्री उपलब्ध है।

## चिकित्सा सुविधाएँ बेहतर हुई हैं

पुराने समय में लोगों को उपचार हेतु नीम-हकीमों पर निर्भर रहना पड़ता था। वर्तमान समय की तुलना में मृत्यु-दर अत्यंत उच्च थी। हैजे एवं प्लेग जैसी महामारियों की चपेट में आकर पूरे-पूरे गाँवों का सफाया हो जाता था। पुराने समय में कोई चिकित्सकीय उपचार सुविधा उपलब्ध नहीं थी। आज जो बीमारी मामूली समझी जाती है, पुराने समय में वह सबसे अधिक घातक मानी जाती थी। उन दिनों अच्छे डॉक्टर और अस्पताल उपलब्ध नहीं थे, लेकिन अब दृश्य पूरी तरह बदल चुका है। मृत्यु-दर कम हुई है बल्कि चिकित्सा क्षेत्र में हुए अद्वितीय अनुसंधानों से न्यूनतम मृत्यु-दर नियंत्रित कर ली गई है। टीकाकरण के कारण उन बीमारियों का खतरा कम हो गया है जो जानलेवा हुआ करती थीं।

## आधुनिक राजनीतिक प्रणाली का लक्ष्य जनसामान्य का कल्याण है

हमारा राजनीतिक जीवन संतुलित और शांतिपूर्ण हो गया है। हमारा राजनीतिक तंत्र अच्छा है जिसका उद्देश्य सामान्य जनमानस का कल्याण और चहुँमुखी विकास है। पूर्वकाल में अत्याचारी राजतंत्र हुआ करता था जो सामान्य जनमानस पर हमेशा अत्याचार किया करता था। राजा सर्वशक्तिमान एवं तानाशाह हुआ करता था। उसके वचन ही कानून हुआ करते थे। किसी व्यक्ति में उसके खिलाफ बोलने का साहस नहीं होता था। मतभेद होने पर लोगों को बिना किसी सुनवाई के मृत्युदंड दे दिया जाता था। लेकिन लोकतंत्र में सत्ता की शक्ति लोगों के हाथ में है। उनके पास अपने प्रतिनिधि को बदलने की शक्ति है, यदि वह उनकी अपेक्षा पर खरा न उतरे। ज्यादातर देशों में लोकतांत्रिक शासन प्रणाली अपना ली गई है जिसका लक्ष्य जनसामान्य का कल्याण है।

## आधुनिक सामाजिक तंत्र बेहतर जीवन सुनिश्चित करता है

हमारे पूर्वजों के समय के सामाजिक तंत्र में कई दोष तथा सामाजिक बुराइयाँ हुआ करती थीं। जनजातीय समाज में बेहतर सामाजिक एवं पारिवारिक जीवन का अभाव था। वे प्राय: गायों, महिलाओं तथा भूमि के टुकड़ों के लिए आपस में लड़ते रहते थे। बाद में यह समाज सती प्रथा, बाल विवाह, जाति प्रथा, परदा प्रथा आदि से ग्रस्त रहा। इसमें संदेह नहीं है कि कुछ प्रथाएँ आज भी विद्यमान हैं लेकिन उनमें उल्लेखनीय सुधार हुआ है। आधुनिक सामाजिक व्यवस्था में शांति और सौहार्द का अस्तित्व है।

## परिवहन और संचार के त्वरित साधन

परिवहन और संचार के साधनों में हुई जबरदस्त प्रगति ने आधुनिक मनुष्य का जीवन अपने पूर्वजों की तुलना में आरामदायक बना दिया है। पुराने समय में लोग घोड़ों, हाथियों एवं बैलगाड़ियों पर यात्रा करते थे जिसमें काफी समय खर्च होता था। लेकिन आज हमारे पास स्कूटर, कार, रेल, हवाईजहाज, हेलीकॉप्टर व रॉकेट मौजूद हैं। हम कुछ ही समय में दुनिया के किसी भी कोने में पहुँच सकते हैं। पृथ्वी पर परिवहन की बात छोड़िए, अब तो हम चंद्रमा तथा दूसरे ग्रहों तक पहुँच रहे हैं।

## सूचना प्रौद्योगिकी ने आधुनिक जीवन में क्रांतिकारी परिवर्तन किए हैं

हमारे पूर्वजों के पास अपने दूरस्थ संबंधियों तक पत्र या संदेश भेजने के लिए त्वरित साधन मौजूद नहीं थे। हमने सुना है कि वे संदेश भेजने के लिए कबूतर का इस्तेमाल किया करते थे। बाद में उन्होंने विशेष संदेशवाहकों को रखना प्रारंभ किया। सूचना प्रौद्योगिकी के क्षेत्र में हुई क्रांति से यह दुनिया एक वैश्विक गाँव में बदल गई है। अब हमारे पास दूरस्थ लोगों से संपर्क करने के लिए रेडियो, टेलीविजन, टेलीफोन, मोबाइल फोन व इंटरनेट सुविधा मौजूद है। क्या हम इन मामलों में अधिक प्रसन्न नहीं है?

## आर्थिक स्थिति बदल गई है

सामान्य जनमानस की आर्थिक स्थिति में काफी सुधार हुआ है। किसी भी काल की तुलना में आज हमारी प्रति व्यक्ति आय सर्वाधिक है। व्यवसाय एवं उद्योग के क्षेत्र में हुए चहुँमुखी विकास ने सामान्य जनमानस को पर्याप्त अवसर मुहैया कराए हैं। अब हम यदा-कदा ही भुखमरी और अकाल की खबरें सुनते हैं, जो पहले प्रायः सुनाई देती थीं। आर्थिक विषमता दूर हो रही है जिससे समाजवाद एवं साम्यवाद की अवधारणा सामने आ रही है। आय के स्रोतों के समान वितरण के कारण चंद लोगों द्वारा गरीब लोगों का शोषण समाप्त हो गया है। इसके कारण ज्यादातर आबादी आर्थिक रूप से मजबूत एवं खुशहाल हुई है।

## निष्कर्ष

गुजरे हुए समय में मनुष्य की ताकत शारीरिक शक्ति में निहित थी परंतु आज ज्ञान में निहित है। अब लोग अंधविश्वास की जगह तर्क पर यकीन कर रहे हैं, जिसके कारण हम अपने पूर्वजों की तुलना में अधिक प्रसन्न हैं।

# विपक्ष

## प्रस्तावना

लोगों का यह मत है कि हम अपने पूर्वजों की तुलना में अधिक प्रसन्न हैं। यह बात सांसारिक सुख एवं सुविधाओं के मामले में सत्य हो सकती है परंतु मानसिक शांति और स्थिरता के मामले में नहीं। यह सत्य है कि हमने वैज्ञानिक अनुसंधानों के बल पर काफी प्रगति की है परंतु दूसरी ओर काफी कुछ खोया भी है। निस्संदेह, हमारे पूर्वज गुफाओं में रहते थे, छाल पहनते थे एवं कच्चे मांस का सेवन करते थे लेकिन वे हमारी तुलना में अधिक प्रसन्न थे। हमारी प्रसन्नता छद्म एवं क्षणभंगुर है जबकि उनका जीवन प्राकृतिक एवं वास्तविक था।

## सच्ची प्रसन्नता मानसिक संतुष्टि और स्थिरता से आती है

क्या हम अपने आपको मानसिक रूप से संतुष्ट एवं प्रसन्न कह सकते हैं? निश्चित रूप से नहीं। हमने अपने चित्त की शांति खो दी है। ऐसा इसलिए है क्योंकि लोग पूरी तरह से भौतिकतावादी हो गए हैं। हर कोई दौलत के पीछे भागता नजर आ रहा है। सांसारिक सुख प्राप्त करने के लिए एक तरह से कभी न खत्म होनेवाली दौड़ शुरू हो गई है जिसने हमसे सच्ची प्रसन्नता छीन ली है। आज किसी भी व्यक्ति का आकलन उसके चरित्र एवं नैतिकता से नहीं वरन् उसकी दौलत से किया जाता है।

आज लोग भ्रष्ट एवं अनैतिक हो गए हैं। वर्तमान समय में संतों और महात्माओं के नैतिक मूल्य संबंधी उपदेशों को भुला दिया गया है। सादा जीवन, उच्च विचारवाली जीवनशैली को खाने-पीने एवं मौज करने के सिद्धांत द्वारा परिवर्तित कर दिया गया है। अब छात्र अपने अध्यापक का आदर नहीं करते। पुत्र अपने पिता का अनादर एवं अवज्ञा कर रहे हैं। राजनीतिज्ञ साधारण जनता को वेवकूफ बना रहे हैं। एक भाई दूसरे भाई की संपत्ति के लिए हत्या कर रहा है। डॉक्टर पैसों के लिए अपने मरीजों को ठग रहे हैं। समाज में अपराध बढ़े हैं। मनुष्य ही मानवता का दुश्मन हो गया है। क्या हम कह सकते हैं कि इससे लोग प्रसन्न हुए हैं!

## विज्ञान ने हमें इस धरती पर अप्रसन्न व्यक्ति बना दिया है

हम प्राय: वैज्ञानिक प्रगति की प्रशंसा करते हुए इसे लोगों की जिंदगी में प्रसन्नता लाने का श्रेय देते हैं। लेकिन यदि हम हिरोशिमा और नागासाकी पर हुए हमले में जीवित बचे लोगों से पूछें कि क्या वे आज प्रसन्न हैं, तो निश्चित रूप से उनका उत्तर नकारात्मक होगा। आज भी वहाँ विकलांग बच्चे पैदा हो रहे हैं जो कि विज्ञान के ऊपर एक धब्बा

है। इसमें संदेह नहीं कि आज हम हवाईजहाजों, रेलों, कारों एवं बसों में यात्रा करते हैं लेकिन जब भी कोई हवाई दुर्घटना होती है या रेलों में भिड़ंत होती है, तब कोई भी व्यक्ति परिवहन के क्षेत्र में विज्ञान के फलस्वरूप हुए विकास के बारे में एक शब्द नहीं बोलता।

## प्रदूषण ने हमारी प्रसन्नता छीन ली है

कारखानों एवं उद्योग-धंधों की संख्या में हुई तीव्र वृद्धि ने हमारे पर्यावरण के समक्ष खतरा उत्पन्न कर दिया है एवं प्रकृति का संतुलन बिगाड़ दिया है। सड़कों पर कार्बन मोनो ऑक्साइड का उत्सर्जन करते हजारों वाहन दौड़ रहे हैं। लोग जहरीली गैसों का श्वसन कर रहे हैं एवं श्वसन संबंधी घातक रोगों के शिकार हो रहे हैं। जनसंख्या विस्फोट की समस्या ने इसे और गहरा दिया है। हम मिलावटी खाद्य पदार्थ खाने को मजबूर हैं।

## जंगलों की कटाई ने मानवता के अस्तित्व के समक्ष खतरा पैदा कर दिया है

मनुष्यों द्वारा तेजी से जंगलों की कटाई की जा रही है जिसके कारण प्रकृति का रौद्र रूप विभिन्न स्वरूपों में दिखाई देता रहता है। बढ़ती नगरीय संस्कृति के कारण गाँवों की विशिष्ट सुंदरता समाप्त हो रही है। बंजर एवं उर्वर भूमि का प्रयोग आवासों के निर्माण में हो रहा है। ऐसी जमीनों पर अपार्टमेंट बनाकर बिल्डर बड़ा मुनाफा कमा रहे हैं। पूरा शहर ही कंक्रीट और सीमेंट का जंगल नजर आता है। ग्रीन हाउस प्रभाव के कारण पृथ्वी दिन-प्रतिदिन गरम होती जा रही है। उद्योगों एवं कारखानों से उत्सर्जित होनेवाली विषैली गैसों के कारण ओजोन की परत को क्षति पहुँच रही है। हम भोपाल गैस त्रासदी और चेर्नोबिल दुर्घटना जैसी त्रासदियों को झेलने के लिए विवश हैं। ऐसे गंभीर परिदृश्य में क्या हम कह सकते हैं कि हम ज्यादा प्रसन्न हैं!

## सामाजिक, राजनीतिक एवं आर्थिक असंतोष पनप रहा है

यह कहना सर्वथा गलत होगा कि हम सामाजिक, राजनीतिक एवं आर्थिक सौहार्दपूर्ण वातावरण गें रह रहे हैं। हमारे नेताओं में कोई नैतिकता शेष नहीं रही है। प्रतिदिन हमें घोटालों एवं घपलों का समाचार सुनाई देता है। नेता दरअसल भोली-भाली जनता को बेवकूफ बनाकर लाभ कमा रहे हैं। लोग जाति, वर्ग एवं धर्म के नाम पर आपस में लड़ रहे हैं। हमें प्रायः सांप्रदायिक दंगों एवं नरसंहारों का समाचार सुनाई देता है। निर्दोष लोगों की आतंकवादियों द्वारा हत्या की जा रही है। हर तरफ हम किसी-न-किसी युद्ध में व्यस्त हैं। यदि भारत पाकिस्तान के विरुद्ध संघर्षरत है तो दूसरी ओर अमरीका

ने अफगानिस्तान और उत्तरी कोरिया के खिलाफ युद्ध छेड़ रखा है। ऐसी स्थिति में क्या हम यह कह सकते हैं कि हम अपने पूर्वजों की तुलना में अधिक प्रसन्न हैं!

## निष्कर्ष

इसमें शक नहीं कि हमारे पूर्वजों ने हवाईजहाज, रेल, कार, टेलीविजन, कंप्यूटर एवं सिनेमा का आनंद नहीं लिया था परंतु उन्होंने प्रकृति के सौंदर्य एवं शांति का अनुभव किया था। वे प्रकृति एवं ईश्वर के अधिक नजदीक थे। उन्होंने सादा जीवन व्यतीत किया परंतु उनके पास सबसे महत्त्वपूर्ण उपहार—मन की शांति थी जो सही मायने में प्रसन्नता का कारक है। निश्चित रूप से हमारे पूर्वज हम लोगों की तुलना में अधिक प्रसन्न थे। जो वास्तविक आनंद उन्होंने गुफाओं और जंगलों में रहकर उठाया, उसकी तुलना में हम कहीं नहीं ठहरते।

□

# 16

# कथन—स्वास्थ्य ही पूँजी है या पूँजी ही स्वास्थ्य है

## पक्ष

### प्रस्तावना

निश्चित रूप से स्वास्थ्य ही पूँजी है। पुरानी कहावत—स्वास्थ्य ही पूँजी है, हमारे पूर्वजों द्वारा अनुभव के आधार पर गढ़ी गई थी। मानव शरीर एक खजाने की तरह है जिसकी सहायता से इस जीवन की यात्रा संपन्न होती है। हर माँ अपने बच्चे को नाखून न कुतरने की एवं हर पिता ज्यादा चॉकलेट न खाने की हिदायत देता है। जीवन में इसके महत्त्व को देखते हुए प्रत्येक शिष्य को बचपन से ही स्वच्छ एवं साफ-सुथरा रहने की शिक्षा दी जाती है।

### विद्यालयों में स्वास्थ्य सुधार पर ध्यान दिया जाता है

जो बालक खेलकूद में अच्छा होता है, वह पढ़ाई में भी अच्छा होता है। पुरानी कहावत भी इसे सिद्ध करती है—स्वस्थ शरीर में ही स्वस्थ मस्तिष्क का वास होता है। विद्यालयों में छात्रों को कई खेल खिलाए जाते हैं ताकि उन्हें शारीरिक रूप से चुस्त एवं दुरुस्त रखा जा सके। आधुनिक विद्यालयों में छात्र-छात्राओं को शारीरिक प्रशिक्षण देने के लिए खेलकूद अध्यापक नियुक्त किए जाते हैं। शिक्षण कक्षाओं के मध्य में पृथक् रूप से खेलकूद कक्षाओं का आयोजन किया जाता है। वास्तव में खेलकूद से छात्र का मस्तिष्क तरोताजा हो जाता है एवं उनमें नई ऊर्जा का संचार होता है।

### विद्यालयों में नियमित रूप से जाँच होती है

स्कूल प्रबंधन द्वारा एसेंबली अवधि में नियमित रूप से स्वास्थ्य जाँच की जाती

है। विद्यार्थियों के बढ़े हुए नाखून, बालों एवं गंदी आदतों की जाँच के लिए डॉक्टर नियुक्त किए जाते हैं। कुछ निश्चित स्वास्थ्य निर्देश विद्यार्थियों के लिए जारी किए जाते हैं। दोषी पाए जानेवाले विद्यार्थियों को दंडित किया जाता है। स्वास्थ्य मानकों के पालन के लिए कठोर कदम उठाए जाते हैं। आप पूछ सकते हैं कि ऐसा क्यों? निश्चित रूप से ये कदम विद्यार्थी को चुस्त-दुरुस्त रखने के लिए उठाए जाते हैं।

## खराब सेहत जीवन का आनंद छीन लेती है

एक बीमार व्यक्ति, भले ही वह बुद्धिमान हो, समाज के लिए किसी काम का नहीं होता। वह हर समय अपने उपचार में व्यस्त रहता है। उसे दवाएँ लेनी होती हैं और डॉक्टर के परामर्श पर निर्भर रहना होता है। अब ऐसे व्यक्ति से क्या अपेक्षा की जा सकती है जो हर समय दवाओं और डॉक्टर के परामर्श पर निर्भर रहता हो। वह समृद्ध हो सकता है परंतु अच्छी सेहत के बिना वह अपनी संपत्ति का आनंद नहीं ले सकता। अकूत दौलत से कोई व्यक्ति सेहत नहीं खरीद सकता क्योंकि यह बाजार में नहीं बिकती। पैसा कमाने के चक्कर में लोग अपनी सेहत की उपेक्षा करते हैं। वे पैसा कमाने की मशीन बनकर रह जाते हैं। यह उनके लिए घातक होता है। जैसे ही एक बार सेहत बिगड़नी शुरू होती है तो दवाएँ नाकाम हो जाती हैं और पैसा जीवन बचाने में असफल हो जाता है। गिरती हुई सेहतवाला व्यक्ति आसानी से बीमारियों का शिकार हो जाता है जबकि मजबूत शरीरवाला लंबी अवधि तक संघर्ष झेल लेता है।

## अच्छी सेहत—गरीबों के लिए आय का स्रोत

अच्छी सेहत के दम पर ही गरीब लोग अपना गुजारा करते हैं। ऐसे व्यक्ति जो पढ़े-लिखे नहीं होते, केवल शारीरिक श्रम के बल पर अपनी गृहस्थी चलाते हैं। रिक्शा चालक, कुली, श्रमिक, खदानों में काम करनेवाले मजदूर एवं किसान आदि अपनी अच्छी सेहत के बल पर ही रोजी-रोटी कमाते हैं। सामान्यत: एक खिलाड़ी अच्छी सेहत का स्वामी होता है तथा वह खेलकूद में भाग लेकर बहुत सी धन-संपदा अर्जित करता है। निस्संदेह, उसका स्वास्थ्य ही उसकी संपत्ति है। अच्छी सेहतवाले युवाओं को चिकित्सकीय परीक्षण के उपरांत सेना में शामिल किया जाता है। सिर्फ सेहत के बल पर ही वे अपनी आजीविका अर्जित कर पाते हैं।

## निष्कर्ष

आधुनिक दुनिया में लोग अत्यंत भौतिकतावादी हो गए हैं। स्वास्थ्य की कीमत पर सांसारिक सुख-सुविधा प्राप्त करना ही उनके जीवन का उद्देश्य हो गया है। वे भूल

गए हैं कि स्वास्थ्य ही उनकी असली पूँजी है। भारतीय पुराणों व धर्मग्रंथों ने व्यक्ति का जीवन 100 वर्ष निर्धारित किया है क्योंकि उसे अपने जीवन में कई काम करने होते हैं लेकिन दुर्भाग्यवश मनुष्य की जीवन प्रत्याशा सिर्फ 55 वर्ष रह गई है। यह सेहत के प्रति हमारी उपेक्षा को दरशाता है जबकि वास्तव में सेहत ही वास्तविक पूँजी है।

## विपक्ष

### प्रस्तावना

स्वास्थ्य ही पूँजी है कहावत अब पुरानी पड़ चुकी है जिसका स्थान पूँजी ही स्वास्थ्य है ने ले लिया है। समय के साथ स्थितियाँ बदल गई हैं। जो बातें पुराने समय में अच्छी मानी जाती थीं, वे वर्तमान संदर्भों में व्यावहारिक नहीं मानी जातीं। एक कहावत यह भी है—पुरानी चीजें ही नई चीजों के लिए रास्ता बनाती हैं।

### लोग भौतिकतावादी हो गए हैं

हम आधुनिक युग में प्रवेश कर चुके हैं जो मूलत: भौतिकतावादी युग है। तेजी से विकास करते युग के साथ कदमताल मिलाने के लिए यह आवश्यक है कि व्यक्ति अधिक-से-अधिक धन कमाने पर अपना ध्यान केंद्रित करे। वर्तमान समय में लोग भौतिकतावादी प्रतिस्पर्धा में आकंठ डूब चुके हैं एवं धन अर्जन में एक-दूसरे को पीछे छोड़कर अव्वल आना चाहते हैं। आज किसी व्यक्ति की सामाजिक हैसियत उसकी विनम्रता, उदारता या विद्वत्ता से नहीं, बल्कि उसके पास मौजूद धन-संपदा से आँकी जाती है। यह विचारधारा इस तेजी के साथ बदली है कि लोग अन्य देवी-देवताओं की तुलना में धन की देवी-लक्ष्मी की पूजा अधिक करते हैं।

### लोग शरीर के बजाय मन पर अधिक ध्यान दे रहे हैं

लोग शरीर के बजाय अपनी बुद्धिमत्ता बढ़ाने की ओर अधिक ध्यान दे रहे हैं। उनकी राय में एक ताकतवर व्यक्ति किसी काम का नहीं होता यदि उसके पास सुख-सुविधापूर्ण आरामदायक जीवन व्यतीत करने के लिए पर्याप्त धन नहीं है। स्वास्थ्य सुधार के उपायों, जैसे—कसरत, योग एवं टहलने को समय की बरबादी माना जाता है। यदि उन्हें थोड़ा सा भी बुखार हो तो वे डॉक्टर के पास जाते हैं और दवाओं के विपरीत प्रभावों के बावजूद दवाएँ खाने को प्राथमिकता देते हैं। वे स्वास्थ्य संबंधी जोखिमों को टालने की लिए रोकथाम संबंधी उपाय नहीं अपनाते। उनके लिए समय ही धन है और वे एक एक मिनट का इस्तेमाल धन अर्जन में करते हैं।

## खोज, आविष्कार एवं उत्खनन ही असली संपत्ति है

दुनिया के महान् वैज्ञानिक लुई पाश्चर अपनी प्रयोगशाला में अनुसंधानरत रहते थे। उनका स्वास्थ्य अच्छा नहीं था। इसके बारे में पूछने पर उन्होंने एक बार कहा था, वे सिर्फ इतनी ताकत चाहते हैं कि उनका मस्तिष्क उनके सिर के ऊपर ही रहे, यह क्या सूचित करता है ? यह दरशाता है कि व्यक्ति की वास्तविक पूँजी खोज, आविष्कार एवं मानव सभ्यता के हित में दिए गए योगदान ही हैं। औषध विज्ञान के क्षेत्र में इस महान् वैज्ञानिक के योगदान को कौन भुला सकता है। यदि उन्होंने अपने स्वास्थ्य को ही प्राथमिकता दी होती तो आज किसी को उनका नाम तक याद न होता।

## निष्कर्ष

स्पष्टत:, बौद्धिकता एवं सांसारिक संपत्ति ही वास्तविक संपत्ति है जो दूर तक साथ देती है। चुस्त एवं तंदुरुस्त शरीर होना कोई महानता की बात नहीं क्योंकि समय के साथ तो इसमें गिरावट आनी ही है। शारीरिक सुंदरता तो एक-न-एक दिन समाप्त होती ही है, लेकिन मन की सुंदरता कभी समाप्त नहीं होती। टाटा, बिरला, बजाज, डालमिया, आर्किमिडीज, न्यूटन, जेम्स वॉट आदि को कौन भूल सकता है जिन्होंने अपने-अपने क्षेत्र में प्रचुर योगदान किया है। सांसारिक समृद्धि एवं बुद्धिमत्ता ही वास्तविक संपत्ति है जो लोगों के जीवन में प्रसन्नता सुनिश्चित कर सकती है। हर समय शरीर पर ही ध्यान देते रहने से सुंदर दिखने और डॉक्टर को दिए जानेवाले परामर्श शुल्क में बचत के अलावा और कुछ नहीं होता।

□

# 17

# कथन—क्या परीक्षा ही योग्यता परखने की असली कसौटी है?

## पक्ष

### प्रस्तावना

प्रत्येक शैक्षिक संस्थान में छात्र की क्षमता और योग्यता की परख के लिए परीक्षा का आयोजन किया जाता है। योग्यता की परख के लिए यह एक स्थापित कसौटी है। निस्संदेह, परीक्षा ही छात्रों की योग्यता परखने की असली कसौटी है।

### अच्छे अंक प्राप्त करना हर समय इत्तफाक नहीं होता

यह कहा जाता है कि परीक्षा में अच्छे अंक प्राप्त करना महज इत्तफाक होता है। यदि एक मेहनती छात्र परीक्षा के समय बीमार पड़ जाए तो वह परीक्षा में फेल हो सकता है। एक दूसरा छात्र जो उतना मेधावी नहीं है, अच्छे अंक प्राप्त कर सकता है। यह एक तथ्य हो सकता है परंतु इसका यह तात्पर्य नहीं है कि हर बार उसके साथ ऐसा ही होगा। वह पुनः अगली परीक्षा में बेहतर प्रदर्शन कर सकता है और उस छात्र को पीछे छोड़ सकता है, जिसने उससे अधिक अंक प्राप्त किए थे।

### परीक्षा—श्रम और बुद्धिमत्ता का योग है

आखिर व्यक्ति की योग्यता एवं क्षमता के निर्णय के लिए कोई मानदंड तो होना ही चाहिए अन्यथा विभिन्न छात्रों की आपसी वरीयता तय करना कठिन हो जाएगा। सामान्यतः यह देखा गया है कि वर्ष भर परिश्रम करनेवाले एवं नियमित रूप से अध्ययन करनेवाले छात्र को परीक्षा में अच्छे अंक प्राप्त होते हैं। यह कहा जाता है कि किसी

व्यक्ति की सफलता में परिश्रम का हिस्सा तीन-चौथाई एवं बुद्धिमत्ता का एक-चौथाई होता है। परीक्षा सिर्फ बुद्धिमत्ता की ही सूचक नहीं है बल्कि यह उस व्यक्ति द्वारा अपने क्षेत्र में सफलता हासिल करने के लिए किए गए श्रम को भी दरशाती है। परीक्षा महज इत्तफाक ही नहीं बल्कि दृढ़ता और प्रयास की भी द्योतक होती है।

## प्रमाणपत्र व्यक्ति की योग्यता को दरशाते हैं

यदा-कदा ही ऐसा देखा गया है कि कोई छात्र जिसने सभी परीक्षाओं में बेहतर प्रदर्शन किया हो, अपने लक्ष्य को प्राप्त करने से चूक जाए। ऐसे छात्र जो परीक्षा में हमेशा अव्वल रहे हों, उनका भविष्य सुनहरा ही होता है। उनके द्वारा परीक्षा में हासिल परिणाम प्रायः उनके कार्यालयों, कारखानों एवं व्यापार सेवा क्षेत्रों में अभिव्यक्त होते रहते हैं। परीक्षा की अनुपस्थिति में किसी रोजगार के लिए अभ्यर्थी को चयनित करना कठिन होगा। किसी रोजगार के लिए होनेवाले साक्षात्कार में प्रायः प्रमाणपत्र ही ध्यान में रखे जाते हैं। साक्षात्कारकर्ता अभ्यर्थी के प्रमाणपत्रों के आधार पर ही अपनी राय बनाते हैं एवं चयन करते हैं। प्रमाणपत्र ही किसी व्यक्ति की योग्यता निर्धारित करने की सर्वश्रेष्ठ कसौटी हैं एवं प्रमाणपत्रों के आधार पर किए गए चयन ज्यादातर समय सही साबित होते हैं।

## हर जगह परीक्षा पद्धति ही लागू है

किसी व्यक्ति के ज्ञान को परखने के लिए लगभग सभी संस्थानों में परीक्षा पद्धति लागू है। कुछ संस्थानों में अंक पद्धति होती है एवं कुछ संस्थानों ने ग्रेडिंग पद्धति अपनाई हुई है परंतु परीक्षा हर जगह है। इससे एक निर्धारित समयावधि एवं तय पाठ्यक्रम में विभिन्न छात्रों की योग्यता को परखने के लिए पद्धति बनाने में सहायता मिलती है।

## परीक्षा मानव मस्तिष्क पर नियंत्रण रखती है

मानव मस्तिष्क के विकास को सुनिश्चित करने के लिए सावधानी बरतना आवश्यक है। मानव मस्तिष्क का विकास एक वर्ष में ही नहीं होता बल्कि इसमें समय लगता है और यह प्रक्रिया बचपन के नाजुक दौर से ही प्रारंभ होनी चाहिए। मस्तिष्क की स्मरण शक्ति को सतत अवरोध एवं प्रतिरोध की आवश्यकता होती है। एक निश्चित समयावधि में एक बच्चे को जो भी सिखाया जाता है, उसे केवल परीक्षा के माध्यम से ही जाँचा जा सकता है।

## निष्कर्ष

लोग परीक्षा प्रणाली को समाप्त करने की बात करते हैं एवं अध्यापकों पर परीक्षा के दौरान छात्र के साथ पक्षपात या ज्यादती का आरोप लगाते हैं। कई संस्थानों ने परीक्षा प्रणाली को समाप्त करने का प्रयास किया परंतु कोई भी संस्थान इसका विकल्प तलाशने में सफल नहीं हुआ। छात्र की क्षमता और योग्यता को जाँचने के लिए परीक्षा ही एकमात्र रास्ता है।

# विपक्ष

## प्रस्तावना

परीक्षा के दौरान घरों में बच्चों को अपने अध्याय कंठस्थ करते हुए देखा जाना आम दृश्य है। सामान्यत: वे विषय को समझे बिना ही अध्यायों को रटते हुए पाए जाते हैं। उनकी स्थिति उस रटंतू तोते की तरह होती है जिसे उसके मालिक द्वारा वाक्य बोलना सिखाया जाता है। सामान्यत: ऐसे छात्र अपनी स्मरण शक्ति के सहारे ही लिखते हैं और परीक्षा में भूल जाने पर उन्हें कम अंक प्राप्त होते हैं। निस्संदेह, परीक्षा योग्यता को परखने की असल कसौटी न होकर एक प्रदर्शन मात्र है।

## चयनित अध्ययन तकनीक अपनाई जाती है

छात्रों द्वारा आमतौर पर उन्हीं प्रश्नों की तैयारी की जाती है जिनका अनुमान या तो उनके अध्यापकों या स्वयं उनके द्वारा लगाया जाता है। पूरे पाठ्यक्रम को पढ़ने के बजाय चयनित अध्ययन को ही प्राथमिकता दी जाती है। यदि उनके द्वारा अनुमान किए हुए प्रश्न परीक्षा में पूछे जाते हैं तो उनका प्रदर्शन शानदार होता है अन्यथा नहीं। ऐसी दुर्भाग्यशाली परिस्थिति का सामना उन छात्रों को प्राय: करना पड़ता है जो नियमित अध्ययन न कर परीक्षा के समय ही अध्ययन करते हैं।

## सिर्फ तीन घंटे में योग्यता को नहीं परखा जा सकता

किसी व्यक्ति की योग्यता को सिर्फ तीन घंटे में नहीं परखा जा सकता है। ऐसे कई उदाहरण हैं जिनमें यह देखा गया है कि ऐसे महान् व्यक्तियों, जिनका प्रारंभिक शैक्षणिक रिकॉर्ड अच्छा नहीं रहा, ने बाद में आश्चर्यजनक प्रदर्शन किया। विश्वप्रसिद्ध वैज्ञानिक आइंस्टीन ने एक समय स्कूल जाना ही छोड़ दिया था। यहाँ तक कि कक्षा अध्यापक ने उनके माता-पिता को उन्हें स्कूल से ले जाने को कहा था क्योंकि वे आगे की पढ़ाई करने के योग्य नहीं थे। लेकिन बाद में आइंस्टीन ने अपनी योग्यता साबित

की और दुनिया के उत्कृष्ट वैज्ञानिक बने। हाल ही में हुए एक अनुसंधान ने उन्हें समस्त वैज्ञानिकों में सबसे अधिक बुद्धिमत्तावाला एक ऐसा वैज्ञानिक माना है जिनसे अधिक बुद्धिमान व्यक्ति इस दुनिया में अब तक पैदा ही नहीं हुआ है।

## विधिवत् शिक्षा आवश्यक नहीं है

ऐसे व्यक्तियों की कोई कमी नहीं है जिनके पास भले ही अच्छे शैक्षणिक और अकादमिक प्रमाणपत्र न हों लेकिन उन्होंने अपने आपको ज्ञान के भंडार के रूप में साबित किया है। नेपोलियन, सिकंदर, लॉर्ड क्लाइव, टीपू सुल्तान, शिवाजी जैसे ऐतिहासिक महानायकों का उद्‍भव किसी परीक्षा के आधार पर नहीं हुआ था। कालिदास, तुलसीदास जैसे विद्वानों ने किसी विद्यालय में विधिवत् शिक्षा ग्रहण नहीं की थी लेकिन उन्होंने अपनी योग्यता स्वत: साबित की; उनकी कृतियाँ भारतीय शास्त्रीय साहित्य में अद्वितीय स्थान रखती हैं।

## योग्यता की असली परख योगदान से होती है

परीक्षा का व्यक्ति के ज्ञान से कोई लेना-देना नहीं है। ऐसे कई उदाहरण हैं जो इस तथ्य की पुष्टि करते हैं कि बेहतरीन शैक्षणिक रिकॉर्डवाले व्यक्तियों ने कोई खास योगदान नहीं दिया। दूसरी ओर साधारण शैक्षणिक रिकॉर्डवाले व्यक्तियों ने मानव इतिहास को प्रभावित किया। जिस तरह महासागर के जल की मात्रा का अनुमान नहीं लगाया जा सकता, उसी तरह लिखित परीक्षा के आधार पर किसी व्यक्ति के कुल ज्ञान का अनुमान लगाना संभव नहीं है। किसी व्यक्ति के ज्ञान को उसके द्वारा वैज्ञानिक खोज, अनुसंधान, खनन, प्रौद्योगिकी विकास एवं समाजार्थिक सुधार क्षेत्र में किए गए योगदान के आधार पर देखा जाना चाहिए।

## निष्कर्ष

परीक्षा द्वारा किसी व्यक्ति के सैद्धांतिक ज्ञान को ही परखा जा सकता है, लेकिन किसी व्यक्ति की व्यावहारिक क्षमता को वास्तविक जीवन दशाओं में ही परखा जा सकता है। ऐसे उदाहरणों की कोई कमी नहीं है जिनमें परीक्षा में बेहतर प्रदर्शन करनेवाले व्यक्ति वास्तविक जीवन के उतार-चढ़ावों में अपनी क्षमताओं के प्रदर्शन में असफल रहे। अत: परीक्षा को योग्यता परखने की असली कसौटी नहीं कहा जा सकता है।

□

# 18

# कथन–सिनेमा ने समाज पर विपरीत प्रभाव डाला है और डालता रहेगा

## पक्ष

### प्रस्तावना

मनोरंजन के सभी साधनों में सिनेमा को ही सर्वाधिक लोकप्रिय साधन माना जाता है जिसने हमारे समाज पर विपरीत प्रभाव डाला है। आज हमारा समाज तमाम बुराइयों और कुरीतियों से भरा हुआ है जो कि सिनेमा का ही परिणाम है। सिनेमा ने अपूर्णनीय क्षति पहुँचाई है।

### किशोरों पर सर्वाधिक दुष्प्रभाव

युवा पुरुष और महिलाएँ यह भूल जाते हैं कि नाटक और वास्तविक जीवन में काफी अंतर होता है। नाटक अवास्तविक होता है। यह वास्तविक जीवन की नकलमात्र है। इसमें वास्तविकता का अभाव होता है। लोग अपनी बोरियत दूर करने के लिए सिनेमा देखने जाते हैं लेकिन त्रासदी यह है कि नवयुवक वास्तविक जीवन में भी फिल्म के चरित्रों की नकल करने लगते हैं। एक नौजवान अपनी प्रेमिका के साथ फिल्मी अंदाज में प्रेम करना चाहता है। कभी-कभी तो वे अपने माता-पिता की इच्छा के विपरीत विवाह भी कर लेते हैं। इसका विपरीत प्रभाव उनके मस्तिष्क के साथ ही शरीर पर भी पड़ता है। वे फिल्मी सितारों के अभिनय, वेशभूषा, बालों की स्टाइल आदि की नकल करते हैं। ऐसी चीजें पूर्णत: अवांछित होती हैं एवं समाज में लोगों द्वारा पसंद नहीं की जातीं।

### अध्यापकों को समुचित आदर न देना

फिल्मों में अध्यापकों की वास्तविक छवि नहीं दिखाई जाती। वे उपहास के पात्र

समझे जाते हैं और छात्रों को उनका मजाक उड़ाते हुए दरशाया जाता है। उन्हें कक्षा में गाना गाते और छात्र-छात्राओं के मध्य प्रेम को प्रोत्साहन देते हुए दिखाया जाता है। अध्यापकों की ऐसी छवि को दरशाना वास्तव में बहुत आपत्तिजनक है। वास्तविक जीवन में अध्यापकों को आदरणीय एवं जिम्मेदार माना जाता है। सिनेमा ने कॉलेजों को शिक्षा के मंदिर के बजाय मनोरंजन और गुंडागर्दी के गढ़ में तब्दील कर दिया है।

## अपराध और भ्रष्टाचार को प्रोत्साहन

सेक्स और हिंसा से भरपूर सिनेमा ने समाज में अपराध और भ्रष्टाचार को बढ़ावा दिया है। हत्या, बलात्कार, डकैती एवं लूट आधुनिक सिनेमा के मूलभूत तत्त्व हैं। क्योंकि कोई भी फिल्म नग्नता, अश्लीलता और हिंसा का सहारा लिए बिना व्यापार नहीं कर सकती। फिल्मों से प्रेरणा ग्रहण करनेवाले किशोर अपराधियों को अपना आदर्श मानते हैं। हम प्रायः अखबारों में यह पढ़ते हैं कि लड़कियों को हिरोइन बनाने का झाँसा दिया जाता है और एक बार घर से भागते ही उन्हें महानगरों में देह व्यापार में लगा दिया जाता है। निस्संदेह, हत्याएँ, बलात्कार, डकैती, अपहरण और धोखाधड़ी सिने जगत् की ही देन है।

## अभिनेता पूजने की परंपरा

सिनेमा ने समाज में अभिनेता को पूजने की परंपरा को जन्म दिया है। युवा पीढ़ी ऐसे व्यक्तियों के बारे में बहुत कम जानकारी रखती है जिन्होंने हमारे देश के विकास में योगदान दिया है परंतु वह फिल्मी सितारों के बारे में छोटी-से-छोटी जानकारी रखती है। एक बार जब सुपर स्टार अमिताभ बच्चन को पेट में गहरी चोट लगी थी तो ऐसा प्रतीत हुआ जैसे सारे देश को ही चोट लग गई हो। देश भर में लोगों ने उनके स्वास्थ्य-लाभ के लिए मंदिरों में पूजा-अर्चना की, लेकिन देश की स्वतंत्रता के लिए बलिदान देनेवाले बीमार स्वतंत्रता संग्राम सेनानियों एवं कारगिल में शहीद होनेवाले जवानों के लिए कोई प्रार्थना नहीं करता।

## फिल्मी सितारे चुनाव लड़ते हैं

आजकल चुनाव अभियानों में अभिनेताओं और अभिनेत्रियों को बुलाने का चलन हो गया है। कुछ फिल्मी सितारों को चुनाव लड़ने का प्रलोभन दिया जाता है और वे भारी मतों से चुनाव जीतते भी हैं। वे अपनी सितारा हैसियत का लाभ उठाते हैं। भले ही वे भ्रष्टाचार में आकंठ डूबे हुए हों, फिर भी लोग उनकी सितारा छवि के कारण उन्हें वोट देते हैं जिससे दीर्घकाल में समाज पर विपरीत प्रभाव पड़ता है।

**निष्कर्ष**

सिनेमा का प्रभाव इतना व्यापक है कि इसने टी.वी. को भी प्रभावित किया है। फिल्मी सितारे अब धारावाहिकों और टी.वी. कार्यक्रमों में अभिनय कर रहे हैं। इस प्रकार वे वास्तव में एक-एक घर तक पहुँच गए हैं। उनके बिना कोई विज्ञापन पूरा नहीं होता। कोई साबुन या ब्लेड इसलिए प्रसिद्ध हो जाता है क्योंकि उसका प्रयोग सितारों द्वारा करते हुए दिखाया जाता है। निस्संदेह, व्यापारी एवं व्यवसायी मुनाफा कमा रहे हैं लेकिन लोगों के मध्य उपभोक्तावाद की संस्कृति फैल रही है जिसे समाज के लिए निश्चित रूप से अच्छा नहीं कहा जा सकता। निस्संदेह, सिनेमा ने समाज पर विपरीत प्रभाव डाला है और डालता रहेगा जब तक कि सेंसर बोर्ड द्वारा सेक्स, नग्नता, हिंसा और भ्रष्टाचार के दृश्यों पर कैंची नहीं चलाई जाती।

## विपक्ष

**प्रस्तावना**

टेलीविजन और मनोरंजन के अन्य आधुनिक माध्यमों के बावजूद सिनेमा आधुनिक काल में भी मनोरंजन का सबसे सस्ता एवं लोकप्रिय माध्यम है। इसने हमारे समाज पर नकारात्मक नहीं बल्कि सकारात्मक प्रभाव डाला है।

**सामाजिक-राजनीतिक परिवर्तनों को प्रारंभ किया**

वास्तव में, सिनेमा ने समाज में सामाजिक-आर्थिक-राजनीतिक परिवर्तनों के एक माध्यम के रूप में कार्य किया है। भारतीय सिनेमा ने हमारे समाज में आधुनिकता का सूत्रपात किया है तथा समाज के दर्पण के रूप में सेवा की है। हमारे आस-पास घटती घटनाएँ ही सिनेमा स्क्रीन पर प्रतिबिंबित होती हैं। भारतीय जनमानस के मस्तिष्क पर सकारात्मक प्रभाव डालनेवाली फिल्मों की एक लंबी सूची बनाई जा सकती है। 'मदर इंडिया', 'मुगल-ए आजम', 'दो आँखें बारह हाथ', 'दो बीघा जमीन' तथा 'उपकार' जैसी फिल्में सिनेमा के क्षेत्र में मील की पत्थर हैं, जिनमें भारतीय समाज के सामाजिक-आर्थिक-राजनीतिक एवं नैतिक मूल्यों का सही चित्रण हुआ है।

**बुराई पर अच्छाई की जीत होती है**

यह कहना गलत है कि भारतीय फिल्में सस्ता मनोरंजन प्रदान करती हैं और दर्शकों की नैतिकता को कम करती हैं। अब तक ऐसी कोई फिल्म नहीं बनी है जो अच्छाई पर बुराई की जीत दिखाती हो। प्रत्येक फिल्म में बुराई पर अच्छाई की जीत ही दिखाई

जाती है। फिल्म का नायक अच्छाई का प्रतीक होता है तथा खलनायक बुराई का, जो हमेशा हारता है; यह सत्यमेव जयते का संदेश देता है।

## चिंतित मस्तिष्क को ताजगी से भर देता है

मनोरंजन मानव जीवन का अंग है। यह निराश एवं कुंठित स्वभाववाले लोगों के लिए तो भोजन की तरह है। एक गरीब देश होने के नाते भारत के लोग थोड़े से पैसों में अपने रोजमर्रा के जीवन की ऊब से मुक्ति के लिए सिनेमा पर आश्रित हैं। उनके लिए क्लबों एवं समृद्ध वर्ग की डांस पार्टी में शामिल होना संभव नहीं है। तीन घंटे का मनोरंजन उन्हें सपनों की दुनिया में ले जाता है तथा चिंताओं व मानसिक उलझनों से दूर रखता है। एक ही फिल्म कुछ युवाओं को हिंसा व अपराध का मार्ग छोड़ने तथा कुछ को अपनाने के लिए प्रेरित करती है। यह कैसी पहेली है? यह व्यक्ति के नजरिए एवं सोच पर निर्भर करता है।

## सूचना एवं जानकारी का स्रोत

फिल्मों में सुंदर दृश्य, नयनाभिराम भूभाग एवं अप्रतिम सौंदर्य दिखाया जाता है जिसका आनंद वहाँ जाए बिना भी लिया जा सकता है। ऐसे कई लोग हैं जो विदेश नहीं जा सकते। वे कुछ कीमत देकर सिनेमा में ऐसी जगहों को देखकर अच्छा महसूस करते हैं। इसके अलावा, विश्व की भिन्न-भिन्न संस्कृतियों को देखकर ज्ञान-वृद्धि भी होती है।

## आजीविका का स्रोत

सिनेमा एक उद्योग के रूप में विकसित हुआ है। इससे हजारों लोगों की आजीविका जुड़ी है। अभिनेताओं एवं अभिनेत्रियों को अपनी प्रतिभा के बल पर आकाश की ऊँचाइयाँ छूने का अवसर प्रदान करने के अलावा सिनेमा कई तकनीशियनों व कैमरामैन को भी आजीविका प्रदान करता है। बड़े पैमाने पर फिल्मों के निर्माण ने देश के कई नगरों, विशेषकर मुंबई में फिल्म उद्योग की स्थापना की है।

## फिल्म उद्योग ने राजनेता तैयार किए हैं

प्रसिद्ध फिल्मी सितारे कभी-कभी शीर्ष नेता भी बने हैं जिन्होंने सामाजिक-राजनीतिक आंदोलन को भी दिशा दी है। तमिलनाडु के भूतपूर्व मुख्यमंत्री एम.जी. रामचंद्रन ने स्वयं को एक योग्य प्रशासक के रूप में स्थापित किया था। हॉलीवुड के

फिल्मी सितारे रोनाल्ड रीगन तो अमरीका के राष्ट्रपति पद तक पहुँचे थे। उन्होंने राजनीति में भी अपनी प्रतिभा का परिचय दिया।

## निष्कर्ष

समाज में नैतिक, सदाचारीय, सामाजिक, आर्थिक एवं राजनीतिक जागरूकता पैदा करने के लिए सिनेमा सर्वाधिक शक्तिशाली माध्यम है। इसने हमारे समाज पर सकारात्मक प्रभाव डाला है बशर्ते इसे विस्तृत दृष्टिकोण एवं सीखने की भावना के साथ देखा जाए।

□

# 19

# कथन–किशोरों को अधिक स्वतंत्रता दी जानी चाहिए

## पक्ष

### प्रस्तावना

जी हाँ, किशोरों को अधिक स्वतंत्रता दी जानी चाहिए। 12 से 18 वर्ष की आयु के लड़के और लड़कियाँ किशोर कहलाते हैं। यह जीवन का बहुत महत्त्वपूर्ण चरण है, जब लड़के और लड़कियाँ अपने भावी जीवन की आधारशिला रखते हैं। उनसे मित्रवत् व्यवहार किया जाना चाहिए एवं परिवार, समाज तथा राष्ट्र से संबंधित किसी भी समस्या पर उन्हें अपनी राय व्यक्त करने की अनुमति देनी चाहिए।

### किशोरवय बच्चों पर अभिभावकों को भरोसा नहीं होता

किशोरों को सामान्यत: अभिभावकों की कठोर निगरानी में रखा जाता है। उन्हें स्वतंत्रतापूर्वक घूमने-फिरने, कहीं भी अकेले जाने, फिल्म और टी.वी. देखने की अनुमति नहीं होती। इसके अलावा उन्हें विपरीत लिंगियों के साथ मेलजोल बढ़ाने की अनुमति भी नहीं होती। कुछ निश्चित कारणों से माता-पिता एवं अभिभावकों के मन में एक प्रकार का अविश्वास हर समय मौजूद रहता है—

1. किशोर परिणाम की परवाह किए बिना जल्दबाजी में निर्णय लेते हैं।
2. वे भावनाओं में बहकर निर्णय लेते हैं जिसमें अनुभव और दूरदर्शिता का अभाव होता है।
3. वे अपरिपक्वता के कारण परामर्श नहीं दे सकते।
4. किशोर हमेशा गलतियाँ करते हैं। उन्हें हर समय दिशानिर्देश की आवश्यकता होती है।

## आधारहीन कारण

उपर्युक्त कारण आधारहीन हैं। आधुनिक युग को देखते हुए ये कारण आधारहीन एवं बेतुके हैं। 21वीं सदी के किशोर की दो दशक पहले के किशोर से तुलना नहीं की जा सकती। वे इतने समझदार एवं स्मार्ट हैं कि समय के अनुसार भला और बुरा समझ सकते हैं। वे परिपक्व तरीके से अपने से बड़ों के साथ बातचीत करने एवं अपने माता-पिता को अच्छी सलाह देने में पर्याप्त समर्थ हैं। वे जल्दबाजी एवं भावनाओं में बहकर निर्णय नहीं लेते।

## किशोर प्रतिभाशाली भी हैं

किशोरवय लोगों की क्षमताओं पर संदेह नहीं किया जा सकता। इतिहास ऐसे उदाहरणों से भरा पड़ा है जब प्रतिभाशाली युवाओं ने बहुत कम आयु में ही नाम और प्रसिद्धि अर्जित की है। महान् शंकराचार्य को कौन नहीं जानता, जिन्होंने सिर्फ 12 वर्ष की आयु में चारों वेदों का अध्ययन कर लिया था। पटना के तथागत की क्षमताओं पर कौन प्रश्नचिह्न लगा सकता है जिसने बहुत कम आयु में बी.एस-सी. परीक्षा उत्तीर्ण की।

## किशोरों को प्रोत्साहित किया जाना चाहिए

किशोरों को महत्त्वपूर्ण मसलों पर निर्णय लेने के लिए प्रोत्साहित किया जाना चाहिए। यह उन्हें आत्मनिर्भर एवं आत्मविश्वासी बनने में सक्षम बनाएगा। बेबाकी, व्यक्तित्व का महत्त्वपूर्ण पहलू है। उन्हें बेबाक निर्णय लेने के लिए प्रोत्साहित किया जाना चाहिए। केवल बहादुर व्यक्ति ही अपने जीवन में कुछ हासिल कर पाते हैं। जीवन सक्रिय रहने के लिए है, सिर्फ सोच-विचार करने के लिए नहीं और यह सक्रियता बचपन से ही आरंभ होती है।

## बहुत अधिक प्रतिबंध हानिकारक होते हैं

सामान्यतः माता-पिता अपने बच्चों पर बहुत अधिक प्रतिबंध लगाते हैं। उनकी हरकतों एवं गतिविधियों पर पैनी नजर रखी जाती है। वास्तव में, उन्हें स्वतंत्रतापूर्वक और अकेले घूमने-फिरने की अनुमति दी जानी चाहिए। माता-पिता को हर समय उनके पीछे ही नहीं लगे रहना चाहिए। बहुत अधिक प्रतिबंध उनके व्यक्तित्व को दबा सकता है।

## निष्कर्ष

हम 21वीं सदी में रह रहे हैं। इस युग के किशोर परंपरा एवं दायरे में बँधे हुए

नहीं हैं। वे अपनी हर गतिविधि में बहुत तेज हैं एवं उन्हें अपनी रचनात्मकता को निखारने के लिए स्वतंत्रता दी जानी चाहिए। उन पर अनावश्यक रूप से प्रतिबंध लगाने की आवश्यकता नहीं है बल्कि उन्हें अपने व्यक्तित्व को सँवारने की स्वतंत्रता दी जानी चाहिए।

## विपक्ष

### प्रस्तावना

जी नहीं, किशोरों को अधिक स्वतंत्रता नहीं दी जानी चाहिए। यह खतरनाक साबित हो सकता है। 12 से 18 वर्ष की आयु के लड़के एवं लड़कियाँ किशोर कहे जाते हैं। यह वह अवस्था है जब कोई व्यक्ति न तो बच्चा होता है, न ही वयस्क। यह जीवन का नाजुक दौर होता है। कवि मार्ग्रेट लॉरेंस द्वारा इस कथन के विरोधाभास की बेहतरीन व्याख्या निम्नलिखित पैराग्राफ में की गई है—

1. मैं बच्चा हूँ या वयस्क ?
2. नहीं, अब मैं बच्चा नहीं हूँ क्योंकि अब में गुड़ियों से नहीं खेलता।
3. मेरा सपनों का संसार गायब हो गया है।
4. मैं लंबा हो गया हूँ, मैं बड़ों की बातें समझता हूँ।
5. लेकिन क्या इसका यह मतलब है कि मैं वयस्क हूँ ?

### कुछ निश्चित गुणों का अभाव

किशोरों में कुछ गुणों का अभाव होता है एवं उन पर भरोसा नहीं किया जा सकता।

- वे परिणाम की परवाह किए बिना जल्दबाजी एवं भावनाओं में बहकर निर्णय लेते हैं।
- उनमें अनुभव और दूरदर्शिता का अभाव होता है।
- वे अपने से बड़ों को सलाह नहीं दे सकते।
- वे गलतियाँ करते हैं एवं उन्हें हर समय मार्गदर्शन की आवश्यकता होती है।

### किशोरों को अभिभावकों की आवश्यकता होती है

किशोरों को अपने माता-पिता एवं अभिभावकों द्वारा हर समय निगरानी की आवश्यकता होती है। उनकी गतिविधियों पर हर समय नजर रखी जानी चाहिए। यदि उन्हें अपनी मर्जी के अनुसार कार्य करने के लिए स्वतंत्र छोड़ा जाता है तो उनके गलत रास्ते पर जाने की संभावना है। जीवन के इस दौर में वे अवास्तविक एवं खयाली पुलाव

पकाते रहते हैं। वे अपने आपको हर मामले में निर्णय लेने के लिए परिपक्व समझते हैं। वे अपने मामलों में माता-पिता की दखलंदाजी पसंद नहीं करते। ऐसा पाया गया है कि जिन किशोरों की गतिविधियों की उनके अभिभावकों द्वारा निगरानी नहीं की गई, वे अपना लक्ष्य प्राप्त करने में असफल रहे।

## स्वतंत्रता का दुरुपयोग

ऐसे किशोर जिन्हें उनके माता-पिता द्वारा निर्देशित किया जाता है एवं जो अपने जीवन के महत्त्वपूर्ण निर्णयों में माता-पिता की सलाह लेते हैं, वे हमेशा सफल होते हैं। स्वतंत्रता के कई मायने होते हैं। इसका तात्पर्य यह नहीं है कि व्यक्ति कोई भी काम करने के लिए स्वतंत्र है। इस संदर्भ में, क़िशोरों को दी जानेवाली स्वतंत्रता से उनकी जान पर बन सकती है। सामान्यत: यह देखा गया है कि किशोर अपनी स्वतंत्रता का दुरुपयोग करते हैं। वे रात को देर से आने, दोस्तों के साथ पिकनिक पर जाने, महिला-मित्रों से संबंध बनाने, लड़कियों से बातचीत के लिए अद्यतन इलेक्ट्रॉनिक सामग्रियों के दुरुपयोग एवं अश्लील साहित्य को पढ़ने व फिल्म देखने की आदत डाल लेते हैं। क्या यह स्वतंत्रता का सही प्रयोग है ? क्या इससे उन्हें लाभ होगा ? निश्चित रूप से नहीं।

## निष्कर्ष

किशोरों को स्वतंत्रता नहीं दी जानी चाहिए। इसके उपयोग से ज्यादा दुरुपयोग की संभावना है। जीवन के इस दौर में वे वस्तुत: कल्पनालोक में विचरण करते हैं। वे तर्क के बजाय भावनाओं से संचालित होते हैं। अधिक स्वतंत्रता देने की स्थिति में उनके बिगड़ जाने की आशंका होती है।

□

# 20

# कथन–भारत में भीख माँगना प्रतिबंधित होना चाहिए

## पक्ष

### प्रस्तावना

निश्चित रूप से, भारत में भीख माँगना प्रतिबंधित होना चाहिए क्योंकि यह तथाकथित सभ्य समाज के नाम पर एक धब्बा है। रेलवे स्टेशनों, बस स्टैंड एवं धार्मिक स्थलों पर फटे-चिथे कपड़ों में हाथ में कटोरा लिए व्यक्ति द्वारा आने-जानेवाले लोगों से पैसा या भोजन माँगना एक आम दृश्य है। इनमें से कुछ विकलांग, कुछ कुष्ठ रोगी होते हैं एवं कुछ लोग विकलांग बनने का नाटक करते हैं। वस्तुत: वे हृदय विदारक दृश्य प्रस्तुत करते हैं।

### भीख माँगने का व्यापार

आय के स्रोत के रूप में भीख माँगने का चलन तेजी से बढ़ रहा है। यहाँ तक कि शारीरिक रूप से सक्षम व्यक्तियों ने भी भीख माँगने को व्यापार के रूप में अपना लिया है। धार्मिक स्थलों पर कुष्ठ रोगियों, लाचार एवं विकलांग व्यक्तियों की तरह होने का झूठा नाटक करके भीख माँगना एक जीवन-शैली हो गया है। भारत एक धार्मिक देश है। लोग ईश्वर से डरते हैं एवं सोचते हैं कि उदारतापूर्वक दान देने से ईश्वर प्रसन्न होता है। सहानुभूति के कारण लोग दयावश भिखारियों को भीख देते हैं और इस तरह वे अनजाने में ही भिखारियों की आबादी बढ़ने में मदद करते हैं जो लोगों की धार्मिक भावनाओं का लाभ उठाते हैं।

## बड़े शहरों में ऐसे गिरोह सक्रिय हैं जो भिखारियों को रोजगार देते हैं

हम प्राय: समाचार-पत्रों में पढ़ते हैं कि शहरों एवं गाँवों में ऐसे गिरोह सक्रिय हैं जो छोटे बच्चों का अपहरण करके उन्हें लाचार और अंधा बना देते हैं तथा सड़कों पर भीख माँगने को विवश करते हैं। गिरोह के सरगना वास्तव में छोटे बच्चों को रोजगार देते हैं तथा उनकी दिन भर की कमाई में से उन्हें थोड़ा सा हिस्सा देते हैं। क्या यह अमानवीय कार्य नहीं है? ऐसे कार्य अत्यंत आपत्तिजनक हैं लेकिन फिर भी गिरोह सरगना बेरोकटोक कार्य करते हैं क्योंकि इस बुराई को रोकने के लिए कोई कानून नहीं है। भिक्षावृत्ति के विरोध में सख्त कानून बनाए जाने चाहिए ताकि अभागे बच्चों का भविष्य सुरक्षित किया जा सके।

## शर्म की बात

आजादी के 56 वर्षों बाद भी देश में लगभग 40 लाख से अधिक लोग कंगाल हैं। यह आँकड़ा भयानक आर्थिक असमानता को दरशाता है। सच्चे समाजवाद को लाने के लिए अब तक कोई सटीक कार्यक्रम लागू नहीं किया गया है। जब विदेशी मेहमान भारत आते हैं तो भिखारी कुछ पैसों के लिए उनके पीछे भागते हैं। वे उन्हें कुछ पैसे देते हैं परंतु बदले में उनकी भीख माँगते हुए फोटो खींचते हैं ताकि उन्हें विदेशी पत्रिकाओं में प्रकाशित किया जा सके। इसमें संदेह नहीं कि ऐसे चित्रों को भारत को बदनाम करने एवं मजाक बनाने के लिए प्रकाशित किया जाता है।

## भिक्षावृत्ति को गैर-कानूनी घोषित करना चाहिए

विदेशों में भीख माँगने पर कठोर प्रतिबंध है। वहाँ बुजुर्गों, निर्धनों एवं असहायों की देखभाल सरकार एवं गैर-सरकारी संगठनों (एन.जी.ओ.) द्वारा की जाती है। भीख माँगना मानवता के खिलाफ है। इस पर प्रतिबंध लगाने के लिए कानून बनाया जाना चाहिए क्योंकि आजकल भीख माँगने का प्रचलन हो गया है।

## निष्कर्ष

इस तथ्य को कोई नहीं नकार सकता कि कुछ लोग वास्तव में निर्धन एवं कंगाल हैं। उन्हें भोजन देनेवाला कोई नहीं है और वे वास्तव में दूसरों के सामने हथेली फैलाने को मजबूर हैं। सरकार एवं गैर-सरकारी संगठनों (एन.जी.ओ.) को उनकी मदद के लिए आगे आना चाहिए तथा उनके लिए आश्रय एवं अनाथालय खोलने चाहिए। लेकिन जान-बूझकर भीख माँगनेवालों के खिलाफ कड़ाई से पेश

आना चाहिए तथा उन्हें जेल में डाल देना चाहिए क्योंकि वे हमारा सिर शर्म से झुका देते हैं। भीख माँगने की बुराई के विरुद्ध जनमत तैयार किया जाना चाहिए। निश्चित रूप से भिक्षावृत्ति को रोकने के लिए लंबे समय से कानून का इंतजार है एवं सभ्य समाज द्वारा इसका स्वागत किया जाएगा।

## विपक्ष

### प्रस्तावना

भिक्षावृत्ति समाज में मौजूद असमानता एवं आर्थिक स्तर में बड़ा अंतर होने का परिणाम है। विशेषकर भारत में अंतर बहुत व्यापक है। भारत में कुछ लोग बहुत अमीर हैं तथा कुछ लोग बहुत गरीब हैं। गरीबों की दशा इतनी खराब है कि वे अपने बल पर भरण-पोषण करने में असमर्थ हैं। उनके पास आजीविका का कोई माध्यम नहीं होता। आखिर वे और क्या करें? उनके पास भीख माँगने या आत्महत्या करने के अलावा और कोई चारा नहीं रहता।

### आय का स्रोत

भारत एक धर्म-प्रधान देश है तथा इसे साधु, संतों व फकीरों की भूमि भी कहा जाता है। वे आध्यात्मिक जीवन व्यतीत करते हैं, सांसारिक दुनिया से दूर रहते हैं तथा धन के संग्रहण को पाप मानते हैं। उनकी आजीविका का एकमात्र साधन भीख माँगना या भिक्षाटन है। कुछ धार्मिक मतों में भिक्षाटन को संन्यास का प्रारंभिक प्रशिक्षण भी माना जाता है। सभी धर्म इस बात पर एक राय हैं कि संतों, साधुओं, फकीरों एवं गरीबों की मुक्तहस्त से सहायता की जानी चाहिए। यदि भिक्षा माँगने को प्रतिबंधित किया जाता है तो इससे लोगों की धार्मिक भावनाएँ आहत होंगी।

### पाखंडी भिखारियों की पहचान आसान नहीं है

कोई भी इस तथ्य को नकार नहीं सकता कि सभी भिखारी सच्चे नहीं हैं। ऐसे पाखंडी भिखारियों की तादाद बहुत अधिक है जिन्होंने भीख माँगना एक व्यवसाय बना लिया है। भीख माँगने को आय का आकर्षक एवं आसान साधन पाकर उन्होंने वास्तविक भिखारियों को बदनाम कर दिया है हालाँकि वास्तविक भिखारी का पता लगाना अत्यंत कठिन है। कुछ भिखारी ऐसे भी होते हैं जिन्हें उनके बच्चों द्वारा बुढ़ापे में उपेक्षित छोड़ दिया जाता है। कोई और चारा न होने के कारण वे भीख माँगने को विवश होते हैं। यदि भीख माँगने पर प्रतिबंध लगाया जाता है तो उनके पास आजीविका का और क्या साधन बचेगा!

## प्रतिबंध लगाने के पूर्व जनता की राय लेनी चाहिए

वास्तव में भीख माँगना एक समाजार्थिक समस्या है। जब तक जनता सहमत न हो, कोई प्रतिबंध कारगर नहीं हो सकता। सती प्रथा, दहेज प्रथा, बाल विवाह जैसी कुरीतियों पर प्रतिबंध लगाया गया था किंतु किसी-न-किसी रूप में ये सामाजिक बुराइयाँ अब भी अस्तित्व में हैं। कुछ वर्ष पूर्व रूपकुँवर नामक महिला अपने पति की मृत्यु पर सती हुई थी। यह खबर मीडिया की सुर्खी बनी थी एवं इस घटना की हर ओर निंदा हुई थी। दहेज प्रथा और बाल विवाह कानून की निगाह में दंडनीय अपराध घोषित होने के बावजूद अभी तक प्रचलन में हैं। किसी भी सामाजिक बुराई पर प्रतिबंध के लिए कानून बनाने के पहले जनता की राय ली जानी चाहिए।

## भिक्षावृत्ति के मूल कारण का खात्मा होना चाहिए

भारत विस्तृत आर्थिक असमानतावाला देश है। कुछ लोग बहुत अमीर हैं तथा कुछ लोग बहुत गरीब हैं। पहले भिक्षावृत्ति के मूल कारण पर हमला होना चाहिए इसके बाद ही कोई अन्य कार्य किए जाने चाहिए। जब तक यह समस्या अस्तित्व में है, तब तक भीख माँगने पर प्रतिबंध लगाना जायज नहीं है। ऐसे कदम धार्मिक और राजनीतिक समस्याओं को जन्म दे सकते हैं तथा उनसे लोगों की धार्मिक भावनाएँ आहत हो सकती हैं। इसे जीने के मूल अधिकार का उल्लंघन माना जा सकता है। कुछ समस्याओं को कानूनी तरीकों से नहीं बल्कि सामाजिक जागरूकता द्वारा सुलझाया जाना चाहिए।

## निष्कर्ष

भीख माँगने को हतोत्साहित किया जाना चाहिए क्योंकि यह मानवता के नाम पर धब्बा है। इस पर भारत जैसे देश में प्रतिबंध लगाना संभव नहीं है जिसकी 40 प्रतिशत से अधिक आबादी गरीबी रेखा के नीचे रहती है तथा ज्यादातर लोग भिक्षावृत्ति को सिर्फ इसलिए प्रोत्साहन देते हैं क्योंकि वे इसे जीवन-मरण के बंधन से मुक्ति के साधन के रूप में देखते हैं।

□

# 21

# कथन–क्या मदिरापान पर प्रतिबंध लगना चाहिए?

## पक्ष

### प्रस्तावना

जी हाँ, मदिरापान पर प्रतिबंध लगना चाहिए। यह एक ऐसी सामाजिक बुराई है जिसने कई परिवारों को तबाह किया है तथा कई व्यक्तियों की असामायिक मृत्यु, दुर्घटना या बीमारी का कारण बनी है।

### मदिरापान एक बड़ी सामाजिक बुराई है

शराब या मदिरा को अग्नि-पेय भी कहा जाता है। जिस तरह आग सभी चीजों को भस्म कर राख में बदल देती है, उसी तरह शराब शारीरिक, मानसिक एवं नैतिक ऊर्जा को चट कर जाती है तथा मनुष्य के जीवन को छोटा करती है। यहाँ तक कि चिकित्सा विज्ञान ने भी पुष्टि की है कि एल्कोहल के अधिक सेवन से यकृत और शरीर के अन्य अंगों पर बुरा प्रभाव पड़ता है। इसके नियमित सेवन से नशे की लत पड़ जाती है जो मस्तिष्क और शरीर दोनों पर विपरीत प्रभाव डालती है।

### शराबी का परिवार तबाह हो जाता है

परिवार का मुखिया ही यदि शराबी हो जाए तो वह सिर्फ स्वयं का ही नहीं बल्कि परिवार के अन्य सदस्यों का जीवन भी तबाह करता है। उसके वेतन का एक बड़ा भाग शराब खरीदने में ही व्यय हो जाता है। परिवार की समृद्धि पर इसका विपरीत प्रभाव पड़ता है। ज्यादातर मामलों में शराबी व्यक्ति हर समय अपनी पत्नी से झगड़ता रहता है। वह झगड़ालू हो जाता है एवं विवादों में उलझता रहता है तथा बच्चों के प्रति अपने

दायित्वों की उपेक्षा करता है। ऐसे पिता की संतानें प्राय: गलत आदतों का शिकार हो जाती हैं। वे आवारा हो जाते हैं तथा छोटे-मोटे अपराधों में लिप्त हो जाते हैं। दुर्भाग्य से शराबी पिता को अपने बच्चों को भले-बुरे की शिक्षा देने के लिए समय ही नहीं मिलता। पिता का दुर्व्यवहार उनके दिलों में फूट पैदा करता है तथा सामाजिक व पारिवारिक जीवन के प्रति उनका मन उचट जाता है। हमारा समाज ऐसे अपराधियों के उदाहरणों से भरा पड़ा है जिनमें वे अपने जीवन के उत्तरार्ध में मानसिक रोगग्रस्त अपराधी बन गए।

## मदिरापान की आदत के कारण अनैतिकता एवं भ्रष्टाचार अपने चरम पर है

शराब पीने की आदत धीरे-धीरे हमारी जीवन-शैली को प्रभावित कर रही है तथा स्थिति खतरनाक होती जा रही है। विवाह समारोह, उत्सवों एवं अन्य मौकों पर शराब खुलेआम परोसी जाती है तथा इसे एक सामाजिक विनम्रता के रूप में देखा जाता है। खुशी और गम के अवसर पर शराब पीने का चलन हो गया है। अब तो महिलाओं ने भी शराब पीना शुरू कर दिया है। वास्तव में हमारे समाज ने मदिरापान को नैतिक पतन का प्रतीक माना है हालाँकि यह धीरे-धीरे हमारी सामाजिक व्यवस्था में जड़ें जमा रहा है। लोग अपनी गौरवशाली संस्कृति और सभ्यता को भूलकर अनैतिक और भ्रष्ट होते जा रहे हैं। शराबी लोग अपने संस्कारों का अवमूल्यन करते हैं तथा समाज में कभी आदर नहीं पाते। हमें प्राय: नशे में धुत्त लोग नाली या कीचड़ में गिरे हुए दिखाई पड़ते हैं जो वहाँ से गुजरनेवालों की नजरों में उपहास के पात्र बनते हैं।

## युवा शराब पीने के आदी होते जा रहे हैं

हमारा समाज मदिरापान के खतरे से प्रभावित होकर संकटग्रस्त दिखाई दे रहा है। शराब की आदत किशोरों और युवाओं के मध्य महामारी की तरह फैल रही है। उनमें से ज्यादातर अपने बड़ों की नकल के रूप में शराब पीना शुरू करते हैं और इसके आदी हो जाते हैं। ज्यादातर मामलों में अपराध में लिप्त किशोर नशे की हालत में अपराध को अंजाम देते हैं जो अच्छा चिह्न नहीं है। इसके अलावा यह बुराई अब कार्यालयों तक फैल गई है, यहाँ तक कि कुछ कर्मचारी शराब पीकर ही कार्यालयों में आते हैं। वे बुरे उदाहरण प्रस्तुत करते हैं तथा सामाजिक मूल्यों को पतित करते हैं। यहाँ तक कि उच्चाधिकारी एवं गण्यमान्य लोग भी काम के दौरान नशे की हालत में पाए गए हैं।

## असामयिक मृत्यु का कारण

असुरक्षित वाहन चालन के कारण सड़क दुर्घटनाएँ होती हैं। सामान्यत: बस और

ट्रक ड्राइवर शराब पीने के आदी होते हैं तथा असावधानी से वाहन चलाते हैं जिसके कारण दुर्घटनाएँ होती हैं। नशे की हालत में वाहन चलाना कानूनन जुर्म है लेकिन इस पर कोई नियंत्रण नहीं है।

### निष्कर्ष

इसमें संदेह नहीं है कि अमरीका में मदिरापान पर लगा प्रतिबंध असफल हो गया परंतु भारतीय समाज इससे बिल्कुल अलग है तथा यह शराब को एक बुराई के रूप में देखता है। शराब पर प्रतिबंध लोगों के लिए बेहतर दशाओं और सुविधाओं की गारंटी है। वास्तव में देश के चरित्र और स्वास्थ्य के स्तर को उठाने के लिए कोई भी कुर्बानी बड़ी नहीं कही जा सकती। शराब पर प्रतिबंध का एक उच्चतम रचनात्मक मूल्य है एवं सरकार को इसे सख्ती से लागू करना चाहिए ताकि युवा पीढ़ी को बचाया एवं समाज में सामाजिक एवं नैतिक मूल्यों को ऊँचा उठाया जा सके।

## विपक्ष

### प्रस्तावना

मदिरापान पर प्रतिबंध नहीं लगना चाहिए क्योंकि इसका कभी भी जड़ से उन्मूलन नहीं हो सकता। सरकार द्वारा कई बार इसकी बिक्री और प्रयोग पर प्रतिबंध लगाने का प्रयास किया गया लेकिन दुर्भाग्यवश वह बुरी तरह असफल रही।

### शराबियों की संख्या बहुत ज्यादा है

सामाजिक स्तर पर मदिरापान वास्तव में आश्चर्यजनक है। गरीबों की बात छोड़िए—उच्च वर्ग के लोग भी बड़े पैमाने पर मदिरा का सेवन करते हैं—फर्क है तो सिर्फ किस्म का। लोग इसकी चर्चा एक सामाजिक बुराई के रूप में करते हैं, जिसने कई परिवारों एवं व्यक्तियों के स्वास्थ्य को तबाह किया है। इसने समाज और सरकार के समक्ष बड़ी चुनौती पेश की है। इसके बुरे प्रभावों से कौन अवगत नहीं है हालाँकि इस पर प्रतिबंध लगाने के प्रयास सफल नहीं हुए हैं क्योंकि शराबियों की संख्या दिन-प्रतिदिन बढ़ती जा रही है। यहाँ तक कि अमरीका में भी इस पर प्रतिबंध लगाया गया था लेकिन जल्द ही प्रतिबंध हटा लिया गया क्योंकि यह कारगर नहीं हुआ।

### मानव मनोविज्ञान किसी भी तरह के प्रतिबंध को नहीं मानता

किसी भी गतिविधि पर प्रतिबंध लगाने का तात्पर्य यह नहीं है कि समस्या सुलझ

गई। इसके पीछे बड़े मनोवैज्ञानिक कारक कार्य करते हैं। यदि किसी स्थान पर यह सूचना बोर्ड लगा दिया जाए कि भीतर न देखें तो हम पाएँगे कि लोग किसी भी तरह से भीतर देखने के लिए ही उत्सुक होंगे। यही कारक मदिरापान पर प्रतिबंध के पीछे कार्य करता है। लोग मदिरा खरीदने के नए तरीके तलाश लेते हैं और अपनी इच्छा को शांत करते हैं।

## ठंडे स्थानों के लिए उपयुक्त

शीतल तापमानवाले देशों में लोग मदिरापान के आदी होते हैं। यह चुभती सर्दी के विरुद्ध उनके शरीर को गरमाहट एवं ऊर्जा प्रदान करता है। शराब न पीने से उनका जीवन खतरे में पड़ सकता है। मान लीजिए सर्द तापमानवाले देश में मदिरापान पर प्रतिबंध लगा दिया जाता है तो इसका क्या परिणाम होगा? निश्चित रूप से यह बुरी तरह असफल होगा।

## डॉक्टर भी इसे निश्चित दशाओं में लेने का परामर्श देते हैं

यदि शराब को नियंत्रित तरीके से ग्रहण किया जाए तो यह दवा की तरह कार्य कर सकती है। यह थकान दूर करने का अच्छा साधन है। दिन भर की मानसिक और शारीरिक थकान को दूर करने के लिए एक या दो पैग पर्याप्त होते हैं। लोगों ने सेना कैंटीन में शराब की बिक्री को अवश्य देखा होगा। दिन भर के कार्य के बाद थके हुए सैनिक एवं अधिकारी अपने मैस या क्लब में मदिरापान करते हैं। कभी-कभी डॉक्टर भी नियंत्रित तरीके से शराब को औषधि की तरह ग्रहण करने का परामर्श देते हैं। अत: इसके विक्रय पर किसी भी तरह का प्रतिबंध जायज नहीं है।

## राजस्व का स्रोत

नशे के लिए ऐसी कई सामग्रियाँ हैं जिनका प्रयोग लोगों द्वारा किया जाता है। तंबाकू उनमें से एक है। सिगरेट के पैकेट पर भी लिखा होता है—धूम्रपान स्वास्थ्य के लिए हानिकारक है, इसके बावजूद तंबाकू कंपनियों को बड़ी मात्रा में सिगरेट का उत्पादन करने का लाइसेंस दिया गया है क्योंकि इस उद्योग से सरकार को बहुत सा राजस्व प्राप्त होता है। इसी तरह शराब का उत्पादन एक आकर्षक व्यापार है एवं कोई भी सरकार इस पर प्रतिबंध लगाने का साहस नहीं कर सकती।

## शराब की अवैध बिक्री और तस्करी बड़े पैमाने पर जारी

मदिरापान की समस्या केवल प्रतिबंध लगाकर नहीं सुलझाई जा सकती जब तक

कि लोगों को इसकी बुराइयों के प्रति जागरूक न किया जाए। हमारा समाज बुराइयों से भरा हुआ है। भारत में कई सामाजिक बुराइयाँ प्रचलित थीं लेकिन उनका उन्मूलन बल प्रयोग के बजाय लोगों के मध्य जागरूकता फैलाकर किया गया। कुछ लोग शराब का प्रयोग दवा के रूप में तो कुछ लोग दिन भर के तनाव को दूर करने में करते हैं। शराब की अवैध बिक्री एवं तस्करी बड़े पैमाने पर होती है। कुछ समय पूर्व दिल्ली में शराब पर प्रतिबंध लगाया गया था। तब सीमावर्ती इलाकों में शराब की अवैध बिक्री का कारोबार खूब फला-फूला था। हरियाणा इस गतिविधि का केंद्र बन गया था और यह प्रतिबंध बुरी तरह असफल सिद्ध हुआ। शहरों से लगे इलाकों में शराब बनाने की अवैध भट्ठियों की बन आती है जो लोगों को घटिया दरजे की शराब बेचती हैं, जिससे कभी-कभी मजदूरों, ठेला व रिक्शा चालकों की बड़ी संख्या में मौतें होती हैं।

## निष्कर्ष

महज प्रतिबंध लगाकर इस सामाजिक बुराई पर काबू नहीं पाया जा सकता क्योंकि समाज में इसकी जड़ें बहुत गहरी हैं। लोगों को सामान्य बातचीत एवं जागरूकता कार्यक्रमों के माध्यम से मदिरापान की बुराई के प्रति शिक्षित किया जाना चाहिए। इस संबंध में जनमत तैयार करने के लिए गैर-सरकारी संगठनों (एन.जी.ओ.) को प्रेरित एवं नियुक्त किया जाना चाहिए। बल प्रयोग द्वारा कुछ भी हासिल नहीं होगा। इसके अलावा समाज सुधारकों को भी ठोस कार्यक्रमों द्वारा इस मामले में हस्तक्षेप करना चाहिए। केवल तभी इस समस्या का भली-भाँति समाधान किया जा सकता है।

□

# 22

# कथन–क्या सैन्य शिक्षा को अनिवार्य कर देना चाहिए?

## पक्ष

### प्रस्तावना

जी हाँ, मैं भी यही मानता हूँ कि सैन्य प्रशिक्षण अनिवार्य कर देना चाहिए। प्रत्येक राष्ट्रवादी और देश–प्रेमी के लिए मातृभूमि की रक्षा पहली प्राथमिकता होनी चाहिए। विश्व भर में बढ़ रहे तनाव को दृष्टिगत रखते हुए प्रत्येक नागरिक को सैन्य प्रशिक्षण दिया जाना चाहिए।

### विश्व प्रतिद्वंद्वी कैंपों में बँट गया है

आधुनिक विश्व विनाश के हथियारों के साथ तेजी से प्रतिद्वंद्वी गुटों में बदल रहा है। लगभग सभी देश किसी–न–किसी देश पर संदेह करते हैं। ज्यादातर देशों को स्वयं को युद्ध के लिए सदैव तैयार रखने के लिए अपनी सेना पर बड़ी मात्रा में धन खर्च करना पड़ता है। अत: भारत जैसे देश के लिए, जिसका गांधीजी के अहिंसा के सिद्धांत पर भरोसा है, प्रशिक्षित एवं सुसज्जित सेना अपरिहार्य है।

### अनिवार्य सैन्य सेवा के लाभ

भारत जैसे आजाद एवं लोकतांत्रिक देश में सैन्य प्रशिक्षण या अनिवार्य सैन्य सेवा को सख्ती से लागू करना चाहिए। अपने देश की रक्षा करना प्रत्येक नागरिक का कर्तव्य है। कोई वजह नहीं है कि क्यों कुछ लोग युद्धों में अपनी जान गँवाते रहें और कुछ लोग महज दर्शक बने रहें। इस तर्क के साथ सैन्य प्रशिक्षण सभी के लिए अनिवार्य कर दिया जाना चाहिए। अनिवार्य सैन्य सेवा से स्थायी एवं सक्षम सेना तैयार होती है जो अल्प

सूचना पर युद्ध के लिए तैयार होती है। पिछले विश्वयुद्ध में जर्मनी की सेना अनिवार्य सैन्य शिक्षावाली सेना थी जबकि इंग्लैड और अमरीका में भरती स्वैच्छिक आधार पर की गई थी। इसका परिणाम यह हुआ कि बाकी देशों को जर्मनी के सैन्य स्तर तक पहुँचने में वर्षों लग गए।

## भारतीय संदर्भों में अनिवार्य सैन्य सेवा

हमारा देश चीन और पाकिस्तान जैसे शत्रु देशों से घिरा हुआ है। यहाँ तक कि बँगलादेश भी देश की सुरक्षा के प्रति खतरा पैदा कर सकता है। हमने वर्ष 1962 के भारत–चीन युद्ध में क्या देखा ? हमें सियाचिन सेक्टर में निंदनीय रूप से पीछे हटना पड़ा। हजारों मील भारतीय भूमि आज भी चीन के कब्जे में है। यदि हमारी सेना अनिवार्य सैन्य शिक्षावाली सेना होती तो ऐसी परिस्थिति टाली जा सकती थी।

## भारत और उसके प्रतिद्वंद्वी

पाकिस्तान में भारत के प्रति वैमनस्यता और उग्रवाद तेजी से बढ़ रहा है। हाल ही में हमें कारगिल युद्ध का सामना करना पड़ा। यद्यपि भारतीय सेना ने युद्ध में अभूतपूर्व शौर्य और वीरता का परिचय दिया लेकिन फिर भी हमें अपनी रक्षा तैयारियों के बारे में नए सिरे से विचार करना होगा। किसी भी आकस्मिक स्थिति का सामना करने के लिए उन्नत सैन्य इंतजामों को तय करने का समय आ गया है। इसलामीकरण का नारा चारों ओर गूँज रहा है। कारगिल युद्ध के दौरान यह स्पष्ट हो गया कि पाकिस्तान ने अघोषित युद्ध छेड़ा और भाड़े के अफगानी सैनिकों का प्रयोग किया। वह दिन दूर नहीं है जब कश्मीर को भारत से अलग करने के नापाक इरादे के साथ इसलामीकरण के नाम पर एक और युद्ध छिड़ सकता है। इस रोग का एकमात्र रामबाण इलाज देश में शारीरिक रूप से सक्षम सभी व्यक्तियों के लिए अनिवार्य सैन्य सेवा को लागू करना ही है।

## निष्कर्ष

अनिवार्य सैन्य शिक्षा देश के युवाओं को अनुशासित, कर्तव्यनिष्ठ एवं शारीरिक रूप से फिट बनाने में भी मददगार होती है। वे आज्ञा पालन करना एवं नेतृत्व करना सीखते हैं। वे अल्प सूचना पर तैयार हो सकते हैं। वे देश के निर्माण के लिए महत्त्वपूर्ण हैं। सैनिक अनुशासन में प्रशिक्षित युवा शांतिकाल में योग्य कार्मिक बनते हैं। तबाह करनेवाली बाढ़ एवं भूकंप जैसी प्राकृतिक आपदाओं एवं दंगों के दौरान उनकी सेवाओं का लाभ उठाया जा सकता है।

# विपक्ष

## प्रस्तावना

मेरा यह विचार है कि सैन्य शिक्षा अनिवार्य नहीं की जानी चाहिए। व्यावहारिक बात करें तो आज विश्व में ऐसा कोई देश नहीं है जिसके पास सेना और शत्रु न हों। लगभग सभी देश शत्रु पर अपनी श्रेष्ठता साबित करने के लिए खतरनाक संहारक हथियारों को एकत्रित करने की होड़ में शामिल हैं। राष्ट्रीय संसाधनों का एक बड़ा भाग रक्षा के क्षेत्र में व्यय होता है। ऐसी परिस्थितियों में क्या यह उचित है कि सैन्य प्रशिक्षण या सैन्य सेवा को अनिवार्य बनाकर वातावरण में और जहर घोला जाए? निश्चित रूप से नहीं।

## अनिवार्य सैन्य सेवा से आक्रामकता बढ़ती है

सैन्य प्रशिक्षण पर अधिक जोर देने से सैन्य दुस्साहस या सैन्य अभियानों की शुरुआत हो सकती है। यह देश में युद्ध जैसे हालात पैदा कर सकता है। ऐसे सभी देश, जिन्होंने सैन्य सेवा अनिवार्य की थी, ने कभी-न-कभी युद्ध या आक्रमण की शुरुआत की। स्पार्टा और कार्थाजीनियन के बीच भी यही हुआ और हाल ही में जर्मनी इसका उदाहरण है।

## सामान्य जनता के लिए अनिवार्य सैन्य सेवा उपयुक्त नहीं है

एक ऐसा देश स्वैच्छिक रूप से अनिवार्य सैन्य सेवा की अनुमति दे सकता है जहाँ के निवासियों का देश के प्राकृतिक संसाधनों पर स्वामित्व हो। लेकिन ऐसे देश जहाँ युद्ध से पूँजीपतियों को मुनाफा होता हो और सामान्य जनता निर्धन होती हो, वहाँ अनिवार्य सैन्य सेवा एक अलोकप्रिय विकल्प होगी। युद्ध में प्रशिक्षित असंतुष्ट लोग युद्ध की समाप्ति के बाद भी युद्ध के लिए तत्पर रह सकते हैं। अतः अनिवार्य सैन्य सेवा ऐसे देश के लिए उचित नहीं है जहाँ लोगों के मध्य गहरी आर्थिक असमानता अस्तित्व में हो।

## आधुनिक युद्ध यांत्रिक युद्ध होते हैं

वर्तमान युग में युद्ध की तकनीक में पर्याप्त मात्रा में परिवर्तन हुए हैं। एक समय था जब बड़ी सेना को देश की संपत्ति माना जाता था एवं सैनिकों का उपयोग युद्धभूमि में शहीद होने के लिए ही किया जाता था। आधुनिक युद्ध उच्च यांत्रिक युद्ध हैं। सेना की ताकत सैनिकों की संख्या पर नहीं बल्कि उसके द्वारा प्रयोग किए जा रहे परिष्कृत हथियारों पर निर्भर करती है। हाल ही में अमरीका और इराक के मध्य हुआ युद्ध इस बात का प्रमाण है। हजारों मील दूर स्थित होने के बावजूद अमरीका ने हवाई हमले और

मिसाइलों के माध्यम से इराकी सेना को शिकस्त दी। कारगिल युद्ध के दौरान भी यह देखा गया कि पाक द्वारा प्रायोजित भाड़े के अफगानी सैनिकों ने ऊँचे हितकर स्थानों पर कब्जा करके लंबे समय तक भारतीय सेना का मुकाबला किया जिससे बड़ी मात्रा में सैनिकों की मृत्यु हुई। अफगानी आतंकवादियों को हिमाच्छादित पर्वत शृंखलाओं पर युद्ध करने का विशेष प्रशिक्षण प्राप्त था, जिससे उन्होंने विश्व की सबसे मजबूत सेनाओं में से एक भारतीय सेना को गंभीर चुनौती प्रस्तुत की।

## निष्कर्ष

यह स्पष्ट है कि आजकल युद्ध शारीरिक शक्ति से नहीं बल्कि मस्तिष्क से जीते जाते हैं। यांत्रिक हथियारों के बढ़ते प्रयोग एवं लंबी दूरी से उन्हें नियंत्रित करने की संभावना के कारण सैनिकों के प्रयोग की ज्यादा आवश्यकता नहीं रहेगी। वैज्ञानिकों एवं तकनीशियनों को लंबी दूरी से युद्ध संचालित करने के लिए सैन्य कार्मिक की तरह चयनित करना होगा। जब युद्ध सिर्फ बटन दबाने भर का मामला हो गया हो तो सभी नागरिकों के लिए अनिवार्य सैन्य सेवा का क्या उद्देश्य है?

□

# 23

# कथन—कन्या-भ्रूण हत्या पर कानून के बजाय धार्मिक प्रतिबंधों द्वारा रोक लगानी चाहिए

## पक्ष

### प्रस्तावना

कन्या-भ्रूण हत्या एक जघन्य अपराध है जो बड़े पैमाने पर किया जा रहा है। वास्तव में इससे धरती पर स्त्री पीढ़ी के अस्तित्व पर खतरा मँडराने लगा है। इस पर रोक लगाने के लिए सिर्फ कानून बनाने से कुछ नहीं होगा। इस पर सामाजिक-धार्मिक जागरूकता द्वारा ही रोक लगानी चाहिए।

### कन्या-भ्रूण हत्या के मामले बढ़ रहे हैं

देश के सभी भागों में कन्या-भ्रूण हत्या के मामले तेजी से बढ़ रहे हैं। यदि इस पर रोक नहीं लगाई गई तो वह दिन दूर नहीं जब समूची महिला प्रजाति ही लुप्त हो जाएगी। पुरुष और महिला एक गाड़ी के दो पहियों की तरह हैं। एक-दूसरे की मदद के बिना वे एक इंच भी नहीं सरक सकते। इससे समाज का एकतरफा विकास होगा जिसके परिणामस्वरूप इस सुंदर धरती पर मानव प्रजाति के अस्तित्व के समक्ष खतरा पैदा हो जाएगा।

### इस पर रोकथाम के लिए कानून बनाए गए हैं

कन्या-भ्रूण हत्या की रोकथाम के लिए बनाए गए कानून बुरी तरह असफल हुए हैं। पंजाब, हरियाणा, गुजरात एवं महाराष्ट्र जैसे कुछ राज्य कन्या-भ्रूण हत्या को रोकने के लिए लिंग परीक्षण पर प्रतिबंध लगानेवाले अग्रणी राज्य हैं। इन राज्यों में कन्या शिशु लिंगानुपात नाटकीय रूप से कम हुआ है। लिंग परीक्षण जाँच की रोकथाम के लिए बनाए

गए कानून कार्यान्वयन हेतु अव्यावहारिक हैं। कानून का सम्मान उन समाजों में होता है, जहाँ सरकार आत्मविश्वास पैदा करे और एक सक्षम कार्यान्वयन मशीनरी अस्तित्व में हो, ऐसे समाजों में नहीं जहाँ कानून के निर्माता ही इसका सबसे ज्यादा उल्लंघन करते हो और कानूनी प्रावधानों का इस्तेमाल रिश्वत प्राप्त करने में करते हो। जैसा कि हमारे देश में होता है।

## धार्मिक नेताओं की भूमिका महत्त्वपूर्ण है

धार्मिक नेता ऐसे परिवारों और समुदायों की सोच बदलने में महत्त्वपूर्ण भूमिका अदा कर सकते हैं जो स्त्री संतान को एक बोझ मानते हैं। स्त्री विरोधी प्रवृत्ति के विरुद्ध समाज में नैतिकता जाग्रत् करनी होगी। धार्मिक नेताओं का चुनाव करने में सबसे बड़ा लाभ यह है कि वे हमारे समाज में जागृति फैलाने के लिए सबसे सस्ते एवं प्रभावी माध्यम हैं। दिन भर में वे जनसंख्या के एक बड़े भाग तक संदेश भेज सकते हैं। अब तक यह संदेश प्रसारित करने की जिम्मेदारी सरकार और गैर-सरकारी संगठनों (एन.जी.ओ.) को दी गई थी और दोनों ही वांछित परिणाम देने में असफल हुए हैं। हमारी नौकरशाही करोड़ों रुपए खर्च करती है परंतु साधारण सी सूचना प्रसारित करने में असफल रही है। चूँकि सरकार जनता में आत्मविश्वास पैदा करने में असफल रही है, अतः सरकारी मशीनरी द्वारा फैलाए जा रहे संदेशों पर जनता भी यकीन नहीं करती। इसके विपरीत धार्मिक नेता बिना किसी खर्च के यह संदेश फैला सकते हैं।

## आर्थिक और राजनीतिक कारण

कन्या-भ्रूण हत्या समस्या के आर्थिक और राजनीतिक कारण हैं। राज्य द्वारा दी जा रही सुरक्षा में कमी के कारण लोग पुत्रों को ज्यादा तरजीह देते हैं। गाँवों में एक प्रचलित कथन है—जितने बेटे उतनी लाठी, जितनी लाठी उतना कब्जा। जितने ज्यादा पुत्र होंगे, समाज में उतना रुतबा होगा। इस तरह की कहावत हमारे देश की कानून व्यवस्था के लगभग पूरी तरह से विफल होने की ओर इशारा करती है। ग्रामीण भारत में निस्संतान विधवा को उसकी भूमि से बेदखल किया जाना आम बात है। इसी प्रकार, सिर्फ महिला संतानवाले परिवार पुरुष संतानवाले परिवारों की तुलना में कहीं अधिक क्षणभंगुर एवं कमजोर होते हैं। समाज में महिलाओं का दर्जा बढ़ाना आज समय की सर्वोपरि माँग है। जैसे ही समाज में महिलाओं और पुरुषों के बीच का अंतर समाप्त होता है, कन्या-भ्रूण हत्या दर में गिरावट आएगी।

## निष्कर्ष

यूनिसेफ द्वारा कन्या-भ्रूण हत्या की रोकथाम के लिए धार्मिक नेताओं को शामिल करना एक सराहनीय प्रयास है। धार्मिक नेताओं में यह सामर्थ्य है कि वे लोगों को यह बात समझा सकते हैं कि कन्या-भ्रूण हत्या के उनके व्यक्तिगत निर्णय से दीर्घकाल में समूचे समाज को ही नुकसान पहुँचेगा। ऐसे समाज में जहाँ महिलाओं का सम्मान नहीं होता, वह स्व-विध्वंसक, उग्र और असुरक्षित हो जाता है। हालाँकि धार्मिक नेताओं के माध्यम से नैतिक और सदाचारी सर्वसम्मति तैयार करने के लिए सिर्फ सामान्यतः स्वीकृत धार्मिक संतों को शामिल करना चाहिए। जो कार्य कानून नहीं कर सकता, वह धार्मिक संत व साधु आसानी से कर सकते हैं।

# विपक्ष

## प्रस्तावना

कन्या-भ्रूण हत्या पर सिर्फ धार्मिक प्रतिबंधों द्वारा ही रोक नहीं लगाई जा सकती। लोगों को सामाजिक कलंक या अन्य पूर्वग्रहों के कारण भ्रूण-हत्या की आदत हो गई है। महिलाओं का तिरस्कार हमारी जीवन-शैली बन गया है, अतः सिर्फ कठोर कानून बनाने से इस प्रथा का उन्मूलन नहीं किया जा सकता।

## धार्मिक नेता अप्रभावी साबित होंगे

कन्या-भ्रूण हत्या पर रोक लगाने के लिए यूनिसेफ के प्रयास स्वागत योग्य हैं परंतु इस मामले में यह माना जाता है कि इसकी रोकथाम कुछ धार्मिक नेताओं के प्रवचनों से नहीं बल्कि कानून के भय से संभव होगी। वास्तव में धर्म को सामाजिक कार्यों के साथ नहीं जोड़ना चाहिए क्योंकि कभी-कभी इसके परिणाम घातक भी हो सकते हैं। यह स्पष्ट ही है कि कन्या-भ्रूण हत्या जैसी समस्या के लिए आर्थिक तंगी और दहेज प्रथा ही मुख्य रूप से उत्तरदायी हैं। धार्मिक प्रवचनों से धरातलीय वास्तविकताओं में कोई परिवर्तन होनेवाला नहीं है। इस अमानवीय प्रथा को रोकने के लिए कानूनी प्रावधान बनाए जाने चाहिए।

## कानूनी प्रावधान किए जाने चाहिए

वर्ष 1860 में जब ब्रिटिश काल में लॉर्ड मैकाले ने भारतीय दंड संहिता तैयार की थी, तब गर्भपात के विरोध में एक प्रावधान बनाया गया था कि चार माह से अधिक गर्भवती महिला का गर्भपात किए जाने पर सात साल की सजा होगी। यह दुर्भाग्यपूर्ण

है कि आज के भारतीय समाज में भी महिला शिशु को कमतर माना जाता है। वर्ष 1971 में गर्भ के चिकित्सकीय उन्मूलन के संबंध में कानून बनाए गए। इस प्रावधान का कन्या-भ्रूण हत्या हेतु दुरुपयोग होता देख वर्ष 1994 में प्रसव पूर्व भ्रूण जाँच तकनीकों के विरोध में नया कानून बनाया गया।

## सामान्य प्रक्रिया के रूप में गर्भपात हानिकारक नहीं है

कानून उन स्थितियों में शिशु भ्रूण के गर्भपात की अनुमति प्रदान करता है जब यह गर्भवती महिला के जीवन के लिए ही खतरा हो। सरकार ने गर्भपात को आसान और वैध बनाया है। सामान्य गर्भपात का गर्भस्थ शिशु के लिंग से कोई लेना-देना नहीं है लेकिन यदि माता-पिता को गर्भस्थ शिशु का लिंग पता चल जाता है तो वे कन्या-भ्रूण का गर्भपात करा देते हैं। 1994 का अधिनियम ऐसी निदान जाँचों की अनुमति देता है जिसके माध्यम से गर्भस्थ शिशु में गुणसूत्र संबंधी विकार, जन्मजात असामान्यता, सेक्स से जुड़े आनुवंशिक विकार या अन्य विकारों को ज्ञात किया जा सकता हो ताकि गर्भपात को न्यायसंगत ठहराया जा सके।

## पुरुष संतान को प्राथमिकता

हमारे समाज में पुरुष संतान को प्राथमिकता दी जाती है। लड़के को जन्म देने की चाह में माता-पिता कई बच्चे पैदा करते जाते हैं एवं जनसंख्या बढ़ाते हैं। यदि ऐसे माता-पिता कन्या-भ्रूण का गर्भपात कराते हैं तो भी यह समझ में आता है लेकिन गर्भ परीक्षण के दुरुपयोग के मामले तेजी से बढ़ रहे हैं। माता-पिता जान-बूझकर गर्भपात कराते हैं। निस्संदेह, यह समूची महिला प्रजाति के विरुद्ध संगीन अपराध है।

## कानून का सख्ती से पालन होना चाहिए

इस विषय पर जनमत तैयार करने के लिए धार्मिक नेताओं का सहयोग लेने से समाज पर कोई प्रभाव पड़नेवाला नहीं है। दबाव और सजा के भय के बिना कन्या-भ्रूण हत्या की बुराई पर रोक नहीं लगाई जा सकती। इस मामले में अधिक जागरूकता और नियंत्रण की आवश्यकता है। इसमें कोई संदेह नहीं कि कोई भी कानून, चाहे वह कितना भी उपयोगी क्यों न हो, इसे लागू करनेवालों की गंभीरता एवं ईमानदारी के बिना सफल नहीं हो सकता।

## निष्कर्ष

ऐसे बहुत से डॉक्टर एवं तकनीशियन हैं जो गर्भस्थ शिशु के लिंग को जानने की

चाह रखनेवाले माता-पिता के इरादों को समझते हैं। वे इस कार्य में उनकी मदद करते हैं जो हत्या से किसी की तरह से कम नहीं है। अब यह सरकार की जिम्मेदारी है कि वह ऐसे तत्त्वों का खात्मा करते हुए एक स्पष्ट संदेश दे कि कन्या-भ्रूण हत्या कराने एवं इस कार्य में सहयोग देनेवाले को सख्ती से दंडित किया जाएगा।

□

# 24

# कथन—प्रतिभा पलायन एक राष्ट्रीय क्षति है

## पक्ष

### प्रस्तावना

प्रतिभा पलायन से तात्पर्य प्रतिभाशाली व्यक्तियों का बेहतर भविष्य की चाह में अपना देश छोड़कर अन्य देशों में जाना है। जब एक व्यक्ति अपनी मातृभूमि के विकास में कुछ योगदान करने की स्थिति में आता है, ऐसे समय वह बेहतर भविष्य और कैरियर की चाह में देश छोड़ देता है। क्या यह राष्ट्रीय क्षति नहीं है? निश्चित रूप से हाँ।

### राष्ट्र के प्रति दायित्व

प्रत्येक नागरिक का अपने राष्ट्र के प्रति दायित्व होता है। किसी व्यक्ति को डॉक्टर, इंजीनियर, वैज्ञानिक या अन्य कार्मिक बनाने में काफी पैसा खर्च होता है, लेकिन अपने देश के विकास में योगदान देने के बजाय वे धन व सुख की तलाश में विदेश जाना पसंद करते हैं एवं निर्धन देश में अवसरों की कमी को इसका कारण बताते हैं। मान लीजिए कि माता-पिता गरीब और बुजुर्ग हैं तो क्या हमें घर छोड़कर अन्यत्र रहने लगना चाहिए। क्या यह परिवार के लिए क्षति नहीं होगी?

### राष्ट्रीय संपत्ति

मेधावी एवं प्रतिभाशाली नागरिक राष्ट्रीय संपत्ति होते हैं। उनका पहला और सर्वोपरि कर्तव्य अपने देश और नागरिकों के प्रति होता है। मातृभूमि के महत्त्व को नकारा नहीं जा सकता। यह कहा जाता है कि मातृभूमि जन्म देनेवाली माँ के समान होती है। जिस तरह माँ अपने बच्चे की देखभाल एवं पालन-पोषण करती है, उसी तरह मातृभूमि भी अपने नागरिकों का पालन-पोषण करती है। हम यहाँ पर साँस लेते हैं, पानी पीते हैं तथा प्रेम व रक्षा करनेवाले लोगों के मध्य रहते हैं। आखिर हमें उस स्थान व लोगों के प्रति

आभारी होना चाहिए जहाँ हम पलते-बढ़ते हैं। राष्ट्र का ऋण कभी भी चुकाया नहीं जा सकता। इस कर्ज को चुकाना बहुत कठिन है लेकिन देश व उसके नागरिकों के प्रति हमारे कुछ दायित्व व कर्तव्य हैं।

### खतरनाक परिस्थिति

सामान्यत: यह पाया जाता है कि मेधावी लोग बेहतर भविष्य एवं रोजगार की तलाश में विदेश जाना पसंद करते हैं। इसके परिणामस्वरूप किसी एक देश में ही मेधावी लोगों के जमावड़े से विश्व का संतुलित विकास नहीं हो पाता। कुछ देश काफी आगे निकल जाते हैं तो कुछ पीछे छूट जाते हैं। इससे कई समस्याओं का जन्म होता है। अमरीका एक ऐसा ही देश है जो दुनिया भर से लोगों को अपनी ओर आकर्षित करता है। प्रतिभाशाली व्यक्तियों के एक ही स्थान पर एकत्रित होने के कारण अमरीका एक परम शक्तिशाली राष्ट्र बन गया है जिसका एक उदाहरण हम द्वितीय विश्वयुद्ध में उसके द्वारा हिरोशिमा और नागासाकी पर परमाणु बम हमले के रूप में देख चुके हैं। प्रतिभाशाली मस्तिष्क समूचे विश्व में बिखरे होने चाहिए ताकि सारी दुनिया का संतुलित विकास हो सके।

### निष्कर्ष

यह कहा जाता है कि जब तक लोगों के समक्ष बेहतर संभावनाएँ व दशाएँ निर्मित नहीं की जातीं, तब तक प्रतिभा पलायन की समस्या पर काबू पाना संभव नहीं है। लेकिन इस परिस्थिति में आखिर कौन बदलाव करेगा तथा बेहतर दशाएँ तैयार करेगा! निश्चित रूप से, वैज्ञानिक, दार्शनिक व बुद्धिजीवी किसी देश के विकास की प्रक्रिया को प्रभावित कर सकते हैं। यदि वे अपनी भावी पीढ़ी के लिए कार्य करने से मना कर देंगे तो इस परिस्थिति को कौन सुधारेगा, क्या इसे राष्ट्रीय क्षति नहीं कहा जाएगा?

## विपक्ष

### प्रस्तावना

मेधावी छात्र शिक्षा प्राप्त करने के बाद बेहतर रोजगार और भविष्य की तलाश में विदेश जाते हैं। इसकी सामान्यत: आलोचना ही की जाती है तथा इसे राष्ट्रीय क्षति के रूप में देखा जाता है, जो सर्वथा गलत है। किसी व्यक्ति को अपनी प्रतिभा व व्यक्तित्व को निखारने की पूर्ण स्वतंत्रता होनी चाहिए। उसके देश से बाहर जाने को संकुचित दृष्टिकोण से नहीं देखा जाना चाहिए।

## प्रतिभा का क्षय नहीं होना चाहिए

भारत में प्रतिभाशाली एवं मेधावी लोगों की कोई कमी नहीं है। इस देश ने ऐसी कई विलक्षण प्रतिभाओं को जन्म दिया है जिन्होंने विश्व भर में नाम और ख्याति अर्जित की है। जब प्रतिभाशाली लोगों को अपने देश में सम्मान प्राप्त नहीं होता, तब वे इसकी तलाश अन्यत्र करते हैं। विदेशों में उन्हें सम्मान के साथ-साथ बेहतरीन वेतन एवं भत्ते प्राप्त होते हैं। बेहतर भविष्य की तलाश में विदेश जाने में कुछ भी गलत नहीं है।

## विलक्षण लोग समूची मानवता के लिए संपत्ति हैं

वास्तव में, विलक्षण व्यक्तियों का कोई देश नहीं होता। वे देश की सीमा लाँघकर अंतरराष्ट्रीय व्यक्तित्व बन जाते हैं। उनका जन्म ही मानवता की सेवा के लिए होता है। उनके द्वारा की गई खोजों, अनुसंधान व खनन से समूची मानव सभ्यता को लाभ प्राप्त होता है। प्रसिद्ध वैज्ञानिक आइंस्टीन का ही उदाहरण लें। मूल रूप से वे जर्मनी मूल के यहूदी थे और अमरीका में रहते थे। उनके द्वारा की गई वैज्ञानिक खोजों ने देश की सीमा से बाहर जाकर सारे विश्व को लाभ पहुँचाया। जेम्स वॉट इंग्लैड के थे परंतु उनके द्वारा की गई भाप के इंजन की खोज ने मानव सभ्यता के स्तर को आधुनिक स्तर तक उठाने में महत्त्वपूर्ण भूमिका निभाई है।

## प्रतिभा समृद्धि के साथ लौटती है

भारत एक गरीब देश है। यह विकसित देशों के समान प्रतिभाशाली व्यक्तियों को सभी सुविधाएँ एवं उच्च वेतन प्रदान नहीं कर सकता। ज्यादातर भारतीय यूरोपीय देशों में रहने लग गए हैं तथा आप्रवासी भारतीय हो गए हैं। अब वे अत्यंत समृद्ध हो गए हैं। हमारी सरकार ने उन्हें विभिन्न व्यवसाय और उद्योगों में निवेश करने के लिए आमंत्रित किया है। क्या इसे राष्ट्रीय क्षति कहा जा सकता है? निश्चित रूप से नहीं। बल्कि इसे समृद्धि के साथ प्रतिभा की वापसी कहा जाना चाहिए।

## देश के साथ कोई विश्वासघात नहीं

सामान्यत: लोग प्रतिभा पलायन के विरोध में यह आरोप लगाते हैं कि प्रतिभाशाली व्यक्ति का अपनी मातृभूमि के प्रति दायित्व होता है। वह अपनी मातृभूमि में पैदा व पला-बढ़ा होता है परंतु बेहतर रोजगार और भविष्य की चाह में वह अपना देश छोड़ देता है। वह अपनी मातृभूमि के विकास में कोई सहयोग नहीं देता। यह एक तरह का विश्वासघात है। लेकिन यह तर्क जायज नहीं है। कोई भी व्यक्ति अपनी प्रतिभा और

व्यक्तित्व के विकास के लिए विश्व के किसी भी कोने में जाने के लिए स्वतंत्र है। हम किसी भी व्यक्ति को अपने देश में ही रहने के लिए बाध्य नहीं कर सकते जबकि उसकी प्रतिभा का पूरा दोहन नहीं हो पा रहा हो।

## निष्कर्ष

प्रतिभा पलायन एक वैश्विक परिदृश्य है। यह हर देश में है। जब तक कि प्रतिभाशाली व्यक्ति को बेहतर भविष्य, रोजगार और अनुकूल वातावरण नहीं दिया जाता, तब तक इस समस्या को रोका नहीं जा सकता। इसे एक राष्ट्रीय क्षति मानना गलत है बल्कि यह देश के विकसित एवं समृद्ध होने में सहायक है।

□

# 25

# कथन–मृत्युदंड पर प्रतिबंध लगना चाहिए

## पक्ष

### प्रस्तावना

मृत्युदंड पर प्रतिबंध लगा देना चाहिए। मृत्यु एक जीवन विरोधी परिघटना है। यह किसी भी रूप में हो इसका स्वागत नहीं किया जा सकता। यह उस प्रत्येक चीज पर फलती–फूलती है जो जीवन को कमजोर, अस्थिर और मिथ्या बनाती है। यह हो सकता है कि जो न्यायाधीश मृत्युदंड सुनाता है, वह व्यवस्था की सेवा कर रहा हो लेकिन वह अपने लिए, मानवजाति तथा उन सभी लोगों के प्रति जो इस व्यवस्था से बाहर हैं, बहुत बुरा करता है। प्रत्येक अपराधी जिसे मृत्युदंड दिया जाता है उससे सुधरने का और दोबारा प्रतिष्ठा प्राप्त करने का मौका छीन लिया जाता है।

### मनुष्य जन्म से अपराधी नहीं होता

कोई भी मनुष्य जन्म से अपराधी नहीं होता। उसके अपराधी बनने के लिए कोई–न–कोई घटना जिम्मेदार होती है जो उसे अपराधी बनने पर मजबूर करती है। हमने मशहूर दस्यु सुंदरी फूलन देवी और उनके जैसे कई लोगों के बारे में सुना है, जिन्हें परिस्थितियों ने कानून अपने हाथ में लेने को मजबूर कर दिया। यदि उसे फाँसी पर चढ़ा दिया जाता तो उसे सुधरने का मौका ही नहीं मिल पाता। उसे यह मौका मिला और उसने स्वयं को साबित किया तथा माननीय सांसद बनी।

### अपराध का महिमामंडन

वे लोग जो मृत्यु के पक्ष में हैं, वे लोग शायद आपराधिक कहानियों के पाठक हैं। हम अपने जीवन में अधिक–से–अधिक उत्तेजना चाहते हैं क्योंकि यह अपने विचार और बुद्धिमत्ता के उत्थान से ज्यादा आसान कार्य है। यंत्रीकरण बढ़ने के साथ–साथ हमारी

भावनाओं के नृशंस हो जाने के खतरे बढ़ गए हैं। सिनेमा से अपराध, हिंसा और घटिया यौनेच्छा को बढ़ावा मिला है। फाँसी के तख्ते पर चढ़ने को बहुत हलके ढंग से लिया जाता है इसलिए किसी को फाँसी पर चढ़ाना सिर्फ एक मजाक का विषय बन जाता है।

## बदले की भावना का महिमामंडन

एक अपराधी भी आखिर एक मनुष्य ही होता है। उसका भी अपना परिवार होता है और हो सकता वह परिवार में अकेला कमानेवाला हो। यदि उसको फाँसी दी जाती है तो उसके साथ उसका परिवार भी जीवित ही मर जाता है। यदि उसके बच्चे अनाथ कर दिए जाएँ और अपना पेट पालने के लिए अपराध की दुनिया में प्रवेश करें तो इससे किसी का भला नहीं होगा।

मृत्युदंड की वकालत सिर्फ आखिरी हथियार तथा समाज को अपराध और अराजकता से मुक्त करने के तौर पर की जाती है। लेकिन यह तर्क चलनेवाला नहीं है। पहला, यह माना जाता है कि मनुष्य का झुकाव अपराध की ओर होता ही है। वास्तव में यह प्रवृत्ति मानवता के क्षेत्र में हुई प्रगति को नजरअंदाज कर देती है। दूसरा, मृत्युदंड न्याय की आड़ में एक प्रकार से बदला है। क्या इससे आँख के बदले आँख और खून के बदले खून की भावना बलवती नहीं होती। क्या प्रतिशोध और जैसे को तैसा को हमारे समाज की प्रमुख भावना बना देना चाहिए?

## पाप को खत्म करो, पापी को नहीं

हमारे राष्ट्रपिता महात्मा गांधी ने भी कहा है कि हमें पापी से नहीं बल्कि पाप से घृणा करना चाहिए। वास्तव में हमारा प्रयास यह होना चाहिए कि पाप का खात्मा हो, पापी का नहीं। लेकिन अब भी मृत्युदंड प्रचलन में है। हम प्राय: इसके बारे में सुनते हैं। लेकिन इसका निष्कर्ष क्या है? क्या धरती से अपराध का खात्मा हो गया? क्या वह सीमित हुआ? अपराध-दर में दिन दूनी, रात चौगुनी बढ़ोतरी हो रही है। अपराध के पीछे सामान्यत: समाजार्थिक कारण होते हैं। समाजशास्त्रियों को अपहरण और हत्या जैसे जघन्य अपराधों के पीछे के कारणों को जानने के लिए गहराई से विचार करना होगा।

## निष्कर्ष

भारतीय समाज संक्रमण के दौर में है। परिवर्तन का एक आवश्यक प्रतीक संघर्ष और हिंसा है। गंभीर सामाजिक समस्याओं की रोकथाम के उपाय के रूप में मृत्युदंड दूर की कौड़ी है। अत: यह मेरा दृढ़ विचार है कि लोगों के हृदय से बुराई के उन्मूलन के लिए मृत्युदंड सही कदम नहीं है। इस पर प्रतिबंध लगना चाहिए।

# विपक्ष

## प्रस्तावना

मृत्युदंड पर प्रतिबंध लगाने की कोई आवश्यकता नहीं है। ऐसे गंभीर मामलों में जहाँ मानव-संवेदना निम्नतम स्तर तक पहुँचती हो, वहाँ न्यायिक व्यवस्था के भाग के रूप में तथा अंतिम विकल्प के रूप में मृत्युदंड दिया जाता है और दिया जाना चाहिए। ऐसे मामलों में अपराधी का जुर्म सर्वोच्च न्यायालय में साबित हो जाने के बाद भी उसे राष्ट्रपति के समक्ष दया-याचिका दायर करने का अवसर दिया जाता है। यह प्रदर्शित करता है कि कानून बनानेवाले, उसकी व्याख्या करनेवाले एवं लागू करनेवाली एजेंसियाँ अपराध की प्रकृति से पूरी तरह सहमत होकर यह मानते हैं कि अपराध की पुनरावृत्ति को रोकने के लिए मृत्युदंड दिया जाना आवश्यक है।

## नैतिक पतन की रोकथाम की जानी चाहिए

मृत्युदंड की सजा देने के बाद न्यायाधीश द्वारा कलम की नोक तोड़ना यह प्रदर्शित करता है कि वे इस कठोर सजा के प्रति कितने उदासीन हैं। यह निर्णय यह संदेश देता है कि समाज का नैतिक पतन आनेवाले समय में गंभीर समस्याएँ खड़ी कर सकता है और इसके पहले कि यह सभी लोगों को अपनी चपेट ले, इस पर रोक लगाना जरूरी है।

## कानून के प्रति आदर में कमी

आजकल लोग हिंसा की ओर उन्मुख हो रहे हैं। हर क्षेत्र में उल्लेखनीय वृद्धि दर्ज हो रही है। हत्या, बलात्कार, लूट इत्यादि अपराध बड़े अनुपात में हो रहे हैं और जीवन-शैली बन गए हैं। समाचार-पत्रों में इनके बारे में प्रचुरता से समाचार प्रकाशित होते हैं। यह आम राय बन रही है कि कोई भी व्यक्ति आसानी से कानून तोड़ सकता है और बेरोकटोक घूम सकता है। जघन्य अपराध करने के बाद भी कानून की कमियों का लाभ उठाते हुए अपराधी छूट जाते हैं। ज्यादातर मौकों पर खुलेआम हत्याएँ की जाती हैं और अपराधी बेखौफ फरार हो जाते हैं। ऐसे उदाहरण लोगों को निर्भीक बनाते हैं। इसके अलावा लोगों का कानून के ऊपर से भरोसा उठता जा रहा है। कानून के ऊपर से लोगों का भरोसा उठना भावी पीढ़ियों के लिए शुभ संकेत नहीं कहा जा सकता।

## समाज में कानून व्यवस्था कायम होनी चाहिए

कानून रहित समाज बनाने की अनुमति देने पर हमारी भावी पीढ़ियाँ हमें कभी माफ नहीं करेंगी। समाज में कानून व्यवस्था कायम रखने की बड़ी जिम्मेदारी हमारे कंधों पर

है। यदि समाज में अपराध होने दिया जाता है तो आम आदमी का जीना दूभर हो जाएगा। आपराधिक घटनाओं पर रोक लगाने के लिए मृत्युदंड ही एकमात्र मार्ग दिखाई देता है।

## सुधारवादी उपाय

समय गुजरने के साथ मानवमात्र का स्याह पक्ष उजागर हो रहा है। जब तक कि मनुष्य स्वयं फरिश्ता न बन जाए, तब तक मृत्युदंड के सिद्धांत पर आदर्शवादी धारणा बनाना व्यर्थ है। मनुष्य की पाशविकता कभी-कभी मानवता पर कलंक लगाती है और चाहे भारी मन से ही सही, पर कठोर कदम उठाकर ही इस पर लगाम लगाई जा सकती है।

## निष्कर्ष

आज समय की आवश्यकता मृत्युदंड पर प्रतिबंध लगाना न होकर मनुष्य की आपराधिक प्रवृत्ति के विरुद्ध लड़ना है। इस कार्य में अग्रणी वकील महत्त्वपूर्ण भूमिका अदा कर सकते हैं जो कानून के शिकंजे से दुर्दांत अपराधियों को बचा ले जाते हैं। यदि मृत्युदंड पर प्रतिबंध लगा दिया जाता है तो अपराधियों के मन से संभावित मृत्यु का भय ही उठ जाएगा।

□

# 26

# कथन—क्या भारत को नाभिकीय शक्ति अर्जित करनी चाहिए?

## पक्ष

### प्रस्तावना

पूरे विश्व में बढ़ते हुए तनावों तथा खतरों को देखते हुए भारत को भी नाभिकीय शक्ति अर्जित करनी चाहिए। एक कमजोर देश को हमेशा डराया और धमकाया जाता है। भारत के नाभिकीय शक्ति-संपन्न होने से यह शत्रु राष्ट्रों को अपने ऊपर हमला करने से रोक सकता है।

### अमरीका महाशक्ति बना

नाभिकीय अस्त्र मानव द्वारा ज्ञात सभी हथियारों में सर्वाधिक शक्तिशाली और विध्वंसक है। सोवियत संघ के विघटन के साथ दुनिया एक नए आकार में उभरी है, जिसमें अमरीका अकेला सर्वशक्तिशाली, निर्विरोध, सर्वोच्च और निरंकुश देश बन गया है। विश्वशांति के लिए भय बढ़ गया है, संयुक्त राष्ट्र के उद्‍देश्य विशेषकर सुरक्षा परिषद्, को फिर से परिभाषित करने के लिए दबाव बनाया जा रहा है, जो नई व्यवस्था अर्थात् अमरीका के अनुरूप हो। परमाणु अप्रसार संधि को अनिश्चित काल के लिए बढ़ा दिया गया है जिससे नाभिकीय युद्ध की संभावनाएँ बढ़ गई हैं।

### भारत की एकता और अखंडता के लिए खतरा

आज भारत को परमाणु बम बनाने या न बनाने की बड़ी दुविधा का सामना करना पड़ रहा है। हालाँकि भारत अहिंसा की नीति का पालन करता रहा है, फिर भी आज भारत का अस्तित्व लगातार दबाव और खतरे में है। निश्चित रूप से भीतरी और बाहरी

ताकतें भारत की एकता और अखंडता को भंग करने पर तुली हुई हैं। भारत धीरे-धीरे दक्षिण एशिया में एक अगुवा के रूप में उभर रहा है। पाकिस्तान और चीन इस विकास से नाखुश हैं और भारत की बढ़ती सर्वोच्चता को कमजोर करने के लिए युद्ध थोपने की फिराक में है। यदि भारत परमाणु शक्ति को अपनाता है तो यह उसकी एशिया में, विशेष तौर पर पाकिस्तान और चीन की तुलना में मजबूत स्थिति में वृद्धि करेगा।

## नाभिकीय क्षमता-संपन्न होने से भारत की निर्भीकता बढ़ेगी

यद्यपि विश्व में आपसी सहयोग की भावना बढ़ रही है, तथापि ऐसे किसी भी गठबंधन के लिए स्वहित सर्वोपरि होना चाहिए। इस बात की भी बहुत संभावना है कि शक्तिशाली राष्ट्र आर्थिक कारणों से कमजोर देश पर जबरदस्ती कर सकते हैं। नाभिकीय क्षमता भारत को पर्याप्त निर्भीकता दे सकती है जिससे वह अनावश्यक अंतरराष्ट्रीय दबावों का सामना कर सके।

## राष्ट्र की सर्वोच्चता उसकी सैन्य शक्ति में निहित होती है

यह भी एक सच्चाई है कि नाभिकीय बम के विकास और निर्माण में एक बड़ी धनराशि की आवश्यकता होती है। लेकिन जहाँ अस्तित्व और आत्मसम्मान का प्रश्न हो वहाँ पर धन का सवाल बेमानी है। सैन्य क्षमता किसी भी देश की प्राथमिकता होती है जिससे कोई समझौता नहीं किया जा सकता। यह ठीक है कि विश्व के सभी देश आपस में शांतिव्यवस्था पर जोर दे रहे हैं लेकिन आज वास्तविकता इस कपोल कल्पना से अलग है। अधिकतर मजबूत सैन्य क्षमतावाले देश अपनी शर्तों को कमजोर देशों पर थोपने के लिए धमकानेवाली युक्तियाँ अपनाते हैं और अंतरराष्ट्रीय मानकों का अनादर करते हैं।

## निष्कर्ष

भारत की भौगोलिक स्थिति दो विरोधी राष्ट्रों से घिरी हुई है जिससे दुर्भावना और शत्रुता बढ़ गई है। हमारी भूमि का बड़ा हिस्सा अभी भी चीन के कब्जे में है, जो कि पाकिस्तान का समर्थक है, फलस्वरूप भारत स्थायी खतरे में है। पाकिस्तान की नजर कश्मीर पर है। पाकिस्तानी सेना हमेशा वास्तविक नियंत्रण रेखा का उल्लंघन करती रहती है और यह आतंकवादी समूहों को घाटी तथा देश के अन्य हिस्सों में दुर्भावना फैलाने के लिए मदद करता रहता है। हाल ही में हमने कारगिल युद्ध की त्रासदी झेली है, यदि भारत ने परमाणु शक्ति अर्जित न की होती तो यह युद्ध भयानक रूप ले सकता था।

# विपक्ष

## प्रस्तावना

भारत साधुओं और ज्ञानियों का देश है जो अपनी आध्यात्मिकता के लिए पूरे विश्व में विख्यात है। अतीत में वसिष्ठ, याज्ञवल्क्य, वाल्मीकि और विश्वामित्र जैसे संतों ने भारत की पुण्य धरोहर को विभूषित किया। भगवान् बुद्ध और महावीर ने विश्व को मानव-प्रेम, अहिंसा और शांति का संदेश दिया। कबीर, रामानंद, दयानंद सरस्वती और विवेकानंद जैसे लोगों ने हमारी सांस्कृतिक विरासत को समृद्ध किया और आगे ले गए। महात्मा गांधी अहिंसा, सहनशीलता और विश्वशांति के अग्रदूत बन गए। जवाहर लाल नेहरू ने पंचशील सिद्धांतों का प्रतिपादन किया जिसका लक्ष्य वैश्विक शांति की स्थापना थी। निस्संदेह, भारतीय प्रकृति से ही अहिंसात्मक रहे हैं और इसलिए भारत को नाभिकीय शक्ति अर्जित नहीं करनी चाहिए।

## युद्ध किसी भी समस्या का समाधान नहीं हो सकता

भारत द्वारा नाभिकीय शक्ति अर्जित करने के पक्ष में कई तर्क दिए जाते हैं। भारत द्वारा नाभिकीय शक्ति को प्राप्त करने के लिए पहले ही दो सफल परमाणु परीक्षण किए जा चुके हैं। भारत के अपने दोनों पड़ोसी देशों पाकिस्तान और चीन से कभी भी आत्मीय संबंध नहीं रहे हैं। प्रत्युत्तर में पाकिस्तान ने भी परमाणु बम का विस्फोट करके अपनी शक्ति और क्षमता का परिचय दिया, जो भारतीय उपमहाद्वीप में तनाव बढ़ने का कारण बना। दोनों देशों के बीच कश्मीर ही लड़ाई की जड़ है तथा कश्मीर पर प्रभुत्व के लिए शीतयुद्ध जारी है। नाभिकीय क्षमता प्राप्त करना इस चिर-स्थायी समस्या के आपसी समाधान में असफल सिद्ध हुई है।

## परमाणु धमाकों के कारण भारत का सारे विश्व में विरोध हुआ है

सिर्फ प्रायोगिक धमाके के कारण भारत को दुनिया भर के विरोध का सामना करना पड़ा था। बहुत से देशों ने इन धमाकों की कड़े शब्दों में निंदा की थी। सबसे मुखर विरोध अमरीका ने किया जिसने एक कदम आगे बढ़कर आर्थिक प्रतिबंध तक लगा दिए। इन प्रतिबंधों के कारण कई आवश्यक वस्तुओं की आपूर्ति रोक दी गई जिससे भारत को कठिन दौर से गुजरना पड़ा और भारत के व्यापार और उद्योग को धक्का पहुँचा। भारत पर एन.पी.टी. पर बिना शर्त के हस्ताक्षर करने के लिए दबाव बनाया जाने लगा जिससे कि परमाणु युद्धों से बचा जा सके।

## अत्यधिक खर्चीली परियोजना

परमाणु बम का निर्माण एक अत्यधिक खर्चीली परियोजना है। भारत जैसे गरीब देश के लिए इस प्रकार की परियोजनाएँ सर्वथा अनुचित हैं। किसी पड़ोसी मुल्क पर अपनी प्रभुता दिखाने भर के लिए नाभिकीय अस्त्रों का निर्माण किसी भी तरह से उचित नहीं है। गरीबी और बेरोजगारी की समस्याएँ अभी भी हमारे नेताओं, बुद्धिजीवियों और वैज्ञानिकों के लिए बड़ी चुनौतियाँ हैं। नारकीय जीवन जीने को मजबूर गरीबों के अमानवीय कष्टों को दूर करने के लिए शोध किए जाने चाहिए। बजट का एक बहुत बड़ा हिस्सा रक्षा और सुरक्षा में खर्च किया जाता है, यदि यह राशि विकास कार्यों में खर्च की जाती है तो यह मानवता की बड़ी सेवा होगी।

## परमाणु बम का उपयोग एक अपराध होगा

युद्ध विध्वंस, दुःख और मलबे को आमंत्रित करता है। हिरोशिमा और नागासाकी में किए गए विध्वंस में प्रत्यक्ष या अप्रत्यक्ष रूप से सम्मिलित लोगों को मनुष्य पीढ़ियों तक नहीं भूल सकता। मानवता के माथे पर लगा कलंक अभी तक भी मिटाया नहीं जा सका है। परमाणु विस्फोट के परिणामस्वरूप वहाँ अभी भी विकलांग बच्चे पैदा होते हैं। यदि भारत को दबाववश किसी राष्ट्र के खिलाफ परमाणु शक्ति का प्रयोग करना पड़ा तो उसका नाम भी अमरीका की ही तरह इतिहास की काली सूची में अंकित कर दिया जाएगा।

## निष्कर्ष

भूमंडलीकरण के दौर में यह समय की माँग है कि अस्त्रों और शस्त्रों से सुसज्जित होने के बजाय भारत सारे विश्व को शांतिपूर्ण सह-अस्तित्व और मानवता का पाठ पढ़ाए। निश्चित रूप से भारत को परमाणु हथियारों के निर्माण के बजाय सार्वभौमिक शांति के लिए कार्य करना चाहिए।

□

# 27

# कथन—भारत से जातिवाद समाप्त होना चाहिए

## पक्ष

**प्रस्तावना**

जी हाँ, जातिवाद भारत की एक कुख्यात सामाजिक विरासत है जिसे भेदभावरहित भारत के निर्माण के लिए पूरी तरह से समाप्त कर देना चाहिए। इस प्रथा ने बहुत सी ऐसी सामाजिक बुराइयों को जन्म दिया जिनसे हमारी सामाजिक प्रगति और विकास बाधित हुए। कुछ लोग इसके बारे में शेखी बघारते हैं, इसको सांस्कृतिक विरासत बताते हैं और अपने निहित स्वार्थों के कारण इसको बनाए रखना चाहते हैं।

**जाति व्यवस्था घृणा, दुर्भावना और सामाजिक तनाव को जन्म देती है**

पूर्व में हिंदू समाज में वर्णव्यवस्था प्रचलित थी। समाज ब्राह्मण, क्षत्रिय, वैश्य और शूद्र चार वर्णों में विभाजित था। वैदिक चातुर्वर्ण्य समाज व्यवस्था की अवधारणा मानव भावनाओं और आदतों से अस्तित्व में आई जिससे लोगों के मध्य उनकी क्षमताओं और योग्यताओं के आधार पर कार्य-विभाजन की व्यवस्था की गई। चारों समूहों के मध्य समन्वय और स्नेहपूर्ण सहयोग ने एक अनुशासित व्यवस्था का निर्माण किया जिससे सभी लोगों के कल्याण के लिए समाज को एक रचनात्मक और सुनिश्चित आकार मिला। वैदिक युग में वर्णव्यवस्था रूढ़ नहीं हुई थी। प्रत्येक वर्ण एक सा कार्य करनेवाले व्यक्तियों के समूह का प्रतिनिधित्व करता था। सामाजिक गतिशीलता व्यक्ति को कार्य-परिवर्तन पर वर्ण परिवर्तन की योग्यता प्रदान करती थी। मध्यकाल में अनेक जातियाँ उत्पन्न हो गईं जिनमें जन्म ही उनके निर्धारण का मुख्य कारक हुआ। तब से एक व्यक्ति जिस जाति में पैदा हुआ, सदा सर्वदा के लिए उसी का हो गया चाहे उसका व्यवसाय

जो भी हो। जाति के प्रति उग्र प्रेम ने हिंदू समाज में गहरी जड़ें जमा लीं जिसने अंततः दुर्भावना और घृणा को बढ़ाया। इस समय भारत में 5000 से अधिक जातियाँ हैं। जाति संरचना हर राज्य में अलग-अलग है। यदि जाति आधारित उदासीनता और विद्वेष इसी तरह अनवरुद्ध बढ़ता रहा तो वह दिन दूर नहीं है जब हम इस देश में भी एक बोस्निया और लेबनान पाएँगे।

## समाज विभिन्न सामाजिक बुराइयों की जकड़ में

अस्पृश्यता और अंत्यजों के मंदिर में प्रवेश निषेध के अलावा और कई तरह के संत्रासों ने ब्राह्मणों और गैर-ब्राह्मणों के बीच बड़े पैमाने पर घृणा की भावना फैलाई। समाज के निम्नतम सोपान के लोग अछूत या अस्पृश्य कहलाते थे। वे घृणा के पात्र थे और मंदिरों और उच्च जाति के लोगों के घरों में प्रवेश नहीं कर सकते थे। यह और कुछ नहीं समाज पर एक धब्बा था। यद्यपि सरकार ने इस पर रोक लगा दी है फिर भी कुछ सुदूर अंचलों में यह प्रथा अभी भी चलन में है। दहेज प्रथा भी जाति प्रथा का उप-उत्पाद है। लोग अपने पुत्र और पुत्रियों का विवाह अपनी जाति के अंदर ही करते हैं। चूँकि चयन का दायरा अत्यंत सीमित होता है, लड़कों के पिताओं द्वारा विशाल धनराशि की माँग की जाती है। एक बार यदि जाति व्यवस्था समाप्त कर दी जाए तो कन्याओं के पिता चैन की साँस लेंगे क्योंकि तब उनके सामने अधिक विकल्प खुले होंगे।

## राजनीतिक दल जातिवाद का फायदा उठाते हैं

आरक्षण की राजनीति ने सामाजिक ताने-बाने को छिन्न-भिन्न कर दिया है। मंडल आंदोलन के दौरान जाति चेतना अपने चरम पर थी जब मंडल आयोग के प्रतिवेदन की सिफारिशों के आधार पर पिछड़ी जाति के लोगों के लिए 27 प्रतिशत आरक्षण घोषित कर दिया गया। इसने समाज को दो हिस्सों— पिछड़ों और अगड़ों—में बाँट दिया। उत्तर प्रदेश और बिहार के कुछ हिस्सों में आंतरिक तनाव और दंगे भी देखे गए। यहाँ तक कि विभिन्न राजनीतिक दलों ने भी जाति राजनीति का सहारा लिया और प्रत्याशियों के गुण-अवगुण पर विचार किए बिना जाति के आधार पर अपने प्रत्याशियों को खड़ा किया। यदि राजद अन्य पिछड़ा वर्गों की राजनीति करती है तो बसपा दलित कार्ड खेलती है और भाजपा अगड़ों की राजनीति करती है। वास्तव में जाति भावना ने पूर्व में समाज में विद्यमान सद्भावना और समन्वय के वातावरण को दूषित कर दिया है। अब कोई भी व्यक्ति अपने सद्‌गुणों और योग्यताओं से नहीं बल्कि जाति संबद्धता से जाना जाता है।

## जनता अपने दैनंदिन के जीवन में समस्या का सामना करती है

जातिवाद की जड़ें समाज में इतनी गहराई तक फैल गई हैं कि जनता को अपने दैनंदिन के जीवन में समस्या का सामना करना पड़ता है। प्रत्येक व्यक्ति अन्य व्यक्ति की जाति जानने को उत्सुक है। अधिकतर नौकरियों के साक्षात्कार में, चाहे वह सरकारी क्षेत्र में हो या गैर-सरकारी क्षेत्र में, साक्षात्कारकर्ता प्रत्याशी की योग्यता और श्रेष्ठता के बजाय जाति जानने में अधिक रुचि रखता प्रतीत होता है। कभी-कभी तो चयन जाति के आधार पर ही होता है।

## निष्कर्ष

निस्संदेह, जातिवाद एक दिन हिंदुओं के एकात्म तंत्र को विभाजित कर देगा। सामाजिक तनाव और बिखराव दिन-प्रतिदिन बढ़ रहे हैं। इसे जितनी जल्दी समाप्त कर दिया जाए देश और समाज के लिए उतना ही अच्छा होगा। जातिविहीन समाज हमारे राष्ट्रपिता का सपना था। वह तभी पूर्ण हो सकता है जब जाति का पूरी तरह सफाया हो जाए।

# विपक्ष

## प्रस्तावना

व्यावहारिक बात करें तो भारत के परिदृश्य से जातिवाद को समाप्त करना संभव नहीं है। यह व्यवस्था हमारी विशिष्ट संस्कृति और परंपरा का आधार है। हिंदू समाज व्यवस्था के सहज कार्य संचालन को सुनिश्चित करने के लिए यह सुचिंतित व्यवस्था शताब्दियों में विकसित की गई है। सामाजिक विभाजन कुछ विभिन्नताओं के साथ विश्व के प्रत्येक समुदाय में प्रचलित है।

## जाति या वर्ग का अस्तित्व हर समुदाय में है

किसी-न-किसी आकार-प्रकार में जाति या वर्ग का विभाजन विश्व के लगभग हर ज्ञात धर्म में है। ईसाइयों में रोमन कैथोलिक और प्रोटेस्टेंट समुदाय हैं, बौद्धों में हीनयान और महायान हैं, इसलाम में शिया और सुन्नी समुदाय हैं।

## भारतीय समाज की चातुर्वर्ण्य जातिव्यवस्था

सामाजिक व्यवस्था की वैदिक चातुर्वर्ण्य अवधारणा मनुष्य की प्रवृत्तियों और आदतों से अस्तित्व में आई जो कि समाज के प्रभावी संचालन के लिए लोगों में कार्य-

विभाजन के उद्देश्य से चार प्रमुख भागों में बाँटी गई थी। वर्णव्यवस्था में प्रत्येक वर्ण के लोग स्वयं अपने प्रति और समाज के प्रति अपने कर्तव्यों के लिए उत्तरदायी थे। ब्राह्मण-प्रवृत्ति चिंतन और ज्ञान प्राप्ति के लिए इशारा करती थी। क्षत्रिय-प्रवृत्ति राज्य की व्यवस्था और प्रबंधन की ओर इंगित करती थी। वैश्य-प्रवृत्ति व्यापार, उत्पादन, प्रौद्योगिकीय प्रयास और धन को इंगित करती थी। शूद्र-प्रवृत्ति सेवा उन्मुख थी जो सभी आवश्यक कार्य पूरे करने की ओर इंगित करती थी।

## जातिव्यवस्था का कार्यात्मक सिद्धांत

चातुर्वर्ण्य व्यवस्था ने समाज व्यवस्था के द्रुत विकास और समाज के कार्य संचालन को सहज किया। इन प्राचीन परंपराओं के फलस्वरूप विचार पद्धति, व्यापार एवं वाणिज्य, नक्षत्र विज्ञान, दर्शन, प्रौद्योगिकी और मानवता की सेवा उन्मुखता में उल्लेखनीय प्रगति हुई। वर्ण धर्म का आंतरिक विचार इस बात की व्याख्या करता है कि प्रत्येक व्यक्ति को पूर्णता के साथ अपने कर्तव्य का निर्वहन करना चाहिए तभी वह अपने ईमानदार कर्मों के फल का अधिकारी है। जाति व्यवस्था के पीछे हीनता या श्रेष्ठता ग्रंथि के प्रदर्शन की भावना नहीं है अपितु समाज की प्रगति के लिए कर्तव्यों और दायित्वों का यथा संभव उत्तम वितरण है।

## जातिव्यवस्था का वास्तविक अर्थ भुला दिया गया

समय बीतने के साथ चातुर्वर्ण्य की भावना भुला दी गई। उच्च जाति के लोगों में निम्न जाति के लोगों को दबाने की प्रवृत्ति आ गई। समाज में ऊँच-नीच का भाव इसलिए पनपा क्योंकि अलग-अलग प्रकार के कार्य भिन्न-भिन्न जातियों के लोग कर रहे थे। इसके अलावा हानिकारक बुराइयाँ हमारी समाज व्यवस्था में चुपके से आ गईं। जातिवाद की गंदी राजनीति और पिछड़ों, अनुसूचित जातियों और जनजातियों को आरक्षण ने आधुनिक भारत में लोगों में जातिवाद को बहुत गहराई तक बढ़ा दिया। समाज की शांति और संतुलन बुरी तरह दूषित हो गए क्योंकि लोग वैदिक काल की वर्णव्यवस्था की वास्तविक भावना से दूर हो गए। पहले यह जन्म पर आधारित नहीं थी अपितु कार्यात्मक सिद्धांत पर आधारित थी। सामाजिक गतिशीलता के कारण लोग एक वर्ण से दूसरे में प्रवेश कर सकते थे। रूढ़िवाद और स्थिरता ने सामाजिक ताने-बाने को दूषित किया और सामाजिक तनाव पैदा किया।

## निष्कर्ष

जातिवाद का मौजूदा स्वरूप समय बीतने के साथ स्वयमेव समाप्त हो जाएगा

या समाप्त कर दिया जाएगा क्योंकि बड़ी संख्या में अंतर्जातीय विवाह हो रहे हैं किंतु जातिवाद किसी–न–किसी रूप में जारी रहेगा क्योंकि यह व्यावहारिक सामाजिक दिशा–निर्देशों पर आधारित है। जिस तरह हाथ की सभी उँगलियाँ बराबर नहीं होतीं, उसी तरह सभी लोग गुण और शारीरिक शक्ति में बराबर नहीं हो सकते। कुछ को ऊपर जाना होगा और कुछ को नीचे आना ही होगा। कुछ हद तक समतावादी समाज बनाया जा सकता है किंतु जातिवाद किसी–न–किसी रूप में चलता रहेगा।

□

# 28

# कथन–क्या छात्रों को राजनीति में भाग लेना चाहिए?

## पक्ष

### प्रस्तावना

जी हाँ, छात्रों को राजनीति में भाग लेना चाहिए। उनके ऐसा करने में कोई हानि नहीं है क्योंकि वे अपने चारों ओर घट रही राजनीतिक घटनाओं से पृथक् नहीं रह सकते। आजकल विद्यार्थी या तो छात्रावासों में रहते हैं या अपने माता–पिता के साथ। वे रेडियो सुनते हैं, टेलीविजन देखते हैं और समाचार–पत्र पढ़ते हैं। वे अपने चारों ओर घट रही राजनीतिक गतिविधियों से किस तरह अप्रभावित रह सकते हैं? हमें यह नहीं भूलना चाहिए कि मनुष्य सामाजिक प्राणी है और एकाकी नहीं रह सकता।

### राजनीति मानव जीवन का अभिन्न हिस्सा है

आज मनुष्य के जीवन में राजनीति का बहुत महत्त्व है। कोई भी व्यक्ति दैनंदिन के जीवन में चारों ओर घट रही घटनाओं से अछूता नहीं रह सकता। विभिन्न राजनीतिक संगठन उन्हें अपनी ओर लाने के लिए उनके कॉलेजों और विश्वविद्यालयों में संपर्क करते हैं। छात्र युवा होने के नाते राष्ट्र और समाज के अभिन्न अंग हैं। देश की राजनीति से वे कैसे अलग रह सकते हैं?

### छात्र राजनीति के आधार हैं

स्वतंत्रता आंदोलन के दौरान छात्रों के एक बड़े हिस्से ने महात्मा गांधी के आह्वान पर राजनीति में भाग लिया। उन्होंने अपने स्कूल–कॉलेज छोड़ दिए, 'असहयोग आंदोलन', 'नागरिक अवज्ञा आंदोलन' तथा 'भारत छोड़ो आंदोलन' में भाग लिया और देश के

लिए अपने कैरियर, परिवार तथा धन का बलिदान कर दिया। वास्तव में राष्ट्र के संघर्ष में उनकी संलग्नता ने इसमें नई जान और स्फूर्ति डाल दी क्योंकि उनकी संलग्नता के बगैर स्वतंत्रता एक दूरस्थ स्वप्न होता।

## आज राजनीति चरित्रहीनता से भरी हुई है

आज देश की राजनीति घातक बीमारियों से ग्रस्त जान पड़ती है क्योंकि अच्छे लोग इस क्षेत्र में आ नहीं रहे हैं। केवल बाहुबली लोग ही चुनाव जीतते हैं। यह अस्वस्थ और निरीह दशा आनेवाली गंभीर स्थिति की ओर इशारा कर रही है। देश का भविष्य अंधकारमय और चरित्रहीनता से भरा है। क्या हम ऐसे परिदृश्य को अनियंत्रित और अनवरुद्ध चलने देंगे? निश्चित ही नहीं। छात्रों को राजनीति का अपराधीकरण रोकने के लिए आगे आना ही होगा।

## नेतृत्व क्षमता का विकास अत्यंत आवश्यक है

प्रसिद्ध कहावत है—बच्चा ही मनुष्य का पिता है। जो कुछ बच्चे को पढ़ाया जाता है, वह उसके साथ ही बढ़ता है और उसके व्यक्तित्व में अभिव्यक्ति पाता है। आज के छात्र कल के उत्तरदायी नागरिक बनेंगे। किसी भी राष्ट्र का विकास उसके नेताओं के हाथ में होता है। नेतृत्व गुण का विकास प्रारंभिक अवस्था में ही होना चाहिए।

## आज के छात्र कल के नेता हैं

हमारे पास ऐसे अच्छे नेताओं के अनेक उदाहरण हैं जो अपने कॉलेज के दिनों में अच्छे छात्र नेता थे। राजनीति के महत्त्व को समझकर ही कॉलेजों और विश्वविद्यालयों में छात्र संघों का गठन किया गया है। वे अपने अधिकारों की रक्षा के लिए अपने नेता चुनते हैं, अपने विश्वविद्यालय के शैक्षिक माहौल की पहरेदारी करते हैं और शैक्षिक समस्याएँ सुलझाते हैं। वहीं से वे अपने हितों की रक्षा और कल्याण सुनिश्चित करना सीखते हैं।

## धूर्त राजनीतिज्ञों के शिकार होने से बचें

लोकतांत्रिक व्यवस्था में प्रत्येक व्यक्ति के कुछ अधिकार होते हैं जिनपर जोर देना चाहिए। राजनीतिक गतिविधियों में भाग लेने से उन्हें वंचित नहीं किया जाना चाहिए। धूर्त राजनीतिज्ञ अपना उल्लू सीधा करने के लिए छात्रशक्ति का दुरुपयोग करते हैं। लेकिन यदि छात्र उनके हाथों में पड़ने से बच जाएँ तो राजनीति में भाग लेने में कोई बुराई नहीं है।

### निष्कर्ष

राजनीतिक चेतना छात्र-जीवन में ही पैदा की जानी चाहिए ताकि छात्र भविष्य में देश के एक जिम्मेदार नेता बन सकें। यदि वे निरुत्साहित और निषिद्ध किए जाएँगे तो यह लोकतंत्र के लिए खतरा होगा।

## विपक्ष

### प्रस्तावना

जी नहीं, छात्रों को राजनीति में भाग नहीं लेना चाहिए। छात्र-जीवन विद्या की साधना और ज्ञान प्राप्ति के लिए है। अपनी पसंद का कोई भी काम करने के लिए पूरा जीवन पड़ा है किंतु इस कालखंड में उन्हें केवल एक लक्ष्य को साधना चाहिए और वह है अपने कैरियर का निर्माण।

### जीवन का अत्यंत महत्त्वपूर्ण समय

छात्र-जीवन जीवन का अत्यंत महत्त्वपूर्ण कालखंड है। इस अवधि में वे अपना कैरियर और भविष्य बना सकते हैं। छात्र को अध्ययन कार्य पूरे दिल से और ध्यानपूर्वक करना चाहिए। अधिकांश छात्र स्वयं को अन्य कार्यों में लगा देते हैं और अपना कर्तव्य भूल जाते हैं। इस अवधि में इधर-उधर जाना शेष जीवन को विषाद और पश्चात्ताप से भर देता है।

### राजनीति शक्ति का खेल है

अधिकांश बुद्धिजीवी इस विचार का, कि छात्रों को राजनीति में भाग लेना चाहिए, यह कहकर समर्थन करते हैं कि वे अपने चारों ओर घटनेवाली राजनीतिक घटनाओं से पृथक् नहीं रह सकते। लेकिन ऐसा कहते हुए वे भूल जाते हैं कि छात्र और राजनीति दो बिल्कुल विपरीत ध्रुव हैं, उनमें बिल्कुल भी सामंजस्य नहीं हो सकता। राजनीति मँजे हुए राजनीतिज्ञों का खेल है जो कुरसी के लिए प्रयास करते है जबकि तरुण छात्रों ने जटिल मानव जीवन के विशाल अखाड़े में अभी कदम ही रखा है। वे राजनीति के ऊँच-नीच, आड़े-तिरछे और टेढ़े-मेढ़े रास्तों से परिचित नहीं होते।

### राजनीतिज्ञ छात्रों का दुरुपयोग करते हैं

छात्र शक्तिपुंज होते हैं और कुटिलमति राजनीतिज्ञ अपना उल्लू सीधा करने के लिए उनकी शक्ति का दुरुपयोग करते हैं। वे अपना लक्ष्य साधने के लिए छात्रों को

राजनीति में आने के लिए बहकाते हैं। उन असंख्य छात्रों का भाग्य क्या हुआ, जिन्होंने 1974 में प्रसिद्ध जेपी आंदोलन में भाग लिया। उनसे आंदोलन को दृढ़ता प्रदान करने के लिए अपनी परीक्षा छोड़ देने को कहा गया। यह बहुत महँगा सिद्ध हुआ क्योंकि उनमें से अधिकांश पढ़ाई पूरी नहीं कर पाए और अपने जीवन में कुछ नहीं किया।

## बुरे तत्त्व राजनीति में आ रहे हैं

आजकल राजनीति सत्ता-लोलुपों का गंदा खेल हो चुका है। प्रगतिशील विचारों के लोग इसमें आने से बचते हैं क्योंकि आपराधिक पृष्ठभूमि के लोग धनबल और बाहुबल से वोट खींचने का प्रबंध कर लेते हैं। वास्तविक मतदाता को जोर-जबरदस्ती से मतदान करने ही नहीं दिया जाता। इसके अलावा मतदान अकसर जाति-धर्म और मत-मतांतर के आधार पर होते हैं। चुनाव में गड़बड़ी आजकल सामान्य बात हो गई है। छात्रशक्ति का उपयोग मतदान केंद्रों को लूटने के लिए किया जाता है और उन्हें यह आश्वासन दिया जाता है कि अगले चुनाव में उन्हें एक सीट दी जाएगी।

## शिक्षा पूरी होने के बाद राजनीति में दाखिल हों

सत्ता व्यक्ति को भ्रष्ट करती है। यदि छात्र आज राजनीतिक प्रक्रिया में संलग्न होंगे तो अपना कैरियर नष्ट ही करेंगे। शिक्षा ज्ञान का द्वार है। शिक्षा और अध्ययन समाप्त करने के बाद ही राजनीति में भाग लेना चाहिए। बीता हुआ समय वापस नहीं आता। पुराने समय में भी गुरुकुल शिक्षा प्रणाली में ब्रह्मचर्य आश्रम के कठोर नियमों का पालन करना पड़ता था। यद्यपि उन्हें राज्य व्यवस्थापन की कला सिखाई जाती थी तथापि राजनीति में भाग लेने की अनुमति नहीं थी।

## निष्कर्ष

छात्र समाज का एक हिस्सा है। वह राज्य की राजनीतिक गतिविधियों से अप्रभावित नहीं रह सकता। किंतु प्रत्येक कार्य के लिए समय निर्धारित है। राजनीति में भाग लेने का सर्वोत्तम समय तब है, जब शिक्षा और अध्ययन समाप्त हो जाएँ। प्रत्येक व्यक्ति अपनी रुचि और स्वभाव के अनुसार कैरियर की साधना करने के लिय स्वतंत्र है किंतु शिक्षा के बाद।

□

# 29

# कथन–क्या हम अधिकाधिक अंधविश्वासी होते जा रहे हैं?

## पक्ष

### प्रस्तावना

इस तथ्य के बावजूद कि हम तर्क और बुद्धि पर आधारित आधुनिक विज्ञान के युग में रह रहे हैं, ऐसे कुछ लोग हैं जो अंधविश्वासों और कट्टर संस्कृति को मानते हैं। ऐसा लगता है मानो विज्ञान के विकास के साथ हम और अधिक अंधविश्वासी होते जा रहे हैं।

### राजनीतिक क्षेत्र में अंधविश्वास का शासन सर्वोपरि है

राजनीति की शैली अपेक्षाकृत अधिक धर्मध्वजी और अंधविश्वासी है। आजकल चंद्रास्वामी जैसे तांत्रिक लोकप्रिय हो रहे हैं, जो कि सत्ता के खेल में चमत्कार और जादुई प्रभाव दिखाने में अधिक रुचि रखते हैं। मंत्री और वी.आई.पी. लोग शपथ ग्रहण, रेल, सड़क और पुल आदि के उद्घाटन के लिए शुभ घड़ी पर जोर देते हैं। यहाँ तक कि सप्ताह का कोई खास दिन किसी दिशा विशेष के लिए अशुभ मान लिया जाता है। कभी-कभी चुनाव में अपनी विजय और विरोधी की पराजय सुनिश्चित कराने के लिए यज्ञ-हवन आदि भी कराए जाते हैं।

### शिक्षित लोग भी अंधविश्वास में यकीन करते हैं

दिल्ली में ज्योतिषियों की बहुत माँग है। ज्योतिषियों के घरों में लोग पंक्तिबद्ध खड़े रहते हैं ताकि यात्रा पर जाने या कोई कार्य प्रारंभ करने के पहले परामर्श कर सकें। जनता के बीच ज्योतिषियों की भविष्यवाणी इतनी लोकप्रिय है कि प्रत्येक समाचार-पत्र राशिफल का स्तंभ प्रकाशित करता है। लोग राशिफल रुचि के साथ पढ़ते हैं और उसके

अनुसार कार्य करते हैं तथा उसमें बताए गए विधि निषेधों का पालन करते हैं। इसी के साथ एक कहानी प्रचलित है कि एक प्रसिद्ध पत्रकार ने स्वीकार किया कि उसके नियमित ज्योतिषी के लंबी छुट्टी पर जाने पर कई महीने तक भविष्यफल अपने मन से बनाकर लिखता रहा और किसी भी पाठक ने अंतर पर गौर नहीं किया, न किसी ने गलत भविष्यफल की शिकायत की। उस पत्रकार ने केवल यह किया था कि पिछले वर्ष की छपी हुई भविष्यवाणियों को थोड़े फेरबदल के साथ लिख दिया था।

## सामाजिक और पारिवारिक मामलों में लोग अधिक अंधविश्वासी और कट्टर होते हैं

अपने को उच्च कोटि के धर्म विशेषज्ञ के रूप में पेश करनेवाले चालबाज लोग जादू-टोने, भूत-प्रेत और शकुन-अपशकुनों का प्रयोग करते हैं। अंधविश्वास धर्मांधता की ओर ले जाते हैं जो कई बार निर्दयी हत्या और बेमतलब के बलिदान की ओर प्रेरित करते हैं। इसीलिये पाश्चात्य पर्यवेक्षक भारत को अंधविश्वासों की क्लासिक भूमि के रूप में वर्णित करते हैं और कई विचित्र प्रथाओं और परंपराओं का उल्लेख करते हैं जो कई राज्यों में आज भी मानी जाती हैं।

## नरबलि आज भी प्रचलित है

आज भी ऐसे लोगों की कमी नहीं है जो पशुबलि और नरबलि पर विश्वास करते हैं। हम प्राय: ऐसे व्यक्तियों के बारे में सुनते रहते हैं जो माँ काली या किसी अन्य देवी को कल्याणार्थ प्रसन्न करने के लिए अपने या किसी पड़ोसी या रिश्तेदार के बच्चे की बलि दे देते हैं। आज भी ऐसे लोगों के बारे में सूचना मिलती है जो भूत-पिशाच आदि से ग्रस्त होते हैं और नकली पुरोहित (ओझा आदि) उनका इलाज करते हैं। हमारा देश जादू-टोने खासतौर से काले जादू के लिए इतना प्रसिद्ध है कि जब भारत ने 1983 में विश्वकप जीता तो पाश्चात्य विश्व ने इसे भारत के काले जादू का परिणाम बताया था।

## खिलाड़ी और अंधविश्वास

खेल के मैदान में अच्छी किस्मत के शुभंकर के रूप में अधिकांश खिलाड़ी गंडा या ताबीज पहनते हैं। एक सामान्य विश्वास है कि पाकिस्तान को शुक्रवार के दिन हराना बहुत मुश्किल है क्योंकि मुसलमानों के लिए शुक्रवार शुभ दिन होता है। अकसर शुक्रवार के दिन पाकिस्तान ने जीत दर्ज कराई है और इसलिए इस दिन पाकिस्तान को हराना टेढ़ी खीर माना जाता है।

## विभिन्न तरह के अंधविश्वास अभी भी प्रचलित हैं

असंख्य लोग 13 को अभागी संख्या मानते हैं, यहाँ तक कि विदेशी भी। जिन्हें दिल्ली या मुंबई के फाइव स्टार होटलों में 13 नंबर का कमरा आवंटित किया जाता है, उससे शिफ्ट करना चाहते हैं। चंडीगढ़ जैसे आधुनिक शहर में 13 नंबर का सेक्टर है ही नहीं। यहाँ तक कि फ्रांसीसी नगर नियोजक इसको अशुभ मानता था। आज भी भारत और इग्लैंड के लोग बिल्ली के रास्ता काटने से डरते रहते हैं। वेल्स, स्कॉटलैंड और आयरलैंड भी अंधविश्वासों से अछूते नहीं हैं।

भारत और चीन के साथ ही तिब्बत, नेपाल, भूटान और अन्य देश अतार्किक विश्वासों और अंधविश्वासों के घर कहे जाते हैं। जर्मनी में आज भी ऐसे लोग हैं जो चुड़ैलों और प्रेत-आत्माओं पर विश्वास करते हैं। उल्लू भी नफरत का पात्र है और पूँछवाले धूमकेतुओं से भी लोग डरते हैं क्योंकि ऐसा विश्वास है कि वे राजा या अन्य बड़े लोगों की मौत की सूचना देते हैं।

## निष्कर्ष

ऐसा कहा जाता है जहाँ विश्वास समाप्त होता है वहाँ धर्म शुरू होता है। हमारे इर्द-गिर्द ऐसी बहुत सी घटनाएँ घटती हैं, जिनकी विज्ञान की पुस्तकों में कोई व्याख्या नहीं मिलती। ये घटनाएँ पारलौकिक शक्तियों से संचालित होती हैं। कभी-कभी सूखा पड़ने पर लोग यज्ञादि कराते हैं और भगवान् इंद्र को प्रसन्न करने के लिए मंत्रों का जाप करते हैं और फलस्वरूप भारी वर्षा होती है। ऐसी चीजें तर्क और बुद्धि की भावना से नहीं समझाई जा सकतीं। यद्यपि हम विज्ञान और तर्क के युग में रह रहे हैं तथापि कुछ पारलौकिक घटनाक्रमों की व्याख्या नहीं की जा सकती, अत: लोग अंधविश्वासी और कट्टर होते हैं।

# विपक्ष

## प्रस्तावना

हम अधिकाधिक अंधविश्वासी नहीं हो रहे हैं। आज लोग भली-भाँति शिक्षित हैं। वे इतने भोले और अज्ञानी नहीं हैं कि किसी चीज को अंधश्रद्धा और विश्वास के आधार पर स्वीकार कर लें बल्कि वे चीजों को बुद्धि और तर्क के तराजू पर तौलकर स्वीकार करते हैं।

## प्राचीन युग के लोगों में शिक्षा की कमी थी

अंधविश्वास प्राचीन समय में प्रचलित थे जब लोग निरक्षर थे और शिक्षा की

कमी थी। वे प्राकृतिक घटनाओं के वास्तविक कारण जानने में असमर्थ थे इसलिए बेतुके विश्वास गढ़ लिये और उन्हीं के अनुसार अपना जीवन चलाने लगे। अप्रसन्न देवी-देवताओं के कोप के भय से उपजी कुछ रीतियों पर अंधविश्वास आदिम लोगों के जीवन का प्रमुख लक्षण बन गया।

### अब लोग किसी रीति को बुद्धि की कसौटी पर कसकर ही स्वीकार करते हैं

सभ्यता के विकास के साथ बहुत से अंधविश्वास छोड़ दिए गए। वे बदली हुई व्यवस्था में उपयुक्त नहीं पाए गए, वे बहुत कष्टप्रद हो गए थे, यहाँ तक कि पालन करने में मुश्किल हो गए थे। युगों पुरानी प्रथाओं और विश्वासों को चलाए रखने की व्यर्थता को महसूस करके लोगों ने उन्हें त्याग दिया। आज वे आँख मूँदकर उनका पालन नहीं करते अपितु बुद्धि और तर्क की कसौटी पर कसते हैं। तार्किक निष्कर्ष पाने पर ही उन्हें स्वीकार करते हैं और पालन करते हैं।

### अब विज्ञान और प्रौद्योगिकी का युग आ गया है

नए विचार पुराने मिथकों और किंवदंतियों का स्थान ले रहे हैं। पहले लोग मानते थे कि हैजा और अन्य महामारियाँ, जिनमें बहुत अधिक लोगों की जानें जाती थीं, पारलौकिक शक्तियों या शैतान के गुस्से के कारण होती हैं। वे इस महाविनाश के प्रभाव को कम करने के लिए बड़े-बड़े यज्ञ करते थे। इस तरह के व्यर्थ के आयोजनों में महती धनराशि व्यय की जाती थी। किंतु आज उन रहस्यों पर से परदा उठ चुका है। चिकित्सा विज्ञान पीड़ित मानवता की रक्षा में आ गया है। हैजा और महामारियों का वास्तविक कारण प्रकृति का कोप नहीं बल्कि अस्वास्थ्यकर दशाएँ हैं। लोग इस बात को अच्छी तरह से समझ गए हैं कि पुरोहित और तथाकथित ईश्वर के दूत जनता की श्रद्धा और विश्वास का शोषण करके अपनी आजीविका चलाते हैं।

### समाज सुधारकों ने जनता में जागरूकता फैलाई

कई समाज सुधारकों ने जनता में सामाजिक बुराइयों और धर्मांध विश्वासों के विरुद्ध जागरण फैलाने में महत्त्वपूर्ण भूमिका अदा की। मध्यकाल में सती प्रथा प्रचलित थी। विधवाओं को बलात् उनके पति की चिता में बैठाकर जला दिया जाता था इस अंधविश्वास के कारण कि वे स्वर्ग में अपने पति की सेवा कर सकें। मिस्र के लोग पिरामिड के अंदर फैरो (राजा) के नौकरों को भी दफना देते थे ताकि वे स्वर्ग में राजा का कार्य कर सकें। किंतु अब ऐसी कुरीतियाँ समाप्त हो गई हैं।

## नकली साधुओं और फकीरों के चमत्कारों की पोल खुल चुकी है

भारत के प्रथम प्रधानमंत्री जवाहर लाल नेहरू ने एक बार टिप्पणी की थी कि देवी-देवताओं की परंपरागत प्रार्थना और तुष्टीकरण से महामारी, सूखा और अकाल से राहत नहीं मिलेगी और न जनता को मुसीबतों से मुक्ति मिलेगी। पूर्व में तथाकथित ईश्वर के गण भोली-भाली जनता पर बड़ा प्रभाव रखते थे। बड़ी संख्या में उनके अनुयायी उनके आदेशों का आँख बंद कर पालन करते थे। अब परिदृश्य बदल गया है। लोग जागरूक हो गए हैं और उनके आदेशों का पालन करने से पहले बहुत से प्रश्न करते हैं। हम अकसर नकली साधुओं के भेस में मक्कारों की पोल उनके शिष्यों द्वारा खोले जाने की कहानियाँ सुनते हैं।

## निष्कर्ष

वास्तव में शिक्षा और साक्षरता के विकास के साथ लोगों में बौद्धिक क्षमता और तर्कशक्ति का भी विकास हुआ है। वे किसी भी धर्मांधता और अंधविश्वास पर यकीन नहीं करते। कुछ गैर-पढ़े-लिखे लोग हैं जो नरबलि और ज्योतिष अंकों जैसी फालतू की रीतियों पर विश्वास करते हैं और जनसामान्य को बदनाम करते हैं। कुल मिलाकर लोगों में वैज्ञानिक दृष्टिकोण का विकास हुआ है और वे धर्मांध नहीं कहे जा सकते। □

# 30

# कथन–हड़तालें किसी भी देश के विकास को रोकती हैं

## पक्ष

### प्रस्तावना

जी हाँ, हड़तालें देश के विकास को रोकती हैं और देश के विकास-पथ में अड़ंगा डालती हैं। ये श्रमिकों के अधिकारों के रूप में अभिशाप हैं। हाल ही में तमिलनाडु सरकार के एक कर्मचारी के निष्कासन के मामले की सुनवाई करते हुए सर्वोच्च न्यायालय ने फैसला दिया कि हड़ताल पर जाने से पहले हड़तालियों को निष्कासन जैसे दंड का सामना करने के लिए तैयार रहना होगा। सर्वोच्च न्यायालय ने यह भी फैसला दिया कि संविधान के अंतर्गत कर्मचारियों को हड़ताल पर जाने का कोई भी संवैधानिक, विधिक या नैतिक अधिकार नहीं है। यहाँ तक कि श्रम संघों, चिकित्सकों, अध्यापकों और राजनीतिज्ञों तक की हड़तालों को अवैधानिक और असंवैधानिक घोषित किया जा चुका है।

### हड़तालें जीवन के हर क्षेत्र में प्रचलित हो गई हैं

प्रतिदिन हम हड़तालों के बारे में सुनते हैं मानो यह जीवन-शैली हो गई हो। कार्यालयों में कर्मचारी, स्कूल-कॉलेजों में छात्र, शिक्षक और प्रवक्ता, कारखानों में श्रमिक, न्यायालयों में वकील और व्यापार में दुकानदार इस दलील के साथ हड़ताल पर जाते हैं कि उनकी माँगें पूरी नहीं की गईं। इसके अलावा जनता बिजली और पानी की आपूर्ति के लिए सड़क रोकने का सहारा लेती है। हड़ताल होने पर हर तरह की गतिविधियाँ रुक जाती हैं और उससे आम जनता को बहुत परेशानी होती है।

## हड़तालें शर्तें मनवाने का हथियार हो गई हैं

हड़ताल की अवधारणा को यूरोप में औद्योगिक क्रांति के समय आकार मिला। अनेक कारखानों का उद्भव हुआ जिनसे हजारों लोगों को रोजगार मिला। कारखानों के मालिक अपने नियम-कानून लागू करते थे और निम्नतम दर पर मजदूरी देते थे। इस पर मजदूरों में तीखी प्रतिक्रिया होती थी और वे प्रबंधन को अपनी शर्तें मनवाने के लिए हड़तालों का सहारा लेने लगे।

## अब इसका दुरुपयोग व्यापक हो गया है

यदि किसी कर्मचारी को अपने कार्य की उपेक्षा के लिए निलंबित किया जाता है तो निलंबन वापस लेने के लिए प्रबंधन पर दबाव डालने के लिए सारे कर्मचारी हड़ताल पर चले जाते हैं। अकसर हम अपना वेतन और भत्ता बढ़वाने के लिए अस्पतालों में डॉक्टरों के हड़ताल पर जाने की बात सुनते हैं। अकसर पीड़ित मरीजों की मृत्यु हो जाती है और सामान्य जनता को बहुत परेशानी होती है। अत्यावश्यक सेवाओं में हड़तालों पर प्रतिबंध है किंतु जब निजी स्वार्थों की बारी होती है तो सारे नियम-कानूनों को धता बता दी जाती है। हाल में सरकार द्वारा बिक्री कर बढ़ाने पर दवा की दुकानों ने अपने शटर गिरा दिए। उनकी हड़ताल से बहुत से पीड़ितों की बिना दवा के मृत्यु हो गई।

## पूरी व्यवस्था का ढाँचा गिर जाता है

हड़ताल के कारण आधुनिक जीवन पूरी तरह से लड़खड़ा जाता है। यदि परिवहनवाले हड़ताल कर देते हैं तो समूची संचार व्यवस्था को लकवा मार जाता है। यदि टेलीफोन विभाग हड़ताल कर देता है तो लगता है कि कुछ खो गया है। इस तरह की हड़तालों से सैकड़ों-करोड़ रुपयों का नुकसान हो जाता है। यदि बैंकिंग क्षेत्र हड़ताल पर जाता है तो राष्ट्र को अपरिमेय हानि होती है।

## हड़तालें राष्ट्र का विकास अवरुद्ध करती हैं

हड़तालें राष्ट्र और जनता के लिए कभी लाभप्रद नहीं हो सकतीं। किसी समस्या के हल के लिए सर्वोत्तम तरीका है बातचीत या संवाद। हिंसा या हड़ताल के दबाव से कोई भी बड़ी चीज नहीं प्राप्त की जा सकती। हम अकसर राजनीतिक हड़तालों से लोगों का दैनंदिन जीवन रुकने की बात सुनते रहते हैं। हड़ताल के नाम पर हड़ताली लोग गुंडागर्दी, तोड़फोड़, लूटपाट एवं अराजकता फैलाते हैं। वे जनता में बरबादी फैलाते हैं, व्यवस्था को अगवा कर लेते हैं और जनजीवन को अपंग बना देते हैं। सत्य तो यह है

कि हड़ताल का उद्देश्य भटक गया है और उसका सारतत्त्व खो गया है। यह सार्वजनिक जीवन में लाभ के बजाय हानि अधिक कर रही है।

### निष्कर्ष

कोई शिकायत या वास्तविक समस्या उत्पन्न होने पर उसके निदान के लिए बातचीत और संवाद का रास्ता अपनाना चाहिए। हड़ताल का सहारा लेने से कभी समस्या नहीं सुलझेगी। यह राष्ट्र और जनता के विकास और संवृद्धि का औजार कभी नहीं बन सकती।

## विपक्ष

### प्रस्तावना

नहीं, हड़ताल देश के विकास को नहीं रोकती, इसके विपरीत यह राष्ट्र और समाज की प्रगति में उत्प्रेरक का कार्य करती है। यह वंचितों को न्याय देती है और न्यायमुक्त संतुलित और शांत समाज तथा राष्ट्र-निर्माण में सहायता करती है।

### गरीब श्रमिक हड़ताल को सुरक्षा के औजार के रूप में प्रयोग करते हैं

औद्योगिक क्रांति ने लोगों के जीवन में पूर्ण परिवर्तन ला दिया। मानवशक्ति की जगह यंत्रशक्ति ने ले ली। सारी दुनिया में बड़े कारखाने फैल गए। पूँजीवाद की नई अवधारणा दुनिया पर लाद दी गई। मालिक के हाथों श्रमिकों का शोषण समय की माँग हो गई। दिन-प्रतिदिन अमीर और अमीर तथा निर्धन और अधिक निर्धन होते गए। बेचारे श्रमिक हमेशा निचले पायदान पर होते थे। पूँजीपति उनकी आवाज नहीं सुनते थे क्योंकि वे इतने निर्बल थे कि उच्च वर्ग के समाज में अपनी उपस्थिति नहीं दर्ज करा पाते थे। उन्हें अपने अधिकारों और सुविधाओं की तरफ स्वामियों का ध्यान आकृष्ट करने और अपनी शक्ति दिखाने के तरीके की आवश्यकता थी। श्रमिकों ने अपनी यूनियन बनाई और प्रबंधन को बातचीत के लिए विवश करने के लिए कारखानों में काम रोक दिया। हड़ताल समाप्त कराने का कोई तरीका न देखकर प्रबंधन उनकी सही माँगों पर विचार करता है और मान लेता है। इस तरह श्रमिकों की दशा सुधरी।

### हड़तालें राहत पाने का लोकप्रिय तरीका हो गई हैं

केवल कारखानों के श्रमिक ही हड़तालों का सहारा नहीं लेते बल्कि कर्मचारी, अधिकारी, डॉक्टर, अध्यापक, इंजीनियर, प्रोफेसर आदि भी अपनी उचित माँगों को मनवाने के लिए हड़तालों का सहारा लेते हैं। सरकार और प्रबंधन पर दबाव डालने का

यह तरीका अकसर काम कर जाता है और उनकी कार्यदशा तथा वातावरण में महत्त्वपूर्ण परिवर्तन लाता है।

## ब्रिटिश साम्राज्य को झुकाने के लिए स्वतंत्रता सेनानियों ने हड़ताल को अपनाया

लोगों के किसी समूह की उचित माँगों पर ध्यान केंद्रित करने का हड़ताल सिद्ध तरीका है। महात्मा गांधी ने ब्रिटिश सरकार के विरुद्ध नागरिक अवज्ञा आंदोलन छेड़ा था। उनकी एक पुकार पर पूरा राष्ट्र हड़ताल पर चला जाता था और सरकार को लकवा मार जाता था। हड़ताल की शक्ति को महसूस करके ही ब्रिटिश लोग पूरी तरह से भारत छोड़ने को विवश हुए।

## राजनीतिक दल भी हड़ताल अपनाते हैं

अब हड़तालें राजनीतिक दलों का काल–परीक्षित अस्त्र हो गई हैं। जब कभी भी सत्तारूढ़ दल अपनी सीमा पार करता है, विपक्षी दल राष्ट्रीय मसलों पर या क्षेत्रीय मसलों पर राष्ट्रव्यापी हड़ताल का आह्वान करते हैं। यदि हड़ताल सफल होती है तो सत्तारूढ़ दल जनमत को भाँपकर शासन के तरीकों में आवश्यक परिवर्तन कर देता है। इस तरह से लोकतांत्रिक व्यवस्था में हड़तालें चौकीदार का कार्य करती हैं। ये सरकारों को तानाशाह और सर्वसत्तावादी होने से रोकती हैं। यह कहा जाता है कि बहुमत को मानकर चलना चाहिए। एकता में बहुत शक्ति है। यदि हड़ताल शत प्रतिशत हो तो सफलता निश्चित है और प्रबंधक या सरकार इनकी उपेक्षा नहीं कर सकते।

## निष्कर्ष

सच तो यह है कि पूरी व्यवस्था हड़तालों की दबाव नीति की आदी हो गई है। लोगों का विचार बन गया है कि कोई भी सरकार या संगठन वास्तविक समस्याओं के प्रति पर्याप्त संवेदनशील नहीं होते और बिना हड़ताल के काम नहीं करते। यह हमारा अनुभव है कि केवल धमकी सरकारी मशीनरी को समस्याओं का सौहार्दपूर्ण हल निकालने को विवश कर देती है। अत: हड़तालें हमारी प्रगति की रफ्तार को कम नहीं करतीं, अपितु सुनिश्चित करती हैं।

□

# 31

# कथन–भारत में स्कूल और कॉलेजों में रैगिंग पर प्रतिबंध लगना चाहिए

## पक्ष

### प्रस्तावना

जी हाँ, भारत में स्कूल और कॉलेजों में रैगिंग पर प्रतिबंध लगना चाहिए। इसने अपना वास्तविक उद्‌देश्य खो दिया है और एक कुप्रथा बन गई है। जितनी जल्दी इसे प्रतिबंधित कर दिया जाए, छात्र समुदाय के लिए उतना ही अच्छा होगा जो कि इससे भयभीत रहता है और इसे दुःस्वप्न मानता है।

### एक व्यापक रूप से प्रचलित व्यवस्था

अधिकतर कॉलेजों में रैगिंग प्रचलित है। कॉलेज के नए प्रवेशार्थियों को इसकी पीड़ा सहनी पड़ती है। वरिष्ठ छात्र नवागंतुकों को अनाड़ी और असहाय मानकर अपने ठेंगे पर रखते हैं। उनको कई तरह के शारीरिक और मानसिक त्रास का शिकार बनाया जाता है और अमानवीय कार्यों के लिए विवश किया जाता है।

### नवागंतुकों को बर्बर कार्यों का निशाना बनाया जाता है

वरिष्ठ छात्र श्रेष्ठता ग्रंथि से पीड़ित होते हैं और कनिष्ठों पर रोब गाँठना चाहते हैं। उनसे कपड़ा धुलाई, फर्श सफाई, वरिष्ठों के कमरों की सफाई और उनके जूते की पॉलिश आदि नौकरों के कार्य कराए जाते हैं। कभी–कभी सर्दियों के मौसम में उनसे कपड़े उतारकर सड़क पर दौड़ने को कहा जाता है। कभी–कभी रैगिंग मानवता की सारी हदें पार कर जाती है और आत्महत्या, हाथापायी और परिसर में सामूहिक झड़पों जैसी अनहोनी घटनाएँ घटित होती हैं।

## रैगिंग ने अधम स्वरूप अख्तियार कर लिया है

यह तर्क दिया जाता है कि रैगिंग वरिष्ठ और कनिष्ठ छात्रों के मध्य परिचय और जान-पहचान का माध्यम है। दोनों एक छोटी सी अवधि में एक-दूसरे को जान जाते हैं और रैगिंग समाप्त होने पर सब दोस्त बन जाते हैं। कनिष्ठ वरिष्ठों का सम्मान करते हैं और वरिष्ठ कनिष्ठों का खयाल रखते हैं। उनको रैगिंग व्यवस्था में कोई बुराई नजर नहीं आती लेकिन यह सच नहीं है। रैगिंग ने वर्तमान में बहुत घृणित रूप ले लिया है और कई संस्थानों में प्रतिबंधित की जा चुकी है।

## यह अपना अर्थ और उद्देश्य खो चुकी है

प्रारंभ में रैगिंग का उद्देश्य वरिष्ठों और कनिष्ठों के मध्य अंतराल को पाटना, कनिष्ठों को संस्थान के नियमों से अवगत कराना और ग्रामीण पृष्ठभूमि के छात्रों के संकोच को दूर करना था। परिचय की यह प्रक्रिया मैत्री और सौहार्दपूर्ण वातावरण में होती थी। किंतु कुछ खराब तत्त्वों ने इसमें अमानवीय एवं कनिष्ठों को अपमानित करने जैसे असभ्य तरीकों को शामिल करके इसे बदनाम कर दिया है। वह प्रथा जो वरिष्ठ और कनिष्ठ छात्रों के बीच अंतर करती हो तथा क्रूरता और नफरत पैदा करती हो, उसे अनवरुद्ध नहीं चलने देना चाहिए।

## हमें विदेशियों की नकल करने की आवश्यकता नहीं है

रैगिंग का विचार विदेशों से आया है जहाँ छात्र रैगिंग का अभ्यास करते हैं। यह प्रथा वहाँ सफल हो सकती है जहाँ के लोग अग्रगामी और सुसंस्कृत हों तथा जहाँ नैतिक मूल्यों को उच्च वरीयता दी जाती हो। भारत में यह अवधारणा बिगड़ गई है और कनिष्ठ छात्रों के शोषण का माध्यम बन गई है।

## शैक्षणिक वातावरण बुरी तरह से प्रभावित हुआ है

ऐसी खबरें भी मिली हैं कि वरिष्ठ छात्रों ने कनिष्ठ छात्रों को मौज-मस्ती में पैसा खर्च करने को विवश किया है। लड़कों द्वारा लड़कियों की रैगिंग में भद्दी हरकतों की भी सूचना मिली है। निश्चित ही इससे शैक्षणिक वातावरण को धक्का पहुँचता है और कई बार छात्रों का भविष्य भी खतरे में पड़ता है।

## निष्कर्ष

वह प्रथा जो चिकित्सा, इंजीनियरिंग और प्रबंधन जैसी महँगी शिक्षा के संस्थानों

को पंगु बनाती है, शैक्षणिक वातावरण को दूषित करती है, छात्रों को आत्महत्या के लिए विवश करती है तथा उनके भविष्य को अंधकारमय बनाती है उसे शीघ्रातिशीघ्र समाप्त कर देना चाहिए।

## विपक्ष

### प्रस्तावना

नहीं, स्कूल-कॉलेजों में रैगिंग पर प्रतिबंध नहीं लगना चाहिए। यह एक बहुत पुरानी प्रथा है जिसका नवागंतुकों से परिचय करने के लिए अधिकतर संस्थानों में शालीनतापूर्वक पालन किया जाता है।

### रैगिंग का उद्देश्य नवागंतुकों को निर्भीक और निस्संकोची बनाना है

यह प्रथा विदेशी संस्थानों एवं कॉलेजों में प्रचलन में है जहाँ नवागंतुक छात्रों से परिचय प्राप्त करन के लिए और उन्हें वातावरण से परिचित कराने के लिए वरिष्ठ छात्र उनका स्वागत करते हैं, उनका नाम, पता, शौक आदि पूछते हैं। यह भी तर्क दिया जाता है कि नए छात्र संकोचरहित हो जाते हैं क्योंकि वे बिल्कुल भिन्न परिवेश से आते हैं और उन्हें नए संस्थान के बारे में बिल्कुल पता नहीं होता। ग्रामीण पृष्ठभूमि से आनेवाले छात्र शहरी सभ्यता और स्तरीय सामाजिक नियमों से परिचित नहीं होते इसीलिए उनकी रैगिंग की जाती है ताकि वे निर्भीक व संकोचरहित हो सकें।

### इस प्रथा को बदनाम कर दिया गया है

थोड़े से छात्रों ने रैगिंग की प्रथा को बदनाम कर दिया है। वे अमानवीय तरीकों का सहारा लेकर नए छात्रों को अपमानित करते हैं और उनको कपड़े धोने, फर्श साफ करने और जूता पॉलिश करने जैसे नौकरों के काम करने को विवश करते हैं। कहीं-कहीं उन्हें शारीरिक और मानसिक यातना भी दी जाती है। यह वास्तव में और कुछ नहीं, रैगिंग के उद्देश्य का विकृत रूप है। यह प्रथा इतनी भद्दी हो गई कि इसके कारण कई संस्थाओं में अनेक तरह की समस्याएँ उभर आईं। कॉलेज प्रबंधन उन थोड़े से लोगों को दंडित नहीं कर पाया, जिन्होंने इस प्रथा को बदनाम किया।

### यह अनुभवों को साझा करने का तरीका है

वरिष्ठ छात्रों द्वारा नए छात्रों की रैगिंग की प्रथा उन्हें बहुत कम समय में संस्था के तरीकों से अवगत करा देती है। वे नए छात्रों से संस्था के बारे में अपने अनुभवों को

साझा करते हैं और उन्हें कॉलेज की विशेषता के बारे में भी बताते हैं। छात्रों में वरिष्ठों के प्रति सम्मान और कनिष्ठों की चिंता करने की प्रवृत्ति विकसित होती है जो कि परिसर में मैत्रीपूर्ण और स्वस्थ वातावरण बनाने में सहायक होती है।

## छात्र एक-दूसरे के निकट आते हैं

सामान्यत: रैगिंग चिकित्सा, इंजीनियरिंग और प्रबंधन आदि जैसे व्यावसायिक संस्थानों में होती है जहाँ छात्र को काफी लंबे समय तक छात्रावास में रहना पड़ता है। मनुष्य एक सामाजिक प्राणी है और अकेला नहीं रह सकता। किसी एक संस्था द्वारा रैगिंग की व्यवस्था की गई ताकि छात्र एक-दूसरे को संक्षिप्त अवधि में जान सकें। जब कभी किसी संस्थान में नए दाखिले होते हैं तो नवागंतुक कॉलेज के तौर-तरीकों से बिल्कुल अनभिज्ञ होते हैं। यहाँ तक कि वे वरिष्ठों के बारे में कुछ नहीं जानते।

## निष्कर्ष

यह प्रथा भारत में इतनी भयंकर बना दी गई है कि अधिकतर छात्र रैगिंग से बचने के लिए भगवान् से प्रार्थना करते रहते हैं कि उन्हें शारीरिक और मानसिक कष्टों की कामना न करनी पड़े। पूरी रैगिंग अवधि में उनको अत्यधिक परेशानी और वेदना से गुजरना पड़ता है। जिस दिन यह समाप्त होती है वे अपने को भाग्यशाली समझते हैं कि यह ठीक से गुजर गई। हर चीज की एक सीमा होती है। यदि रैगिंग सीमा के अंतर्गत और शालीन तरीके से की जाए तो इसे बुरी प्रथा नहीं कहा जा सकता और इस पर प्रतिबंध लगाने की आवश्यकता नहीं होगी।

□

# 32

# कथन–दया-मृत्यु की इजाजत दी जानी चाहिए और इसे वैधानिक किया जाना चाहिए

## पक्ष

### प्रस्तावना

जी हाँ, दया-मृत्यु की अनुमति दी जानी चाहिए और इसे वैधानिक बनाया जाना चाहिए। यदि जीवन परिवार, समाज और राष्ट्र के लिए बोझ बन जाए जो इससे कौन सा उद्‌देश्य पूरा होता है। दयनीय जीवन जीने से अच्छा है, जीवन समाप्त कर लिया जाए।

### प्रत्येक जीवित प्राणी को मरना है

मृत्यु एक जीवित तथ्य है। प्रत्येक व्यक्ति के जीवन में आगे-पीछे इसका आना निश्चित है। कोई नहीं जानता कि यह कब आएगी। किंतु यदि कोई व्यक्ति लाइलाज बीमारी से कष्ट पा रहा है और उसके ठीक होने की संभावना न्यूनतम है तो क्या यह दयापूर्ण नहीं होगा कि उसे मरने की अनुमति दी जाए? यदि उसे दवाओं के बल पर रहने को विवश किया जाए तो अपने परिवार पर मुसीबत बनने के अलावा कौन सा उद्‌देश्य पूर्ण करेगा? क्या यह उसके लिए दंड नहीं होगा?

### कुछ देशों में इसकी अनुमति है

यह वास्तव में विरोधाभास है कि व्यक्ति को जीने का अधिकार तो है किंतु कठिन और लाचारी की स्थिति में मरने का अधिकार नहीं है। दया-मृत्यु (यूथेनेशिया) का संबंध पूरी तरह तीक्ष्ण शारीरिक कष्ट से मुक्ति पाने से है। यद्यपि यह व्यापक रूप से स्वीकृत विचार नहीं है तथापि कुछ राष्ट्रों में इसे अनुमति देकर वैधानिक स्तर दे दिया गया है। नीदरलैंड में इसे स्वीकार कर लिया गया है। इसको सहायित आत्महत्या कहते हैं। जब

प्रसिद्ध कैंसर सर्जन आइक स्मोक, जिन्होंने 40 मरीजों की जीवन समाप्त करने में मदद की, से कहा गया कि ईश्वर अपने दरबार में उन्हें दंडित करेगा तो उन्होंने जवाब दिया कि जिन मरीजों को उन्होंने मुक्ति पाने में मदद की थी वे ईश्वर के दरबार में उनका बचाव करेंगे। डॉ. स्मोक को इस बात का कोई पछतावा नहीं था। अमरीका के ओरेगॉन राज्य में दया-मृत्यु वैधानिक कार्य है। यदि कोई व्यक्ति लाइलाज बीमारी से पीड़ित है और दया-मृत्यु की प्रार्थना करता है और उसकी प्रार्थना पर दो डॉक्टरों की सहमति हो जाती है तो उसे इच्छा मृत्यु की स्वीकृति दे दी जाती है।

## उपेक्षा की भावना और अधिक कष्टदायक है

दया-मृत्यु (यूथेनेशिया) के पीछे आर्थिक, सामाजिक-राजनीतिक और मनोवैज्ञानिक सारे कारक एक साथ कार्य करते हैं। एक ऐसा मरीज जो कोमा में है और लंबे अर्से से ऐसे रोग से पीड़ित है, जिसका चिकित्सा विज्ञान में कोई इलाज नहीं है, वह परिवार, समाज और राष्ट्र के किसी काम का नहीं है। उसके इलाज में बहुत पैसा खर्च किया जाता है। अगर परिवार निर्धन है तो वह नियमित इलाज और परिचर्या नहीं पा सकता। आखिर कितने समय तक चिकित्सक और परिचारक उसकी सेवा करेंगे। असहनीय पीड़ा दवा के प्रभाव से शांत की जा सकती है किंतु जैसे ही दवा का प्रभाव समाप्त होता है वह पुनः शुरू हो जाती है। जब रोगी अपने ही लोग द्वारा विलगाव, एकांत और उपेक्षा पाता है तो यह रोग और अधिक पीड़ादायक हो जाता है।

## बोझ बनने की बजाय मरना बेहतर है

भारत में यह सुलगता विषय है। पटना उच्च न्यायालय में दया-मृत्यु की प्रार्थना का एक मामला दाखिल किया गया है। पति ने अपनी पत्नी के जीवन को समाप्त करने की विनती की थी जो कि प्रसव के समय कोमा में चली गई थी। वह न जीवित है न मृत। वह श्वास ले रही है किंतु इलाज का असर नहीं है। पति की आर्थिक स्थिति टूट गई है और पारिवारिक जीवन बिखर गया है। वह दुविधा में है कि क्या करे। उसका अपना जीवन नरक बन गया है। आखिरकार उसे अन्य कार्य भी तो हैं। परिवार के अन्य सदस्यों के प्रति भी तो उसका दायित्व है। क्या उसको अपनी रुग्ण पत्नी से छुटकारा पाने की अनुमति नहीं दी जानी चाहिए, जिसके ठीक होने की संभावना न्यून है।

## वास्तव में एक विरोधाभासी स्थिति

भारत में दया-मृत्यु निषिद्ध है। इसके पीछे कोई कानूनी स्वीकृति नहीं है क्योंकि

यह आत्महत्या में सहायता की तरह मानी जाती है जो भारतीय दंड संहिता 309 के अंतर्गत दंडनीय अपराध है। क्या यह विरोधाभासी स्थिति नहीं है कि प्रतिदिन नर्सिंगहोम में हजारों शिशुओं को गर्भ में मार दिया जाता है किंतु एक पीड़ित व्यक्ति को अपना जीवन समाप्त करने का अधिकार नहीं है।

### निष्कर्ष

निश्चित ही दया-मृत्यु की अनुमति मिलनी चाहिए और इसे वैधानिक किया जाना चाहिए यदि रोगी लाइलाज बीमारी से पीड़ित हो। यदि हमें जीवित रहने का अधिकार है तो विशेष और लाचारी की स्थिति में सम्मानजनक मृत्यु का भी अधिकार होना चाहिए।

## विपक्ष

### प्रस्तावना

जी नहीं, दया-मृत्यु की अनुमति नहीं दी जानी चाहिए और न ही इसे वैधानिक किया जाना चाहिए। यह अमानवीय कृत्य है। भगवान् ने यह जीवन, जो भी प्रतिकूल परिस्थितियाँ हों, उनमें जीने के लिए दिया है। एक बार इसकी अनुमति देने या वैधानिक करने पर ऐसे मामलों की बाढ़ आ जाएगी जो पूरे समाज को साफ कर देगी, जिसे नियंत्रित करना मुश्किल होगा।

### दया-मृत्यु क्या है

दया-मृत्यु या यूथेनेशिया चिकित्सक की सहायता से की जानेवाली आत्महत्या है। यदि कोई व्यक्ति असाध्य रोग से पीड़ित हो और एक परिस्थिति विशेष में उसके ठीक होने की संभावना क्षीण हो तो तीन या चार डॉक्टरों की स्वीकृति और सहायता से उसे मरने की अनुमति दी जानी चाहिए। किसी व्यक्ति को चिकित्सकीय स्वीकृति के बाद अपना जीवन समाप्त करने की अनुमति देने में कोई बुराई नहीं है। कुछ देशों में इस प्रथा की अनुमति है और यह वैधानिक है।

### एक विवादास्पद विषय

दया-मृत्यु (यूथेनेशिया) एक अत्यंत विवादास्पद विषय है। कुछ राज्यों ने यह प्रस्ताव ठुकरा दिया है। भारत में भी यह मामला तब उभरा जब एक अभागे पति ने पटना उच्च न्यायालय में अपनी रुग्ण पत्नी के जीवन को समाप्त करने की याचिका दाखिल की। पति ने अपनी पत्नी की मृत्यु में सहायता करने की अनुमति चाही थी जो कि कोमा

में चली गई थी और बोझ बन गई थी। दया-मृत्यु (यूथेनेशिया) के पक्ष में प्रभावी तर्क दिए गए थे किंतु न्यायालय ने इसे ठुकरा दिया।

## दया-मृत्यु (यूथेनेशिया) विशुद्ध रूप से आत्महत्या है

व्यक्ति को जीवन का अधिकार है किंतु कोई भी संविधान मृत्यु का अधिकार नहीं देता। कोई भी नागरिक देश की संपत्ति होता है। उसकी सुरक्षा राज्य का प्रधान कर्तव्य होता है। विधि व्यवस्था, शिक्षा और नागरिक स्वास्थ्य बनाए रखने में बहुत पैसा खर्च किया जाता है। इसका अर्थ है कि राष्ट्रीय संपत्ति का कुछ हिस्सा प्रत्येक नागरिक पर खर्च किया जाता है।

## आत्महत्या के प्रयास को वैधानिक बनाने की परिस्थितियाँ बनाई जा सकती हैं

अब प्रश्न उठता है कि यदि कोई व्यक्ति असाध्य रोग से ग्रस्त है और उसके ठीक होने की कोई आशा नहीं बची है तो क्या उसे चिकित्सक की मदद से अपना जीवन समाप्त करने की अनुमति दी जानी चाहिए। यदि इसकी अनुमति दी गई तो एक खराब परिपाटी चल पड़ेगी। तीव्र पीड़ा या दुःख में व्यक्ति इलाज के बजाय मृत्यु का वरण करेगा। यहाँ तक कि परिवार के सदस्य ही आर्थिक भार टालने के लिए उसे मृत्यु का वरण करने के लिए समझाएँगे। दया-मृत्यु (यूथेनेशिया) के बहाने लोगों को आत्महत्या करने का नया अवसर मिल जाएगा।

## एक खराब परिपाटी बन जाएगी

रोगोन्मुख आत्महत्या डॉक्टरों के समक्ष चुनौती है। किसी रोगी के रोग का निदान करने के बजाय वह विषाक्त दवा की अतिरिक्त खुराक देकर जीवन समाप्त करने की सलाह देगा। मिशिगन के एक पैथालॉजिस्ट जैक केवोर्कियन ने अपने द्वारा डिजाइन की गई आत्महत्या मशीन के जरिए कई कष्टग्रस्त लोगों को अपना जीवन समाप्त करने में मदद की थी। उसके इस अमानवीय कृत्य के लिए 1999 में उस पर मुकदमा चलाया गया और न्यायमंडल (जूरी) ने उसे द्वितीय कोटि हत्या का दोषी माना। उसे 10 से 25 वर्ष के कारावास का दंड दिया गया। केवोर्कियन के कृत्य की तीव्र भर्त्सना की गई। उसे चिकित्सा की मुख्य धारा के बाहर का घुमक्कड़ और कानूनी पूर्व उदाहरण रहित माना गया। यह माना गया कि न तो संवैधानिक अधिकार और न ही कोई वैधानिक अधिकार सहायित आत्महत्या का समर्थन करता है।

## आज सक्रिय दया-मृत्यु (यूथेनेशिया) और सहायित आत्महत्या के बीच विवाद है

दया-मृत्यु (यूथेनेशिया) दो प्रकार का है—सक्रिय और निष्क्रिय। जब चिकित्सक रोगी को एक निश्चित विषैली दवा की खुराक इंजेक्ट करने की सलाह देता है तो उसे सक्रिय कहते हैं। जब रोगी को इलाज उपलब्ध न कराया जाए या वह स्वयं इलाज से इनकार कर दे तो इसे निष्क्रिय दया-मृत्यु (यूथेनेशिया) कहते हैं क्योंकि इलाज के अभाव में मरना मरीज की नियति हो जाती है। हालाँकि एक मानसिक रूप से सक्षम रोगी के इलाज से इनकार के अधिकार को आज व्यापक रूप से स्वीकार किया जाता है। इलाज से मना करने के अधिकार को विभिन्न न्यायालयों में भी मान्यता दी गई है।

## निष्कर्ष

जो लोग सक्रिय दया-मृत्यु (यूथेनेशिया) को वैधानिक स्वरूप देने का विचार रखते हैं उनका कहना है कि व्यक्ति को अपनी मृत्यु के समय और तरीके पर नियंत्रण होना चाहिए। यहाँ तक कि हमारी आस्था भी इस विश्वास पर आधारित है कि मृत्यु के बारे में मनुष्य की नहीं, ईश्वर की पसंद चलती है। निश्चित ही दया-मृत्यु (यूथेनेशिया) या दया-मृत्यु की अनुमति नहीं दी जानी चाहिए न ही यह वैधानिक की जानी चाहिए।

□

# 33

# कथन—भारत में जनसंख्या एक बोझ नहीं है

## पक्ष

### प्रस्तावना

भारत विशाल जनसंख्यावाला एक निर्धन विकासशील राष्ट्र है। लोग इसके पिछड़ेपन का आरोप इसकी विशाल अनियंत्रित जनसंख्या पर मढ़ते हैं। ऐसा आरोप लगाया जाता है कि राष्ट्र जो भी प्रगति करता है उसका पर्याप्त परिणाम नहीं निकल पाता क्योंकि सारे प्रयास जनसंख्या की वृद्धि की भेंट चढ़ जाते हैं। इस तरह के विचार उचित नहीं है। वास्तव में जनसंख्या बोझ नहीं बल्कि विकास का साधन है।

### विकास की विशाल संभावना

भारत विशाल क्षेत्रफलवाला बड़ा राष्ट्र है जो हजारों एकड़ भूमि में फैला है। इसके पास उपजाऊ गंगा के विशाल मैदान के साथ प्रभूत प्राकृतिक संसाधन, खनिज, जलप्रपात, पर्वत, नदियाँ आदि हैं। फिर भी तकनीकी ज्ञान और विशेषज्ञता के अभाव में अधिकांश संसाधनों का दोहन नहीं हुआ है। हमारे पास विकास का मूलाधार नहीं है। विशाल उपजाऊ मैदान होने के बावजूद हमारा खाद्यान्न उत्पादन राष्ट्र की आवश्यकताओं को पूरा करने के लिए पर्याप्त नहीं है क्योंकि हमारी कृषि कनाडा और सं.रा. अमरीका की तरह यंत्रीकृत नहीं है।

### यदि परिवार बड़ा है तो आमदनी अधिक होगी

जब भी परिवार में कोई बच्चा जन्म लेता है तो लोग उसके जन्म पर खुश होते हैं। वे इसे शुभ अवसर समझते हैं और प्रगति तथा खुशी के वाहक के रूप में नए सदस्य के स्वागत में शानदार उत्सव मनाते हैं। प्रायः एक से अधिक कमानेवाले सदस्योंवाले परिवार समृद्ध और विकसित हो जाते हैं। बड़े संयुक्त परिवार के सदस्यों को अनहोनी

घटनाओं से डरने की आवश्यकता नहीं होती। यदि उनमें से कोई वित्तीय परेशानी में पड़ता है तो दूसरे सदस्य उसकी मदद के लिए दौड़ते हैं। वे जरूरतमंद को शारीरिक और नैतिक सहारा देते हैं। इस तरह की मदद केवल संयुक्त परिवार के सदस्यों को ही मिल पाती है। यही बात विशाल जनसंख्यावाले राष्ट्र के संबंध में सही है।

## भारतीयों को जनसंख्या से डरने की आवश्यकता नहीं है

यदि जनसंख्या को निर्धनता और विपत्ति का कारक माना जाए तो चीन को विश्व का सबसे निर्धन देश होना चाहिए था। किंतु ऐसा नहीं है। आज चीन को एशियाई बाघ कहा जाता है। यह इतना बड़ा देश है कि सुपर पावर सं.रा. अमरीका भी इसकी उपेक्षा नहीं कर सकता। वहाँ उद्योग और व्यापार पनप रहे हैं और सर्वतोमुखी प्रगति हो रही है। आजकल भारत चीनी इलेक्ट्रॉनिक वस्तुओं और अन्य उत्पादों के हमलों का सामना कर रहा है जिनसे बाजार पटा पड़ा है। इनसे भारतीय अर्थव्यवस्था के सामने खतरा उपस्थित हो गया है और कई व्यवसाय बंदी के कगार पर पहुँच गए हैं। चीन अपनी बड़ी जनसंख्या के भरण-पोषण के लिए अत्यंत परिश्रम कर रहा है।

## बड़ी जनसंख्या से देश शक्तिशाली बनता है

बड़ी जनसंख्यावाले देश से विश्व डरता है। चीन ने भारत की लाखों एकड़ भूमि दबा रखी है किंतु भारत को डर है कि यदि वह इसकी पुनः प्राप्ति के लिए प्रयास करेगा तो भयंकर युद्ध होगा। चीनी सेना बहुत मजबूत है जिसकी शक्ति का अनुभव हमें सन् 1962 के भारत-चीन युद्ध में हो चुका है। कारगिल के युद्ध में भी बड़ी जनसंख्या का लाभ देखा जा चुका है। यह वास्तव में जमी हुई लड़ाई थी जो बहुत लंबी खिंच सकती थी किंतु पाकिस्तान शक्तिशाली भारत के हाथों हार से डर गया।

## निष्कर्ष

निश्चय ही जनसंख्या बोझ नहीं है अपितु इसमें बड़ी शक्ति निहित है जिसका दोहन और रचनात्मक उपयोग करना चाहिए। हमें बढ़ती जनसंख्या से घबराना नहीं चाहिए क्योंकि अधिकतर परिवारों में जन्म को ईश्वर का वरदान माना जाता है। हमें उनके भरण-पोषण के लिए आय के साधनों को पैदा करने में अपना ध्यान केंद्रित करना चाहिए।

# विपक्ष

## प्रस्तावना

भारत की जनसंख्या केवल बोझ ही नहीं बल्कि गंभीर समस्या है। वैज्ञानिकों, समाजशास्त्रियों और पर्यावरणविदों ने जनसंख्या की सामान्य वृद्धि, विशेषरूप से तृतीय विश्व के देशों में वृद्धि, पर चिंता प्रकट की है। ब्राजील के रियो नगर में पिछले पृथ्वी सम्मेलन में 160 देशों से आए 8000 सरकारी अधिकारियों ने जनसंख्या विस्फोट से निपटने के लिए बैठक की। उन सबने माना कि जनसंख्या की अनियंत्रित वृद्धि ने पृथ्वी में परिस्थितिकीय असंतुलन पैदा कर दिया है। यह समस्या इतनी विकट हो गई है कि इसके बारे में संयुक्त राष्ट्र में भी चर्चा की गई।

## तृतीय विश्व के देशों में जनसंख्या का बोझ अधिक है

आज विश्व की जनसंख्या 550 करोड़ है जिसमें अनुमानतः एक करोड़ प्रतिवर्ष की वृद्धि होती है और इसने पृथ्वी के सीमित स्थान में भयंकर दृश्य उपस्थित कर दिया है। तृतीय विश्व के देशों से प्रतिवर्ष 15 प्रतिशत वृद्धि होती है। इन देशों में विश्व की 75 प्रतिशत जनता का बोझ है जबकि विश्व की आमदनी का मात्र 17 प्रतिशत बोझ इनके हिस्से में आता है तथा 30 प्रतिशत खाद्यान्न, 11 प्रतिशत शिक्षा और 8 प्रतिशत उद्योग ही इनके हिस्से में आता है। इसमें कोई संदेह नहीं कि यह निष्ठुर दृश्य है जो कि तृतीय विश्व के देशों के अति पिछड़ेपन को सामने लाता है।

## भारत विश्व का सबसे अधिक जनसंख्यावाला देश हो जाएगा

हमारा देश चीन के बाद दुनिया का दूसरा सबसे अधिक आबादीवाला देश है। यदि इसकी वृद्धि नहीं रोकी गई तो यह 2.2 प्रतिशत प्रतिवर्ष की वृद्धि के साथ शीघ्र ही चीन को पीछे छोड़ देगा। आबादी की अनियंत्रित वृद्धि ने इसके वांछनीय विकास को रोक दिया है।

## विभिन्न क्षेत्रों में भारी निवेश के बावजूद हमारा विकास धीमा है

अत्यधिक जनसंख्या विकासशील देशों में देखी जाती है जहाँ लोग निर्धनता, निरक्षरता और रोगों से ग्रस्त हैं। लोगों की स्थिति में सुधार के लिए करोड़ों-करोड़ रुपए निर्धनता, निरक्षरता और रोगों को मिटाने में लगा दिए गए किंतु कोई प्रत्यक्ष असर नहीं दिखा। चीन ने जनसंख्या पर नियंत्रण के लिए प्रत्येक परिवार में एक शिशु का मानदंड अपनाया है।

## जनसंख्या विस्फोट

भारत सरकार ने परिवार नियोजन के उपाय अपनाए हैं किंतु उनका कोई ठोस परिणाम नहीं निकला। इस मामले में और अधिक तीव्र उपाय, अधिक सुझावपूर्ण प्रचार, साधनों और सामग्रियों की मुफ्त आपूर्ति वरीयता के आधार पर की जानी चाहिए। शिक्षित जन को सुदूर ग्रामों में रहनेवाले अनपढ़ ग्रामीणों को समझाने के लिए आगे आना चाहिए जो बच्चों को ईश्वर का वरदान मानते हैं और गर्भ निरोधक उपाय से बचना चाहते हैं। जितना शीघ्र हो सके इस मानसिकता से बचना चाहिए। प्रगति के कार्यों का पर्याप्त परिणाम तभी मिलेगा जब जनसंख्या सीमित हो। इस बात को किसी बड़े परिवार की आर्थिक स्थिति देखकर समझा जा सकता है जो पिता की अच्छी आय के बावजूद तरक्की नहीं कर पाता। यही बात राष्ट्र के संबंध में है। निर्धनता और निरक्षरता से ग्रस्त राष्ट्र अधिक जनसंख्या के बोझ के कारण प्रगति की रफ्तार को तेज नहीं कर सकता।

## अधिक जनसंख्या एक बोझ है

अधिक जनसंख्यावाले देश को करोड़ों लोगों का खाना, बच्चों की शिक्षा, चिकित्सा सुविधा तथा सुरक्षा मुहैया करानी पड़ती है। अधिक जनसंख्यावाले देशों के निर्धन लोगों को कभी सभ्यता का प्रकाश नसीब नहीं होता। उन्हें निर्धनता रेखा से नीचे अधम जीवन बिताना पड़ता है। न वे स्वयं प्रगति करते हैं, न देश को करने देते हैं।

## निष्कर्ष

भारी जनसंख्यावाले देशों को दूसरे राष्ट्रों की तुलना में पिछड़ना ही पड़ता है। कम जनसंख्यावाले देश प्रगति की छलाँग लगा रहे हैं जबकि हमारा देश रेंग रहा है। कारण स्पष्ट है। हमारे बहुत से संसाधन बड़ी जनसंख्या को जीवित रखने में ही खप जाते हैं। अधिक जनसंख्या वाकई एक बोझ है।

□

# 34

# कथन–भारत में वैलेंटाइन दिवस मनाना प्रतिबंधित होना चाहिए

## पक्ष

### प्रस्तावना

मेरे विचार से भारत में वैलेंटाइन दिवस मनाए जाने पर प्रतिबंध लगना चाहिए। वास्तव में यह हमारी सभ्यता और संस्कृति पर बुरा प्रभाव डाल रहा है।

### पाश्चात्य संस्कृति

संत वैलेंटाइन दिवस 14 फरवरी को पाश्चात्य देशों में प्रेमियों के दिवस के रूप में तड़क-भड़क से मनाया जाता है। युवा लड़के-लड़कियाँ अपने प्रेम की अभिव्यक्ति के लिए एक-दूसरे से वैलेंटाइन कार्ड का आदान-प्रदान करते हैं। विपरीत लिंग के प्रति आकर्षण स्वाभाविक है। प्रत्येक वय के लोग अपने भागीदार को याद करते हैं भले ही वह किसी अन्य से विवाहित हों। पाश्चात्य संस्कृति में प्रेम भावना की अभिव्यक्ति वर्जित नहीं है क्योंकि वह समाज खुला समाज है।

### प्रेम-भावना का खुले आम आदान-प्रदान गैर-भारतीय और गैर-हिंदू है

दूसरी ओर हमारा समाज एक परंपरागत समाज है। दोनों संस्कृतियों के मध्य बहुत अंतर है। दोनों की संस्कृति विपरीत ध्रुवों पर हैं। यदि पश्चिम की पहचान भौतिकवाद है तो पूर्व अध्यात्मवाद के लिए जाना जाता है। दोनों संस्कृतियों के लोगों के चिंतन और रहन-सहन के तरीकों में विशाल अंतर है। इसीलिए प्रसिद्ध साहित्यिक हस्ती रुडयार्ड किपलिंग ने कहा था ईस्ट इज ईस्ट, वेस्ट इज वेस्ट एंड द ट्वेन शैल नेवर मीट अर्थात् पूर्व पूर्व है, पश्चिम पश्चिम है और दोनों कभी नहीं मिलेंगे।

## सांस्कृतिक हमला हो रहा है

लेकिन अब भारतीय संस्कृति और सभ्यता पर एक प्रकार का हमला शुरू हो गया है। उपग्रह टेलीविजन और बहुराष्ट्रीय कंपनियों ने इस देश की संस्कृति में पैठ बनानी शुरू कर दी है। उनका उद्देश्य व्यापारिक है। वे केवल कार्डों की बिक्री बढ़ाना चाहते हैं। होटल के मालिक खाओ-पियो मौज करो की पार्टियाँ आयोजित करते हैं। पाश्चात्य चोंचले में बड़ी धनराशि खर्च कर दी जाती है।

## हमारे किशोर अवज्ञाकारी हो रहे हैं

इस तरह की घटनाएँ भारतीयता के विरुद्ध हैं। अधिकतर किशोर वर्ग पाश्चात्य प्रभाव की जकड़ में आ गया है। उन्होंने अध्ययन के बजाय प्रेम करने में रुचि लेना प्रारंभ कर दिया है। दिनोदिन अनैतिकता बढ़ती जा रही है। प्रेम-प्रसंगों के कारण किशोरों के अपराधों में उछाल आया है। अनैतिक कार्यों की प्रवृत्ति का कारण सीधे-सीधे वैलेंटाइन दिवस मनाने में देखा जा सकता है।

## किसी को भी अपनी पहचान नहीं खोनी चाहिए

भारतीयों की अपनी जीवन-शैली है। हमें पाश्चात्य लोगों की नकल नहीं करनी चाहिए। यह पर्व भारतीय दर्शन की मान्यताओं के अनुरूप नहीं है। हमारी संस्कृति विनम्रता और वयस्कता प्राप्त करने तक प्रेम को छिपाना सिखाती है। स्वदेशी संस्कृति और परंपरा किसी के अस्तित्व की पहचान का आधार होती है किंतु बड़े पैमाने पर वैलेंटाइन दिवस मनाए जाने से हमारी युगों पुरानी संस्कृति और परंपरा खतरे में पड़ गई है। शिवसेना ने ठीक ही इसको मनाने का विरोध करते हुए उन लोगों को सबक सिखाने की धमकी दी जो छद्म आधुनिकता के नाम पर अश्लीलता और भद्दापन फैलाते हैं।

## निष्कर्ष

भारतीय लोग मानव में अंतर्निहित प्रेम की भावना के विरुद्ध नहीं हैं। विपरीत लिंग एक-दूसरे को आकर्षित करते ही हैं। प्रेम हृदय की एक मोहक भावना है, इसका व्यापारीकरण नहीं होना चाहिए। उस महान् संत के नाम पर, जिसने जाति, धर्म और लिंग से ऊपर उठकर मानवीय प्रेम को गौरवान्वित किया। बहुराष्ट्रीय कंपनियों, उपग्रह चैनलों और मीडिया को भद्देपन को लोकप्रिय बनाने की अनुमति नहीं दी जा सकती। बड़े-बड़े होटलों, रेस्तराओं और क्लबों में किशोर वय के लड़के-लड़कियों के भव्य नृत्य कराने की क्या आवश्यकता है?

## विपक्ष

### प्रस्तावना

मेरे विचार से भारत में वैलेंटाइन दिवस मनाए जाने पर प्रतिबंध नहीं लगाया जाना चाहिए क्योंकि इसका मानव प्रेम या शाश्वत प्रेम के प्रचार से कोई संबंध नहीं है।

### संत वैलेंटाइल की पहचान रहस्यमय है

संत वैलेंटाइन के बारे में अधिक ज्ञात नहीं है। उनकी कीर्ति का कारण प्यार और रोमांस के लिए उनकी शहादत है। कहानी इस प्रकार है कि किसी देश में युद्ध चल रहा था और अनिवार्य सैन्य सेवा के कारण विवाह और रोमांस पर प्रतिबंध था। यह कहा जाता है संत वैलेंटाइन ने प्रतिबंध का पालन नहीं किया और केवल विवाह की रस्म कराते रहे और विपरीत परिस्थितियों में भी विवाहित जोड़ों को आशीर्वाद देते रहे। ऐसा विश्वास किया जाता है कि उन्हें राजद्रोह के लिए मृत्युदंड दिया गया। इस महान् संत की याद में पश्चिमी देशों में 14 फरवरी को प्रतिवर्ष प्रेमियों का दिन मनाया जाता है। भारत में यह प्रथा जड़ें जमा रही है। किशोरवय के लोग इस भव्य पर्व के दीवाने हो रहे हैं और इसे तड़क-भड़क से मनाते हैं।

### भारतीय संस्कृति और परंपरा के विरुद्ध

ऐसा आरोप है कि संत वैलेंटाइन दिवस का मनाया जाना भारतीय संस्कृति और परंपरा के खिलाफ है। यह हमारी संस्कृति को नष्ट कर रहा है और समाज में अनैतिकता फैला रहा है तथा किशोरों को गलत राह पर ले जा रहा है। लेकिन तथ्य यह नहीं है। मानवीय प्रेम का सिद्धांत भारतीय दर्शन का सारतत्त्व है। इसने सदैव प्रेम, शांति और अहिंसा का संदेश दिया है। विपरीत लिंग के प्रति आकर्षण स्वाभाविक है। इसे रोका नहीं जा सकता। हमारे पास भगवान् कृष्ण का उदाहरण है, जो अपने तरीके से वृंदावन में वैलेंटाइन दिवस (रासलीला) मनाते थे। कृष्ण केवल वृंदावन के ही रोमांटिक जादूगर नहीं थे जो अपनी बाँसुरी के संगीत से गोपिकाओं को आकर्षित करते थे। उन्होंने प्रेम भरे दिलों के लिए वैलेंटाइन की भूमिका अदा की। उन्होंने अपनी बहन सुभद्रा और अर्जुन के लिए भी वैलेंटाइन का कार्य किया।

### संत वैलेंटाइन दिवस गैर-भारतीय और गैर-हिंदू नहीं है

हिंदुत्व में सब लोग आपस में मिलते-जुलते हैं। संत वैलेंटाइन कृष्ण से मिलते हैं। गंगा वोलगा से मिलती है। यह वास्तव में हिंदुत्व का लचीलापन है। हिंदुत्व स्वभावत:

सर्व समाहित करनेवाला धर्म है। इस धर्म ने गतिशील, सर्वसमाहक, हमेशा फैलनेवाली और कभी न असफल होनीवाली आत्माओं को जन्म दिया है। इस धर्म के अनुयायी किसी भी धर्म के प्रति शत्रुता रखने की अनुमति नहीं देते। यह सभी संस्कृतियों के अच्छे तत्त्व ग्रहण करने की शिक्षा देता है। इन्हीं गुणों के कारण इसने बुद्ध, चार्वाक और सांख्य की चुनौतियों का सामना किया। जब भी हिंदुत्व को लड़ाई करनी होगी तो वह डंडे से नहीं अपितु तर्क से लड़ेगा। इसलिए मैं इसके मनाए जाने पर जबरदस्ती प्रतिबंध लगाए जाने के शिव सेना के मत से सहमत नहीं हूँ। दुकानों से कार्डों को छीनना, पोस्टर फाड़ना आदि अश्लीलता और अनैतिकता रोकने का सही तरीका नहीं है। युवाओं में अनैतिकता फैलाने के और भी कई कारक हैं।

## निष्कर्ष

जीवन सुख के लिए एक अनुसंधान है। तो जो भी विचार बिना किसी लागत के जीवन को और अधिक सुखमय बनाए, वह अच्छा है। संत वैलेंटाइन दिवस स्वच्छंदता का उत्सव नहीं है और न ही युवकोचित फैशन का। बुजुर्ग लोग भी इसे किसी प्रतीक या उपहार से मनाते हैं। यह दिन सुखद मौसम में माघ के किसी दिन पड़ता है जो प्रेम, रोमांस और फूलों के मौसम बसंत की तैयारी का समय होता है। माघ एक अत्यंत लोकप्रिय राग भी है। यह मौसम सुरमय रागों, कोमलता, माधुर्य और ओस से परिपूर्ण, आम की मंजरी और कोयल की कूक का होता है। इसी मौसम में प्रसिद्ध होली का पर्व होता है जो हलके तरीके से मानवीय प्रेम को व्यक्त करने का मौका देता है। अत: वैलेंटाइन दिवस में ऐसा क्या गलत है!

□

# 35

# कथन–पूर्व पूर्व है और पश्चिम पश्चिम है और दोनों कभी नहीं मिलेंगे

## पक्ष

### प्रस्तावना

पूर्व और पश्चिम से तात्पर्य दो संस्कृतियों और सभ्यताओं से है। पूर्वी और पश्चिमी सभ्यताएँ आपस में विपरीत ध्रुव में हैं और एक–दूसरे से कई मामलों में भिन्न हैं। इसीलिये प्रसिद्ध लेखक रुडयार्ड किपलिंग ने कहा था कि दोनों कभी मिल नहीं सकतीं। उनका मत बहुत तार्किक और मानने योग्य है यदि उसका विश्लेषण दोनों सभ्यताओं और संस्कृतियों के विशेष लक्षणों और जमीनी यथार्थ के आधार पर करें।

### पूर्व अध्यात्मवाद और पश्चिम भौतिकवाद पर आधारित है

पूर्व के लोग आत्मा के विकास का प्रयास करते हैं और इस भौतिक जीवन के बजाय मृत्यु के बाद के जीवन की चिंता करते हैं। दूसरी तरफ पाश्चात्य लोग पूरी तरह भौतिकवादी होते हैं। वे भविष्य की चिंता नहीं करते अपितु वर्तमान का आनंद लेते हैं। कोई भी देख सकता है कि पश्चिम के लोग सांसारिक सुख, धन, विलासिता और सुविधाओं के दीवाने होते हैं।

### पूर्व और पश्चिमी संस्कृति में अंतर है

पूर्व महान् धार्मिक नेताओं की जन्मस्थली और सभी धर्मों की पोषक रही है। यहीं ईसा मसीह, बुद्ध, महावीर, कंफ्यूशियस, गांधी आदि महान् व्यक्तित्व पैदा हुए और उपदेश दिया। दूसरी ओर पश्चिम आधुनिक विज्ञान और तकनीकी का निवास रहा है। यूरोप ने ही औद्योगिक क्रांति का युग और उसके परिणामी परिवर्तनों को देखा। लोग

मध्यकाल से आधुनिकता की ओर बढ़े। अद्‌भुत आविष्कारों ने प्रकृति की शक्ति के रहस्य का उद्‌घाटन किया।

## पूर्व और पश्चिम स्वभावतः भी दो ध्रुव हैं

पूर्वी लोग सहिष्णु और आत्मबलिदानी होते हैं। वे शांति-प्रेमी होते हैं। वे अपने लाभ को सिद्ध करने के लिए किसी को हानि नहीं पहुँचा सकते। वे परोपकार के लिए खुशी-खुशी कष्ट उठा और बलिदान कर सकते हैं। सहिष्णुता उनकी जन्मजात प्रकृति होती है और वे किसी भी समस्या का हल निकालने के लिए सहिष्णुता को वरीयता देते हैं। लेकिन पाश्चात्यों पर यह बात लागू नहीं होती। वे हिंसक, आक्रामक, झगड़ालू, स्वार्थी, धोखेबाज और धूर्त होते हैं। अपने स्वार्थ को सिद्ध करने के लिए वे किसी भी हद तक जा सकते हैं। भारत पर शासन करते समय ब्रिटिश लोगों ने अपनी इसी दुष्प्रवृत्ति का प्रदर्शन किया। उन्होंने अपने स्वार्थ के लिए भारतीयों को आपस में लड़ाने के लिए बाँटो और राज करो की नीति अपनाई।

## उनकी जीवन-शैली भिन्न है

दोनों में सबसे प्रमुख अंतर यह है कि पूर्वी लोग भावुक, भावप्रवण और दयालु होते हैं जबकि पाश्चात्य लोग परिणामवादी, व्यावहारिक और निष्ठुर होते हैं। ऐसा जलवायवीय और भौगोलिक प्रभाव के कारण है। पश्चिमी क्षेत्र ठंडा होता है और लोग कठोर होते हं किंतु पूर्व अपेक्षाकृत गरम होता है और लोग सहजगामी और ठंडे दिमाग के होते हैं। पूर्वी लोग दिल की बात सुनते हैं जबकि पश्चिम के लोग दिमाग की। दोनों संस्कृतियों में सन्निहित भिन्नता है। पूर्वी लोग अपने माता-पिता का बहुत आदर करते हैं और उन्हें देवताओं से भी ऊपर मानते हैं किंतु पाश्चात्य लोग यह नहीं करते। वहाँ माता-पिता स्वकेंद्रित होते हैं और अपनी संतानों को अपना प्रबंध स्वयं करने के लिए छोड़ देते हैं। परिणामस्वरूप उनकी संतानें भी उनके प्रति आदर नहीं दिखातीं। उनके अंतरंग संबंध ढीले-ढाले और लचीले होते हैं। बुढ़ापे में अधिकतर लोग अपना जीवन एकांत में वृद्ध गृहों में बिताते हैं।

## निष्कर्ष

भूमंडलीकरण के युग में अधिकतर लोग विश्व-संस्कृति के बारे में सोचते हैं और पूर्व और पश्चिम की एकता की बात करते हैं। उनका विचार है कि पूर्व पर पश्चिम का असर पड़ रहा है और वह दिन दूर नहीं है जब दोनों मिल जाएँगे। यह और कुछ नहीं

खयाली पुलाव है। दोनों संस्कृतियों के बुनियादी लक्षण कभी नहीं बदलते। सोचने के तरीकों और जीवन-शैली में कभी परिवर्तन नहीं होता। दोनों कभी नहीं मिल सकते।

## विपक्ष

### प्रस्तावना

यहाँ पूर्व और पश्चिम से आशय दिशाओं से नहीं अपितु दो महाद्वीपों यूरोप और एशिया से है। यह विचार प्रसिद्ध लेखक रुडयार्ड किपलिंग के पूर्वग्रह पर आधारित है जिसने भविष्यवाणी की थी कि वे कभी नहीं मिल सकते। इसका यह अर्थ था कि दोनों संस्कृतियों के लोगों को एक ही धरातल पर नहीं रखा जा सकता। रुडयार्ड किपलिंग के इस पूर्वग्रह में प्रजातीय श्रेष्ठता और औपनिवेशिक दृष्टिकोण का पुट है। वे भारत में उस समय रहे जब यह ब्रिटिश साम्राज्य का भाग था। वह साम्राज्यवादी उपनिवेश का युग था। अधिकतर एशियाई देश ब्रिटिश साम्राज्य की अधीनता में थे। अतः इस तरह के विचार रखना स्वाभाविक था।

### पाश्चात्य लोग पूर्वी लोगों से श्रेष्ठ नहीं हैं

सामान्यतः लोग मानते हैं कि पाश्चात्य लोग पूर्वी लोगों से श्रेष्ठ हैं क्योंकि वे विज्ञान और तकनीकी के अग्रदूत हैं जो कि विश्व में आधुनिक युग के विकास का कारण है। पश्चिमी देशों के लोग भौतिकवादी व्यावहारिक, शोधोन्मुखी और पूर्वी लोगों के मुकाबले अधिक अग्रगामी हैं। पूर्वी लोग पाश्चात्यों के मुकाबले कहीं नहीं ठहर सकते। किंतु यह बात पूरी तरह दुष्प्रचार है।

### पूर्व के लोग धर्मोन्मुखी और भावुक होते हैं

पश्चिम के लोगों का विचार है कि पूर्वी लोग आध्यात्मिक, अंधविश्वासी, ईश्वर-भीरु और शांतिकामी होते हैं। वे लोग परंपरा से बँधे हुए और अप्रगतिशील होते हैं। दोनों के सांस्कृतिक लक्षणों में निहित भिन्नता है। अतः वे समानता के सामान्य मंच को साझा नहीं कर सकते। लेकिन यह सत्य नहीं है।

### प्रेम और शांति मानव के अस्तित्व की पूर्व दशाएँ हैं

आज पश्चिमी समाज गंभीर रूप से विक्षिप्त है। पारिवारिक जीवन में गंभीर उतार-चढ़ाव हैं। अत्यधिक धन और भौतिकवादी दृष्टिकोण दुःख और शोक के स्रोत हैं। अब वे मानसिक सुकून और आध्यात्मिक शांति की तलाश में इधर-उधर भटक रहे

हैं। इलाहाबाद में वर्ष 2013 में संपन्न हुए महाकुंभ मेले में हमने बड़ी संख्या में विदेशी नागरिकों की भागीदारी देखी। बुद्ध, महावीर, कंफ्यूशियस और गांधी जैसे धार्मिक नेताओं ने पूरी मानवता के लिए प्रेम, विश्व-शांति का संदेश दिया जो कि मानव सभ्यता के अस्तित्व की अनिवार्य पूर्व दशा है।

## साम्राज्यवादी नीति ने पूर्वी देशों की प्रगति को रोका

एशिया के दो देश जापान और चीन कई यूरोपीय देशों के मुकाबले विज्ञान और तकनीक में किसी भी तरह पिछड़े नहीं हैं। यहाँ तक कि भारत की भी शून्य और दशमलव की खोज का भी महत्त्व कम नहीं किया जा सकता। किसी समय सिंधु घाटी सभ्यता विश्व की श्रेष्ठ सभ्यताओं में थी जबकि उस समय पाश्चात्यों ने सभ्यता की रोशनी भी नहीं देखी थी। वास्तव में उन्होंने मध्ययुग में पूर्वी देशों की प्रगति को रोकने में प्रमुख भूमिका निभाई और अपनी भौतिक साधना, सुविधा और लोलुपता के लिए राष्ट्रों का शोषण किया। उन्होंने साम्राज्यवाद और उपनिवेशवाद का कार्य आगे किया जो कि पूर्व की प्रगति रोकने का साधन बने।

## अब अंतर मिट रहा है

भूमंडलीकरण और उदारवादी अर्थव्यवस्था के युग में पूर्वी और पश्चिमी देशों के बीच यह अंतर तेजी से कम हो रहा है। काफी हद तक यह अंतर पट गया है। दोनों हाथ मिला रहे हैं। पूर्वी देशों का प्रतिभा पलायन पश्चिमी देशों के विकास का प्रमुख कारण है। पश्चिम अकेले अपनी श्रेष्ठता की डींग नहीं हाँक सकता। पूर्व अपनी प्रतिभाशक्ति और मानवशक्ति से इसकी प्रगति को संपूरित करता है।

## निष्कर्ष

दोनों में से कोई भी संस्कृति दूसरे से श्रेष्ठता का दावा नहीं कर सकती। वास्तव में दोनों अपनी ही सांस्कृतिक विशिष्टता से बँधे हैं और वैश्विक संस्कृति के विकास में योगदान दे रहे हैं। एक पूर्ण संस्कृति तभी विकसित हो सकती है जब भौतिकवाद अध्यात्मवाद से मिलाया जाए अन्यथा तीसरा विश्वयुद्ध कोई भी नहीं टाल सकता। अत: पूर्व की पश्चिम से और पश्चिम की पूर्व से भविष्य में भेंट होनी ही है।

□

# 36

# कथन—भारत में संकट नैतिक है आर्थिक नहीं

## पक्ष

### प्रस्तावना

जी हाँ, भारत में संकट आर्थिक नहीं बल्कि नैतिक है। कोई भी नैतिक स्तर में तेज गिरावट देख सकता है। दुर्भाग्य से हमारा देश जीवन के प्रत्येक क्षेत्र में गंभीर नैतिक संकट से गुजर रहा है। लोगों का जीवन दयनीय हो गया है।

### हम अपने अतीत को भूल गए हैं

भारत बहुत बड़ा और प्राचीन देश है। उसकी गौरवपूर्ण संस्कृति और सभ्यता का समृद्ध इतिहास है। लोग अकसर इसके स्वर्णिम अतीत की डींग हाँकते हैं। अतीत में लोग सच्चे, ईमानदार, सहयोगी, दृढ़ चरित्रवाले होते थे। वे उच्च नैतिक स्तर के लिए जाने जाते थे। बहुत सावधानी से संबंध बनाए रखे जाते थे। संतों, माता-पिता, बड़े भाई-बहनों और संबंधियों को बहुत सम्मान दिया जाता था। मानव मूल्यों को बहुत महत्त्व दिया जाता था। लेकिन धीरे-धीरे लोगों में लोभ, स्वार्थपरता, धोखाधड़ी और दुष्टता रागाती गई। इसी से लोगों के राजनीतिक, आर्थिक और सामाजिक मानदंडों में परिवर्तन हुए।

### धूर्तता के कृत्य ने भारतीय इतिहास की धारा बदल दी

नैतिक पतन का पहला बड़ा कार्य जयचंद की धूर्तता में देखा जा सकता है। ईर्ष्या और नफरत के कारण जयचंद ने युद्ध में पृथ्वीराज चौहान का विरोध किया और मोहम्मद गौरी का साथ दिया। इसके दूरगामी परिणाम हुए और इतिहास की धारा

बदल गई। हिंदू राज्य के युग का अंत हुआ। भारत में सल्तनत शासन का आरंभ हुआ।

मीर जाफर जैसे लोगों ने इतिहास के पृष्ठों में गद्दारों की सूची में अपना नाम लिखा लिया क्योंकि उसने मीर कासिम को धोखा देकर प्लासी की लड़ाई में अंग्रेजों का साथ दिया जिससे भारत में अंग्रेजी राज का मार्ग प्रशस्त हुआ। यह क्या दिखाता है ? निश्चित ही यह नैतिकता और चरित्र के निचले स्तर का उदाहरण है जिसने भारत को दीर्घ अवधि के लिए गुलामी के बंधन में बाँध दिया। निस्संदेह, पूरे देश को इस गद्दारी का भारी मूल्य चुकाना पड़ा।

## राजनीतिज्ञों में नैतिक संकट से विकास बाधित होता है

आज भी स्थितियाँ अधिक बदली नहीं हैं क्योंकि जीवन के हर क्षेत्र में नैतिक संकट फैल गया है। राष्ट्र के निर्माता राजनीतिज्ञ नैतिक संकट से ग्रस्त हैं। वे चुनाव जीतने और सत्ता पाने के लिए नीचतापूर्ण तरीके अपनाते हैं। भ्रष्टाचार के कारण देश का विकास बाधित होता है। वे रिश्वत लेते हैं और देश के सच्चे विकास के लिए कोई प्रयास नहीं करते। प्रतिदिन हम घोटालों और घपलों के बारे में सुनते रहते हैं। क्या यह नैतिक संकट का चरम नहीं है कि जो पैसा बाँधों, सड़कों, उद्योगों और कारखानों में लगना चाहिए, वह राजनीतिज्ञों की जेबों में पहुँच जाता है।

## नैतिकता में महान् शक्ति है

यदि लोग ईमानदार व विश्वसनीय हों तो हमारे राष्ट्र का सही अर्थों में विकास होगा। आज भी यहाँ सच्ची राष्ट्रीयता विकसित नहीं हुई है। हर जगह विविधता फैली है। भारत में उस तरह की राष्ट्रीय भावना नहीं है जैसी कि जापान के लोगों में है। वे देश के लिए ही जीते हैं और देश के लिए मरते हैं। दिन-प्रतिदिन विदेशी हस्तक्षेप बढ़ रहा है। सब तरफ आतंकवाद फैला है। लोग देश के अंदर आतंकवाद को उकसा रहे हैं। यह नैतिकता का निम्नतम बिंदु है।

## हमारा समाज नैतिक संकट से ग्रस्त है

हमारे देश में सामाजिक, पारिवारिक और शैक्षिक क्षेत्र में असाधारण गिरावट देखी जा सकती है। आज छात्र अपने विद्यालयों और महाविद्यालयों में शिक्षकों का आदर नहीं करते। अकसर अपने शिक्षकों से हाथापायी करते हैं। कभी-कभी तो गुरु-शिष्य के संबंधों की नजाकत की भी धज्जियाँ उड़ा देते हैं। शिक्षकों की बात तो छोड़िए, माता-पिता तक को उचित आदर नहीं दिया जाता। अकसर वयोवृद्ध माता-पिताओं की उपेक्षा की जाती है। कभी-कभी वे अपने पुत्रों द्वारा घर से बाहर कर दिए जाते

हैं। यह सब क्या दिखाता है ? क्या यह हमारे पारिवारिक जीवन और समाज में नैतिक संकट नहीं है ? क्या ऐसा समाज विकसित कहा जा सकता है ? बिना स्वस्थ और दृढ़ परिवारों के कोई राष्ट्र शक्तिशाली नहीं बन सकता।

### निष्कर्ष

नैतिक संकट जिससे आज हमारा देश जूझ रहा है, आर्थिक संकट से बड़ा है। अब समय आ गया है कि जनता के सामने सामाजिक और आर्थिक जीवन के उच्च नैतिक मानदंड स्थापित किए जाएँ। दुरुस्त नैतिकतावाले लोग अपने परिवार, समाज और राष्ट्र के लिए बहुत कुछ कर सकते हैं।

## विपक्ष

### प्रस्तावना

नहीं, मैं इस कथन से सहमत नहीं हूँ कि भारत में संकट आर्थिक न होकर नैतिक है। वास्तव में हमारा देश आर्थिक संकट से ग्रस्त है, न कि नैतिक संकट से।

### भारत में नैतिकता का दृढ़ आधार है

भारत में प्राचीन संस्कृति और सभ्यता की शानदार परंपरा है। आध्यात्मिकता और नैतिकता में आज भी यह विश्व का नेता कहा जा सकता है। इसने अनेक आध्यात्मिक नेता, संत और साधु पैदा किए हैं जिन्होंने शांति, प्रेम, सहयोग और मानवता का उपदेश दिया है। यही वह भूमि है जहाँ ब्राह्मणवाद, बौद्ध और जैन धर्मों ने जन्म लिया और राष्ट्र की सीमा पार करके पूरे विश्व में फैले।

### भारत विविधताओं का देश है

तुलनात्मक दृष्टि से भारत विश्व के अन्य देशों से नैतिक रूप से अधिक समृद्ध है। यहाँ विद्यार्थी अपने अध्यापक का बहुत अधिक सम्मान करते हैं। स्थानीय बातचीत में उन्हें गुरु कहा जाता है जिनका समाज में बहुत सम्मान होता है। यहाँ लोग ईमानदार, धर्मोन्मुखी और ईश्वर-भीरु होते हैं। वास्तव में ब्रिटिशों ने, जिन्होंने भारत पर शासन किया, भारतीयों को झूठे, ठग और गद्दार कहकर बदनाम किया। गद्दार हर समाज में होते हैं। यदि हमारे यहाँ जयचंद और मीर जाफर हैं तो राणा प्रताप और रानी लक्ष्मीबाई भी हैं जिन्होंने सार्वजनिक जीवन में उच्च नैतिक मानदंडों को स्थापित किया।

## भारत एक गरीब देश कहा जाता है

वास्तव में हमारे पिछड़ेपन का कारण नैतिक नहीं, आर्थिक है। भारत एक गरीब देश है। सत्तर प्रतिशत से अधिक लोग गरीबी रेखा से नीचे रहते हैं। केवल मुट्ठी भर लोग खर्चीला और स्तरीय जीवन जीते हैं, शेष लोग अमानवीय जीवन जीने को विवश है। यदि हम यहाँ गरीबी देखना चाहते हैं तो हम गाँव में देख सकते हैं, जहाँ लोग अधम जीवन जीने को विवश हैं। वे मिट्टी और खपरैल की झोपड़ियों में रहते हैं और पेयजल, भोजन और वस्त्र जैसी बुनियादी वस्तुओं से भी वंचित हैं। अधिकतर लोग जाड़े के दिनों में चिथड़े कपड़ों में काँपते हुए देखे जाते हैं और जाड़ा प्रतिवर्ष सैकड़ों जानें ले लेता है।

## आर्थिक असमानता भारत की सामाजिक व्यवस्था में देखी जा सकती है

नगरों में भी सबकुछ ठीक नहीं है। पॉश कॉलोनियों में जीवन स्तर बहुत ऊँचा हो सकता है किंतु उसका सामान्यीकरण नहीं किया जा सकता। झुग्गी बस्तियों में जीवन विस्मित कर देनेवाला है। वहाँ के निवासी अमानवीय जीवन जीने के लिए विवश हैं। अर्धनग्न बच्चों का कचरे में भोजन तलाश करना या बरात के जूठन में से खाद्य निकालना शहरों में आम दृश्य है। ऐसे समाज पर गर्व नहीं किया जा सकता जिसमें समाज का एक वर्ग अत्यंत समृद्ध हो और दूसरा वर्ग भूखों मर रहा हो। क्या भूखे आदमी को नैतिकता का पाठ पढ़ाना उचित होगा? कहावत है कि भूखा आदमी भजन नहीं गा सकता। आर्थिक आजादी जीवन के लक्ष्यों में से एक है और प्रत्येक राज्य लोगों की आवश्यकता पूरी करने के लिए कटिबद्ध है।

## निर्धनता कई सामाजिक बुराइयों की जननी है

कुछ लोग निर्धनता के कारण कमाई के गलत तरीके अपना लेते हैं। कुछ लोग अनुचित व्यवसाय अपना लेते हैं तो कुछ लोगों को ठगते हैं। कुछ लोग भीख माँगने को विवश हैं। हमारे देश में भिखारियों की भारी भीड़ है। लोगों का एक बड़ा हिस्सा भिक्षावृत्ति से निर्वाह करता है क्योंकि उसके पास अपने को जीवित रखने के लिए और कोई उपाय नहीं है। आर्थिक विषमता अपराध प्रवृत्ति को बढ़ावा देती है और सामाजिक बुराइयों को जन्म देती है। बालश्रम, भिक्षावृत्ति, वेश्यावृत्ति, चोरी और यहाँ तक कि नक्सलवाद, गरीबी, भूमि के असमान वितरण और आर्थिक विषमता के उप-उत्पाद हैं।

## निष्कर्ष

साधु-संत और पुरोहित नैतिकता और चरित्र का उपदेश दे सकते हैं किंतु वे देश में आर्थिक समृद्धि नहीं ला सकते। भारत आर्थिक संकट का सामना कर रहा है क्योंकि उसकी आबादी बेहद तेजी से बढ़ रही है। बेरोजगार युवाओं की संख्या तेजी से बढ़ रही है। भूमंडलीकरण और उदारवाद की प्रवृत्ति बढ़ने से आर्थिक संकट और गहरा रहा है। बहुराष्ट्रीय कंपनियों ने यहाँ अपने पैर मजबूती से जमा लिए हैं जिससे देशी उद्योग-धंधे चौपट हो गए हैं। वास्तव में भारत आगे आनेवाले दिनों में गंभीर आर्थिक कठिनाइयों में पड़ सकता है।

□

# 37

# कथन–भारत अभी तक औपनिवेशिक ढाँचे से बाहर नहीं आया है

## पक्ष

### प्रस्तावना

भारत ने ब्रिटिशों से 56 वर्ष पूर्व स्वतंत्रता प्राप्त की। इसका मतलब है हमने आधी शताब्दी से अधिक समय तक स्वतंत्रता का सुख उठाया है किंतु अभी भी हम औपनिवेशिक प्रभाव से बाहर नहीं आए हैं। ब्रिटिशों द्वारा स्थापित व्यवस्था अभी भी किसी-न-किसी रूप में प्रचलित है। यह ठीक ही कहा गया है कि भारत अभी औपनिवेशिक ढाँचे से बाहर नहीं आया है।

### हमारा शैक्षिक ढाँचा घिसा-पिटा है

हमारी शिक्षा व्यवस्था महान् ब्रिटिश शिक्षाविद् मैकाले के तरीकों पर आधारित है। उन्होंने यह व्यवस्था अपनी आवश्यकताओं के आधार पर विकसित की थी। उन्हें अपने कार्यालय में बाबुओं की आवश्यकता थी। इस व्यवस्था की कमी ने भारतीयों को प्रशासक, चिंतक, राजनीतिज्ञ, इंजीनियर और डॉक्टर बनने में अक्षम बनाया। स्वतंत्रता के बाद देश को अपनी घरेलू आवश्यकताओं के अनुसार अपनी शैक्षिक नीति और कार्यक्रम विकसित करने चाहिए थे किंतु हमने वैसा नहीं किया।

### अभी भी अंग्रेजी सब जगह बोली जा रही है

स्वाधीनता के बाद हिंदी को राष्ट्रीय भाषा की मान्यता प्रदान की गई किंतु यह आज भी सारे देश में व्यापक रूप से स्वीकृत नहीं है। अधिकतर राज्यों में सरकारी कार्य या तो अंग्रेजी में किया जाता है या क्षेत्रीय भाषाओं में। हिंदी भारतीयता का प्रतीक है

लेकिन लोग इस भाषा में बात करने में हिचकिचाते हैं। क्या हम कह सकते हैं कि हम औपनिवेशिक प्रतीकों को छोड़ चुके हैं।

### हमारा संविधान विदेशी संविधानों की नकल है

स्वाधीनता के बाद हमने अपना संविधान स्वीकार किया। लेकिन हमारा संविधान ब्रिटिश संविधान की अनुकृति है। खराब तत्त्वों को राजनीति में आने से रोकने के लिए कोई भी कदम नहीं उठाया गया है। यहाँ तक कि कोई निरक्षर व्यक्ति भी सार्वजनिक पद धारण करके समाज पर अपनी शर्तें थोप सकता है। कुंठा और निराशा के कारण आज भी लोग अतीत प्रेम की भावना में ब्रिटिश शासन के लौटने की कामना करते हैं।

### अभी भी सामाजिक जीवन पर विदेशी शासन का प्रभाव है

हम अपने सामाजिक जीवन पर ब्रिटिश शासन का प्रभाव देखते हैं। हम पाश्चात्य सभ्यता द्वारा प्रभावित हैं। लोगों के मध्य अभी भी अंग्रेजी तौर-तरीके लोकप्रिय हैं। आभिजात्य समाज पूरी तरह से पश्चिमी हो चुका है और पाश्चात्य संस्कृति की भोंड़ी नकल करने में गर्व महसूस करता है। यह प्रभाव उनके परिधान और जीवन पद्धति में देखा जा सकता है। अभी भी धर्म के नाम पर सांप्रदायिक दंगे होते रहते हैं जो कि ब्रिटिश राज्य का एक लक्षण था। स्वतंत्रता के कई वर्षों बाद भी हम अभी तक सौहार्दपूर्ण सामाजिक वातावरण नहीं बना पाए हैं।

### निष्कर्ष

औपनिवेशिक शासन का प्रभाव जीवन के हर क्षेत्र में फैला है। हम ऐसी स्वदेशी, राजनीतिक, आर्थिक और शैक्षिक प्रणाली विकसित करने में असफल रहे हैं जो कि हमारी आवश्यकताओं को पूरा कर सके। हमें स्वतंत्र और आत्मनिर्भर बनने के लिए अपने चेहरे से उपनिवेशवाद के सारे लक्षण साफ करने होंगे। अन्य लोग हमारे तौर-तरीकों की नकल करें। हमें अब और अधिक अनुसरण की आवश्यकता नहीं है।

## विपक्ष

### प्रस्तावना

हमारा देश भारत 15 अगस्त, 1947 को ब्रिटिश शासन से मुक्त हुआ। तब से आधी शताब्दी बीत गई किंतु आरोप लगाया जाता है कि हम अभी भी औपनिवेशिक ढाँचे से बाहर नहीं आए हैं। यह सत्य नहीं है। आज भारत स्वतंत्र और शक्तिशाली देश है और

अपने सभी कार्य निपटाने के लिए पर्याप्त आत्मनिर्भर है तथा इस पर औपनिवेशिक शासन का कोई धब्बा नहीं है।

## भारत ने कई आक्रमण सहे

भारत का एक लंबा और उतार-चढ़ाववाला इतिहास रहा है। विभिन्न राष्ट्रों के लोगों ने इसे अपने हमले का निशाना बनाया। आर्यों के आक्रमण के समय से इसने अनेक आक्रमण सहे किंतु कालांतर में यह सांस्कृतिक समन्वय का केंद्र बन गया जिससे एक मिली-जुली संस्कृति विकसित हुई। लेकिन ब्रिटिश राज अलग तरह का था। वे वाकई विदेशी थे जिनका उद्देश्य येन-केन-प्रकारेण इस देश की संपत्ति को लूटना था। उनका शासन 300 वर्ष से अधिक चला। यह निर्णायक रहा है फिर भी यह कहना सही नहीं है कि देश अभी भी औपनिवेशिक ढाँचे से बाहर नहीं आया है।

## भारतीय विदेशियों की तरह ही अच्छे हैं

आज हम विविध क्षेत्रों में आत्मनिर्भर हैं। वास्तव में हमने ब्रिटिशों के भ्रम को तोड़ दिया है जिसके कारण वे हमारे देश को ठगों, सपेरों, झूठे लोगों और नटों का देश कहकर आलोचना करते थे और प्रशासनिक दक्षता एवं क्षमता की कमी का मजाक उड़ाते थे। लेकिन यह भ्रम टूट चुका है। स्वतंत्रता के बाद भारत ने सांस्कृतिक विविधतावाले बड़े लोकतांत्रिक देश के रूप में अपनी गतिविधियों के प्रबंधन में पर्याप्त कौशल का परिचय दिया है।

## विश्व का सबसे बड़ा लोकतांत्रिक राज्य

भारत के ही एक अंग पाकिस्तान ने भारत के साथ ही स्वतंत्रता प्राप्त की किंतु भारत की तरह लोकतंत्र बचाए नहीं रख सका। भारत को विश्व का सबसे बड़ा लोकतांत्रिक राष्ट्र माना जाता है। हमें विशिष्ट संस्कृति और परंपरावाला राष्ट्र माना जाता है और हमने विविधता के बीच शांतिपूर्ण सह-अस्तित्व का उदाहरण स्थापित किया है।

## हमारी अर्थव्यवस्था विकास कर रही है

भारत ने 8 प्रतिशत की संवृद्धि दर प्राप्त कर ली है जो विकासशील अर्थव्यवस्था का लक्षण है। कृषि के क्षेत्र में भी हमने आत्मनिर्भरता प्राप्त कर ली है। अब हम अपने देशवासियों को खिलाने लायक पर्याप्त खाद्यान्न पैदा कर रहे हैं।

## हमने अपना विज्ञान और तकनीकी विकसित कर ली है

विज्ञान और तकनीकी के क्षेत्र में हमने आश्चर्यजनक विकास कर लिया है। यदि हम औपनिवेशिक प्रभाव में होते तो क्या विश्वव्यापी विरोध के बावजूद हम साहस के साथ दूसरा आणविक विस्फोट कर पाते? हमने सं.रा. अमरीका के निर्देशों के विपरीत सी.टी.बी.टी. संधि पर हस्ताक्षर नहीं किए। भारतीय अब किसी भी अनहोनी और धमकी का सामना करने के लिए मुखर हैं और किसी भी शत्रु राष्ट्र को समुचित उत्तर दे सकते हैं।

## हिंदी हमारी राष्ट्रभाषा बन गई है

ऐसा आरोप लगाया जाता है कि भारत औपनिवेशिक प्रभाव से बाहर नहीं आया है क्योंकि अधिकतर राज्यों में अंग्रेजी व्यापक रूप से बोली और समझी जाती है। यद्यपि यह तथ्य है कि अधिकतर कार्यालयों में कार्य अंग्रेजी में किए जाते हैं तथापि हमारी राष्ट्रीय भाषा हिंदी लोकप्रियता हासिल कर रही है और आनेवाले दिनों में अंग्रेजी का स्थान ले लेगी।

## निष्कर्ष

तमाम बाधाओं और रुकावटों के बावजूद एक स्वतंत्र और शक्तिशाली भारत की अवधारणा वास्तविकता बन चुकी है। भारत अपनी शक्ति पर आगे बढ़ रहा है। अन्य संस्कृतियों और सभ्यताओं के अच्छे लक्षणों की नकल करना बुरा नहीं है। अगर किसी के पास बेहतर गुण हैं तो उन्हें अपनाने में आखिर क्या हर्ज है! भारत ने विश्व पर अमिट प्रभाव डाला है। निश्चित ही स्वतंत्र भारत औपनिवेशिक प्रभाव और ढाँचे से बाहर आ चुका है।

□

# 38

# कथन—क्या भारत को किसी अन्य तरह की शासन प्रणाली को अपनाना चाहिए?

## पक्ष

### प्रस्तावना

जी हाँ, भारत को किसी अन्य प्रकार की सरकार को अपनाना चाहिए। सरकार का वर्तमान स्वरूप पुराना पड़ चुका है और कई दोषों से ग्रस्त है। यह समय के अनुरूप नहीं है।

### संसदीय प्रणाली की सरकार त्रुटि रहित नहीं है

सामान्य दृष्टिकोण यह है कि भारत में लोकतंत्र फल-फूल रहा है और इस प्रकार के शासन को कोई खतरा नहीं है। कुछ भारतीयों का दावा है कि भारत में लोकतंत्र को कोई खतरा नहीं है और इसका भविष्य उज्ज्वल है। उनका यह भी मानना है कि सैनिक तानाशाह आतंक का शासन फैला रहे हैं, यहाँ लोकतंत्र सुरक्षित और शांत चाल से चल रहा है। वे इंदिरा गांधी के आंतरिक आपातकाल की अवधि का उदाहरण देते हैं जिससे लोग नफरत करते थे और अंत में उन्हें शासन से हटा दिया गया। किंतु हमारा लोकतंत्र आदर्श नहीं है। इसमें गंभीर कमियाँ और खोट हैं। राजनीतिक और सामाजिक हालात भी संतोषजनक नहीं हैं। जब हम समाज में व्याप्त अराजकता पर विचार करते हैं तो हम लोकतंत्र के भविष्य पर शंकालु हो जाते हैं। हम संदेह से भर उठते हैं और हमारे मस्तिष्क में कई सवाल उठने लगते हैं। इसके भविष्य को अंधकारमय बनाने के लिए कई कारक उत्तरदायी हैं।

## निरक्षरता एक प्रमुख कमी है

हमारे लोकतांत्रिक ढाँचे में निरक्षरता पहला घातक घाव है। निरक्षर लोगोंवाला लोकतंत्र नहीं चल सकता। निरक्षर जनता में अधिक चेतना नहीं होती। उनके अज्ञान का शोषण कर लेना बहुत आसान है। अधिकतर लोग अपने मतों का महत्त्व नहीं समझते। वे उन व्यक्तियों के पक्ष में मत दे देते हैं जो उन्हें धन और शराब की बोतल देते हैं। धनी व्यक्ति धन-शक्ति से उनके मत खरीद लेता है। इसके अलावा मतदाता अपने मत गुणों पर न देकर जाति, धर्म और समुदाय के आधार पर देते हैं।

## राजनीतिज्ञ नैतिक संकट से ग्रस्त हैं

हमारे लोकतंत्र को सत्ता के भूखे राजनीतिज्ञ नीचा दिखाते हैं। ये राजनीतिज्ञ सत्ता के लिए कोई भी निंदनीय और हास्यास्पद कार्य कर सकते हैं। उनका एकमात्र ध्येय सत्ता को प्राप्त करना और उसका सुख लेना है। उनका जनता और राष्ट्र के कल्याण और विकास से कुछ लेना-देना नहीं है। कोई भी राजनीतिज्ञ भ्रष्टाचार, भाई-भतीजावाद और पक्षपात से मुक्त नहीं है। राजनीतिक लाभ के लिए वे किसी भी निम्न स्तर तक जा सकते हैं। एक बार कुरसी हड़पने में सफल हो जाने पर वे स्वयं को ईश्वर समझने लगते हैं और चुनाव प्रचार के दौरान जनता से किए गए वायदों को भूल जाते हैं। जब उनके स्वार्थ टकराते हैं तो वे मूल दल भूलकर अन्य समूह में दाखिल हो जाते हैं। उन लोगों में नैतिक संकट है।

## अराजकता बढ़ रही है

हिंसा लोकतंत्र की भावना और प्रकृति का निषेध है। दुर्भाग्य से यह जीवन का ढर्रा बन गई है। आए दिन हम विभिन्न राजनीतिक दलों द्वारा आयोजित बंद, धरना, घेराव, जुलूस, दंगे आदि देखते हैं। वे अपने मामले सभा में नहीं बल्कि सड़क पर निपटाते हैं। जनसामान्य का इसमें बहुत नुकसान होता है। बुरे तत्त्वों की हमेशा पौ बारह रहती है और तुच्छ कारणों से जनता की शांति छीन लेते हैं।

## विपक्ष प्रहरी की भूमिका निभाने में असमर्थ है

यह कहने की आवश्यकता नहीं है कि लोकतंत्र में विपक्ष जीवंत भूमिका निभाता है। किंतु दुर्भाग्य से यहाँ वह बहुत ही असंगठित रूप में है। वे लोकतंत्र के प्रहरी की तरह कार्य नहीं करते अपितु हमेशा सरकार गिराने और अपनी सरकार बनाने के अवसर की ताक में रहते हैं। जनता पर मध्यावधि चुनाव थोप दिया जाता है। कहने की आवश्यकता

नहीं है कि इस सबका बोझ निर्दोष जनता उठाती है। हमारा देश 5 वर्ष की निर्धारित अवधि में एक से अधिक चुनाव का खर्च नहीं उठा सकता।

## चुनाव प्रसहन हो गए हैं

बूथ लूटना, चुनावी कुरीतियाँ और बेईमानियाँ आम बातें हो गई हैं। विद्वान् और ईमानदार व्यक्ति राजनीति में नहीं आते क्योंकि वे चुनाव नहीं जीत पाते। आपराधिक पृष्ठभूमिवाले व्यक्ति अपने बाहुबल के आधार पर येन-केन-प्रकारेण चुनाव जीत लेते हैं। निश्चय ही उनके हाथों में लोकतंत्र का भविष्य सुरक्षित नहीं है। पिछले दस वर्षों में देश में अपराध का ग्राफ उठता रहा है।

## हमारे लोकतांत्रिक निकाय में भ्रष्टाचार बहुत गहरी पैठ कर चुका है

जीवन का कोई क्षेत्र ऐसा नहीं है जो भ्रष्टाचार से मुक्त हो। यह कैंसर की तरह से पूरी व्यवस्था को सड़ा रहा है। क्षेत्रीय दलों का अचानक उत्थान भी हमारे लोकतंत्र के लिए खतरा है। हमारे राजनीतिक चिंतकों ने सरकार के वैकल्पिक प्रकार के बारे में सोचना प्रारंभ कर दिया है।

## निष्कर्ष

लोकतंत्र को ठीक ही—मूर्खों की मूर्खों द्वारा मूर्खों के लिए चुनी सरकार कहा गया है। जितनी जल्दी इसके स्थान पर अन्य प्रकार की सरकार आ जाए, राष्ट्र के लिए उतना ही अच्छा होगा।

# विपक्ष

## प्रस्तावना

जी नहीं, भारत को किसी अन्य प्रकार की सरकार नहीं अपनानी चाहिए। वर्तमान संसदीय प्रणाली की सरकार भारतीय वातावरण और जनमानसिकता के लिए बिल्कुल उपयुक्त है।

## लोकतंत्र भारतीय वातावरण के लिए उपयुक्त है

लोकतंत्र एक स्वस्थ विचार है और भारतीय मानस में गहराई तक समाया हुआ है। हमारे देश में मिली-जुली संस्कृति और परंपरा है। विभिन्न जाति, समुदाय, धर्म और विश्वास के लोग यहाँ रहते हैं। यह कहा जाता है कि यहाँ विविधता में एकता है। हमारी

संसद् का ढाँचा इस प्रकार का तैयार किया गया है कि यह विभिन्न प्रकार के क्षेत्रों और धर्मों का प्रतिनिधित्व करती है। अगर कोई परिवर्तन लागू किया गया तो संतुलन गड़बड़ा जाएगा और उसका हमारी एकता पर प्रतिकूल असर पड़ेगा।

## अध्यक्षीय प्रणाली की सरकार

आइए विभिन्न प्रकार की सरकारों पर विचार करें। पहले अध्यक्षीय प्रणाली की सरकार पर विचार करें। यह अमरीका जैसे सबसे विकसित देश में प्रचलन में है। यह प्रणाली उन देशों में सफल है जहाँ साक्षरता की दर ऊँची है। यहाँ राष्ट्रपति बहुत अधिक शक्ति और प्रभाव रखता है। यदि भारत में किसी एक व्यक्ति को इतनी शक्ति दे दी जाए तो उसके निरंकुश हो जाने की आशंका से इनकार नहीं किया जा सकता।

## तानाशाही प्रकार की सरकार

बढ़ते हुए भ्रष्टाचार के माहौल में अधिकांश समय लोग सैनिक शासन की बात करते हैं। सामान्यत: सेना के जनरल शासन का प्रभार अपने हाथों में ले लेते हैं। कुछ समय बाद वे तानाशाह हो जाते हैं और जनता की वाणी का गला घोंट देते हैं। यहाँ तक कि जीवन, समता और वाणी की स्वतंत्रता जैसे भौतिक अधिकारों तक का अपहरण कर लेते हैं। हमारे पड़ोसी देश पाकिस्तान में शासनसूत्र सैनिक जनरल ने अपने हाथों में ले लिया। पाकिस्तान में सैनिक शासन किसी भी रूप में बेहतर प्रशासन का उदाहरण बनने में असफल रहा। देश गहन वित्तीय संकट और आतंकवाद की जकड़ में है। वहाँ अराजक स्थितियाँ विद्यमान हैं। सैन्य सत्ता अधिग्रहण वहाँ एक नियमित लक्षण हो गया है।

## साम्यवादी प्रकार की सरकार

सरकार का एक अन्य रूप साम्यवादी सिद्धांतों पर आधारित है। किंतु रूस में हाल के घटनाक्रम ने इसकी व्यावहारिकता पर प्रश्न खड़े कर दिए हैं। पूर्ववर्ती सोवियत संघ बिखर गया है। वहाँ साम्यवाद दयनीय रूप से विफल हो गया है। यहाँ तक कि चीन में शासन का रूप पूँजीवादी अर्थव्यवस्था के अनुसार ढाल दिया गया है जिसने साम्यवाद के मूल ढाँचे में मौलिक परिवर्तन कर दिया है। राज्य के स्वामित्व की अवधारणा को जबरदस्त झटका लगा है।

## राजतंत्रीय प्रकार का शासन

आज भी कुछ राज्यों में राजतंत्रीय सरकार का अस्तित्व है। राजा या रानी राज्य का

मुखिया होता है और मंत्रिपरिषद्, जिसमें सामान्य जनता के प्रतिनिधि होते हैं, की मदद से शासन चलाते हैं। कुछ देशों में सारी सत्ता राजा के हाथों में होती है जिन्हें निरंकुश राजतंत्र कहा जाता है। भारत में इस तरह का शासन नहीं रह सकता।

## निष्कर्ष

निश्चय ही भारत में विद्यमान संसदीय प्रणाली का शासन सबसे उपयुक्त है। भारत बहुप्रजातीय और बहु धर्मों का देश है। यहाँ विविध प्रकार की जाति, समुदाय, विश्वास के लोग रहते हैं किंतु एक ही संस्कृति और सभ्यता को साझा करते हैं। जनता कई मौलिक अधिकारों का उपभोग करती है जो कि अन्य प्रकार की सरकारों में नहीं मिलते। बस एक बार साक्षरता दर बढ़ जाए तो स्वस्थ लोकतंत्र का विकास होगा और प्रतिनिधि अधिक उत्तरदायी होंगे। एक बार लोग सतर्क और अपने अधिकारों के बारे में जागरूक हो जाएँ तो भ्रष्टाचार का कोई स्थान नहीं होगा। इसलिए किसी अन्य प्रकार की सरकार को अपनाने की आवश्यकता नहीं है।

□

# 39

# कथन—क्या आरक्षण होना चाहिए?

## पक्ष

### प्रस्तावना

जी हाँ, मैं इस विचार का समर्थन करता हूँ कि अनुसूचित जाति, अनुसूचित जनजाति तथा अन्य पिछड़े वर्गों के लिए आरक्षण होना चाहिए। यह समाज के सामाजिक और शैक्षिक रूप से वंचित वर्गों के उत्थान करने और उन्हें राष्ट्र की मुख्यधारा में शामिल होने के योग्य बनाने का सबसे अच्छा तरीका है।

### आरक्षण उत्थान का औजार है

स्वतंत्र भारत के संविधान निर्माताओं ने मूल अधिकारों और नीति निदेशक तत्त्वों पर विचार करते समय अनुसूचित जातियों और जनजातियों के लिए कुछ विशेष सहायता का प्रावधान करने की आवश्यकता महसूस की क्योंकि वे सुदीर्घ काल से तथाकथित उच्च वर्गों द्वारा शोषण का शिकार थे। जबकि गांधीजी सहित अनेक नेता आरक्षण के पक्ष में नहीं थे, अनुसूचित जाति के नेता अंबेडकर ने इस पर जोर दिया। एक अन्य बँटवारा टालने के लिए संविधान में 10 वर्ष की अवधि के लिए अनुसूचित जातियों और जनजातियों के लिए आरक्षण शामिल कर लिया गया। भारत का संविधान 26 जनवरी, 1950 से लागू हुआ। तब से 73 वर्ष बीत गए किंतु आरक्षण अभी भी चला आ रहा है और जब तक वांछित वर्ग का पूर्ण उत्थान न हो जाए तब तक चलता रह सकता है। अब तो राजस्थान में उच्च जाति के गरीब वर्ग के लिए भी सरकारी नौकरियों में आरक्षण सुनिश्चित कर दिया गया है।

### अंत्यज युगों से शोषण का शिकार थे

भारतीय समाज जातिवाद के प्लेग से ग्रस्त है, जिसने समाज के विकास को बाधित

कर रखा है। सामाजिक असमानता और विषमता इतनी तीव्र थी कि इससे सामाजिक ढाँचा ही बेढंगा हो गया। कुछ लोगों को अमानवीय जीवन जीने के लिए विवश किया गया। घृणा इतनी गहन हो गई कि उन लोगों को अछूत घोषित कर दिया गया और अनेक प्रकार से शोषण का निशाना बनाया गया। इनमें से एक थी बँधुआ मजदूरी। अंत्यजों के साथ दासों का-सा व्यवहार किया जाता था। इस दशा में सुधार के लिए स्वतंत्रता के बाद कुछ कदम उठाने अत्यावश्यक थे।

## आरक्षण के प्रावधान वरदान सिद्ध हुए

सरकारी नौकरियों और व्यावसायिक संस्थानों में आरक्षण से अनुसूचित जाति, अनुसूचित जनजाति और अन्य पिछड़ा वर्गों के उत्थान में काफी प्रगति हुई है। निचली जातियों के लोगों ने समाज में प्रतिष्ठामूलक स्थान प्राप्त कर लिया है। उनमें से कई तो आई.ए.एस., आई.पी.एस., डॉक्टर, इंजीनियर, एक्जीक्यूटिव, प्रोफेसर, अधिकारी और राजनीतिज्ञ हैं। अब हालात वैसे ही नहीं हैं जैसे कि स्वतंत्रता के पूर्व के दिनों में थे या स्वतंत्रता के तुरंत बाद के समय में थे।

## लोगों के दृष्टिकोण में पर्याप्त परिवर्तन हुआ है

सामाजिक भेदभाव और विशिष्टता अब समाप्ति पर है। जाति की कठोरता बहुत हद तक ढीली हुई है। बड़े पैमाने पर अंतर्जातीय विवाह हो रहे हैं। उच्च जाति के लोगों की मानसिकता में तेजी से परिवर्तन हो रहा है और वे सामाजिक, आर्थिक और शैक्षिक सीमांत पर रहनेवाले लोगों का महत्त्व स्वीकारने लगे हैं।

## मंडल आयोग ने भी अन्य पिछड़ा वर्गों के लिए आरक्षण की सिफारिश की

आरक्षण का प्रभाव महसूस करते हुए वी.पी. सिंह सरकार ने 1990 में मंडल आयोग की सिफारिशें लागू करते हुए अन्य पिछड़ा वर्ग के लिए 27 प्रतिशत आरक्षण घोषित कर दिया। सरकार के इस कदम से सारे देश में भीषण रोष उत्पन्न हुआ। उन दिनों हड़तालें और आंदोलन आम हो गए थे। एक महत्त्वपूर्ण फैसले में उच्चतम न्यायालय ने प्रतिपादित किया कि आरक्षण सरकारी सेवाओं में विद्यमान रिक्तियों के 50 प्रतिशत से अधिक नहीं हो सकता। इसके अलावा अन्य पिछड़ा वर्ग की क्रीमी लेयर को आरक्षण के लाभ से वंचित रखा गया। यह कदम इसलिए उठाया गया था ताकि आरक्षण का लाभ अन्य पिछड़ा वर्ग के निम्नतम तबके तक पहुँचे।

## इसे जाति रहित समाज बनने तक जारी रहना चाहिए

आरक्षण के समर्थकों का विचार है कि इसे तब तक जारी रहना चाहिए जब तक कि जाति रहित समतामूलक समाज, जिसमें कि अंतिम व्यक्ति भी सम्मानित और स्वीकार्य हो, न बन जाए। जब तक ऐसा समाज नहीं बन जाता तब तक आरक्षण की प्रासंगिकता पर प्रश्न नहीं उठ सकता। इसके अलावा कई ऐसे नेता उभर गए हैं जिन्होंने आरक्षण के आधार पर ही अपनी राजनीतिक पहचान बनाई है और आरक्षण बढ़ाने की माँग करते रहते हैं, बावजूद इसके कि आरक्षण की सीमा 50 प्रतिशत निश्चित कर दी गई है।

## निष्कर्ष

आरक्षण की आवश्यकता स्वयमेव लुप्त हो जाएगी यदि शैक्षिक संस्थानों में पर्याप्त स्थान हो तथा चिकित्सा और इंजीनियरिंग जैसे व्यावसायिक शिक्षा के पर्याप्त संस्थान हों। नौकरी के अवसर सृजित किए जाने चाहिए। वर्तमान में भारत में सरकार सबसे बड़ी नियोक्ता है। एक बार बहुराष्ट्रीय कंपनियाँ नौकरी देना शुरू करेंगी तो सरकारी नौकरियों के लिए दीवानगी आनेवाले दिनों में कम हो जाएगी। लेकिन तब तक आरक्षण अनवरुद्ध चलते रहना चाहिए।

# विपक्ष

## प्रस्तावना

नहीं, सरकारी नौकरियों में अनुसूचित जाति, अनुसूचित जनजाति और अन्य पिछड़ा वर्ग के लिए आरक्षण नहीं होना चाहिए। इस तरह की नीति हानिकारक है और जातियुद्ध तथा राष्ट्र के विनाश का कारण हो सकती है।

## आरक्षण मूल अधिकारों के विरुद्ध है

अनुसूचित जाति, अनुसूचित जनजाति और अन्य पिछड़ा वर्गों के लिए आरक्षण जनता के मूल अधिकारों के विरुद्ध है। हमारे संविधान में जाति, धर्म, भाषा, विश्वास आदि को न मानते हुए कानून के समक्ष सबकी समानता की गारंटी दी गई है। सब समान हैं लेकिन आरक्षण का प्रावधान लोगों में विभेद पैदा करता है। उच्च पद के लिए श्रेष्ठता सूची में केवल जाति के नाम पर कम अंक प्राप्त करनेवाला व्यक्ति किसी उच्च जाति के व्यक्ति के विरुद्ध चुन लिया जाता है। क्या यह आरक्षण के नाम पर अन्याय, मूल अधिकारों का उल्लंघन और योग्यता का मखौल नहीं है?

## आरक्षण का उद्देश्य विफल हो गया है

आरक्षण की नीति वांछित प्रभाव छोड़ने में विफल रही है। आदिवासी और अनुसूचित समाजों ने वांछनीय प्रगति नहीं दिखाई जैसी कि हमारे उन पुरखों ने चाही थी जिन्होंने संविधान में आरक्षण की व्यवस्था की थी। आरक्षण का लाभ अधिकतर उन समाजों की क्रीमी लेयर के लोगों को मिला जो पहले ही शैक्षिक, आर्थिक और राजनीतिक रूप से जागरूक थे। दलित समाज के निम्न तबके तक इसके लाभ नहीं पहुँच सके।

## आरक्षण सत्ता हड़पने का औजार बन गया है

अब तो आरक्षण के विचार का अपहरण उन नेताओं ने कर लिया है जो अपने राजनीतिक स्वार्थ को सिद्ध करने के लिए आरक्षण नीति बनाए रखना चाहते हैं। वे आरक्षण के लक्ष्य के लिए मरना नहीं चाहेंगे किंतु आरक्षण के मामले को हवा देते रहने में कोई कसर नहीं छोड़ेंगे। अब तो आर्थिक आधार पर उच्च जातियों के निर्धन लोगों के लिए भी आरक्षण राजस्थान सरकार ने कर दिया है। यह भी उनके वोट आकर्षित करने के लिए है।

## न्यायिक व्यवस्था में आरक्षण खतरनाक सिद्ध हो सकता है

अब तो राजनीतक लोग न्यायपालिका में भी आरक्षण के बारे में बातें करने लगे हैं, जो कि अभी तक अपवाद क्षेत्र है। सामाजिक, राजनीतिक, आर्थिक, प्रशासनिक आदि सभी तरह की व्यवस्थाओं पर न्यायपालिका के नियंत्रण के विचार को ध्यान में रखते हुए इस क्षेत्र में आरक्षण नहीं लागू किया गया। एक बार न्यायपालिका में आरक्षण लागू कर दिया गया तो हमारी न्याय व्यवस्था का प्रासाद खंड-खंड हो जाएगा और जिसके भयंकर परिणाम होंगे। कुछ राजनीतिक दलों ने निचली जाति को वोट बैंक बनाने के विचार से इस मसले को अपने एजेंडे में शामिल किया है।

## प्रतिभा पलायन बढ़ रहा है

आरक्षण के कारण श्रेष्ठता के नियम को गंभीर झटका लगा है। श्रेष्ठ छात्रों के बजाय सामान्य और औसत दर्जे के लोगों का चयन हो रहा है। प्रत्येक क्षेत्र में गिरावट देखी जा सकती है और साथ में अराजकता और संभ्रम। इसकी वजह से बड़े पैमाने पर प्रतिभा पलायन हो रहा है क्योंकि योग्य लोग बेहतर अवसरों की तलाश में विदेश जा रहे हैं। अब समय आ गया है कि आरक्षण की नीति पर पुनर्विचार किया जाए और अंत्यजों के उद्धार के लिए कोई दूसरे उपाय सोचे जाएँ ताकि वे जीवन के हर क्षेत्र में अन्य नागरिकों के बराबर आ सकें।

## जातिवाद बढ़ रहा है

हमारा अंतिम लक्ष्य भारत में जातिरहित समानतावादी समाज का निर्माण करना है। संविधान निर्माताओं ने इसी लक्ष्य को सामने रखकर आरक्षण की व्यवस्था की थी। दुर्भाग्य से यह उपचार वांछित परिणाम नहीं दे सका। उलटे ये प्रावधान भारत की एकता और अखंडता के लिए खतरनाक सिद्ध हुए। आरक्षण का लाभ लेने के उद्देश्य से सभी जातियों में अपने को निचली जाति साबित करने की होड़ लगी है। जाति की जकड़न ढीली पड़ने के बजाय दिन-प्रतिदिन बढ़ती जा रही है। आज हम देश के प्रत्येक भाग में जातीय संघर्ष पाते हैं।

## निष्कर्ष

आरक्षण की नीति तत्काल प्रभाव से एक झटके के साथ समाप्त कर देनी चाहिए ताकि एक स्वस्थ प्रतिस्पर्धी और मजबूत समाज का निर्माण हो सके। निचली जाति के लोगों के बच्चों को उत्तम गुणवत्ता की शिक्षा प्रदान करनी चाहिए। चिकित्सा, इंजीनियरिंग, व्यवसाय, प्रबंधन आदि व्यावसायिक शिक्षा के संस्थानों की संख्या इतनी बढ़ानी चाहिए कि सभी प्रवेशार्थियों को प्रवेश मिल सके। यदि इन संस्थानों में उच्च शिक्षा के लिए पर्याप्त सीटें होंगी तो रोजगार के पर्याप्त अवसरों का सृजन निजी और सरकारी संस्थानों में होगा। एक बार लोगों की आदत स्वरोजगार की पड़ जाएगी तो सरकारी सेवाओं और व्यावसायिक संस्थानों में आरक्षण की आवश्यकता नहीं रहेगी। □

# 40

# कथन–क्लोनिंग : वरदान है या अभिशाप

## पक्ष

### प्रस्तावना

क्लोनिंग विज्ञान का बहुत बड़ा योगदान है और मानवता के लिए छिपा हुआ वरदान है। क्लोनिंग पहले विश्व के प्रमुख कथा लेखकों की कल्पना मात्र थी और 1997 में यह वास्तविकता में बदल गई। स्कॉटलैंड के रोजलिन संस्थान के वैज्ञानिकों द्वारा विश्व की प्रथम वयस्क भेड़ डॉली का क्लोन बनाया गया और तदनंतर पॉली और मॉली का सृजन किया गया। जनवरी 1998 में सं.रा. अमरीका में विश्व का प्रथम गाय का क्लोन बनाया गया। 44.1 कि.ग्रा. का यह बछड़ा राष्ट्रपति के जन्मदिन पर जन्मा अतएव यह उनके नाम पर जैफरसन कहलाया।

### उन्नत आनुवंशिकी की किस्मों का उत्पादन

क्लोनिंग की प्रक्रिया से बड़े पैमाने पर आनुवंशिक रूप से उन्नत किस्मों का उत्पादन हो सकता है। शोधकर्ताओं ने ऐसी आनुवंशिकीय उपचारित क्लोनिंग तकनीक विकसित की है जिससे ऐसी बछियाँ पैदा की जा सकती हैं जो मनुष्यों की दवाओं से दुग्ध उत्पादित करेंगी। शोधकर्ता ऐसी गाय को विकसित करने की प्रक्रिया में जुटे हैं जो मनुष्य के सीरम एल्ब्यूमिन का उत्पादन करेगी। एल्ब्यूमिन एक रक्त प्रोटीन है जो शरीर में द्रव स्थानांतरण को नियंत्रित करती है। इससे लीवर रोग, कुपोषण और अत्यधिक जले हुए मरीजों के उपचार में मदद मिलेगी। विश्व की प्रथम आनुवंशिकी अंतरित बकरी मिली भी एक अमरीकी बायोटेक कंपनी के शोध कार्यक्रम के दौरान अस्तित्व में आई। उसके दूध में एक चिकित्सकीय दवा होती है जिसे कोरोनरी बाइपास सर्जरी के रोगियों के लिए निकाला जा सकेगा।

## भारत में भैंस के बछड़े विकसित किए गए

हमारा भारत भी इस क्षेत्र में पिछड़ा नहीं है। करनाल डेयरी संस्थान के वैज्ञानिकों ने एक ही भ्रूण से कई समरूप भैंसों का उत्पादन किया। इस तकनीक से भारत को उच्च उत्पादकतावाली बछियों के उत्पादन में मदद मिलेगी जिनकी प्रतिरोधक क्षमता अधिक होगी।

## इससे विरल प्रजाति के पशुओं को बचाया जा सकता है

क्लोनिंग से हमें संकटग्रस्त प्रजाति के पशुओं को बचाने में मदद मिलेगी। बैंकॉक के महिदोल विश्वविद्यालय ने थाइलैंड के सफेद हाथियों की कम होती जनसंख्या की भरपायी का दस वर्षीय कार्यक्रम चलाया है। इसके अंतर्गत 19वीं शताब्दी के राजा राम तृतीय के मृत सफेद हाथी, जिसका शरीर सौ वर्षों से अधिक समय से अल्कोहल में संरक्षित है, का क्लोन बनाया जाएगा। दक्षिण कोरिया के वैज्ञानिक विश्व के सर्वाधिक संकटग्रस्त बिडाल जाति के प्राणियों जैसे बंगाल टाइगर आदि को क्लोनिंग के द्वारा पुनरुत्पादित करके संरक्षित करने की योजना बना रहे हैं। इस प्रकार बड़ी संख्या में पशुओं को मानवीय लालच का शिकार होने से बचाया जा सकेगा।

## इससे दूध और मांस की बढ़ती माँग को पूरा किया जा सकता है

क्लोनिंग के सफल प्रयोग से दूध और मांस के लिए पाले जानेवाले पशुओं का फार्म में उत्पादन किया जा सकेगा जिससे इन वस्तुओं की बढ़ती माँग को पूरा किया जा सकता है। संकटग्रस्त पशुओं को क्लोनिंग के जरिए बड़े पैमाने पर पैदा किया जा सकेगा। शीघ्र ही उन्हें फर, कंकाल और हाथीदाँत के लिए खेतों में पाला जाएगा। घड़ियालों, साँपों और शुतुरमुर्गों का सुंदर और आकर्षक वस्तुओं के लिए खेतों में पालन और जीते जी खाल निकालने का कार्य प्रारंभ हो चुका है। हमारे लालच के कारण ये पशु विलुप्तता के कगार पर पहुँच गए थे।

## मानव क्लोनिंग से अति मानव पैदा किए जा सकते हैं

इस मसले पर दुनिया भर में बहस जारी है। वेटिकन ने यह फैसला जारी कर दिया है कि मनुष्य जन्म मानवीय तरीके से होना चाहिए न कि प्रयोगशाला के पात्र में। लेकिन यह नकारात्मक और विकास विरोधी विचार है। मानव क्लोनिंग से अति मानवों का विकास होगा जो मानवता के रक्षक और संरक्षक की भूमिका निभाएँगे।

### निष्कर्ष

मानवता के समक्ष कई चुनौतियाँ हैं जिनका हमें सामना करना है। एक प्रमुख चुनौती है कि कैसे चंद्रमा और अन्य ग्रहों पर विजय पाई जाए। ऐसा तभी हो पाएगा जब अति जीवों की मदद ली जाए। इस प्रकार की मानव जनसंख्या को इस ग्रह पर मानवता की सेवा के लिए लगाया जाना चाहिए। आखिरकार सभी वस्तुएँ सदुपयोग और दुरुपयोग पर निर्भर करती हैं। यदि मानव क्लोनिंग का विकास किया जाए तो धरती पर मानव सभ्यता बहुत दूर तक जाएगी और जन्म का रहस्य टूटेगा। यदि मानव जन्म के रहस्य का उद्घाटन हो तो इसमें हानि क्या है?

## विपक्ष

### प्रस्तावना

क्लोन किसी जनक पौधे, जनक पशु का एकदम सटीक प्रतिरूप है जो कि उसमें से कोई अनुत्पादक सेल लेकर कृत्रिम रूप से विकसित किया जाता है। प्रमुख ब्रिटिश विज्ञानी ईयान विल्मर, जिन्होंने विश्व की प्रथम क्लोन भेड़ का निर्माण किया, ने कहा कि इस विधि का प्रयोग मानव क्लोनिंग के लिए भी किया जा सकता है। तदुपरांत इसके दूरगामी परिणामों का अनुमान लगाते हुए आरोपों का सिलसिला प्रारंभ हो गया। निश्चित ही यह अभिशाप सिद्ध होगा।

### पशु क्लोनिंग वांछनीय परिणाम नहीं दे सकी

यह मान लिया गया है कि इस तकनीक का प्रयोग निस्संतान दंपतियों के हित में और अतिमानवों के उत्पादन में किया जाएगा किंतु डॉ. जेम्स ग्रिफो ने कहा कि इस तकनीक का प्रयोग मानव क्लोनिंग के लिए नहीं किया जा सकता क्योंकि इसमें अनेक समस्याएँ निहित हैं। अकेले डॉली क्लोन को बनाने में सफलता प्राप्त करने के पहले 277 प्रयोग किए गए। डॉली की सही-सही जैविक उम्र के बारे में प्रारंभिक नतीजे बताते हैं कि उसके आनुवंशिक पदार्थ में बुढ़ापे के लक्षण प्राकृतिक रूप से जन्मे भेड़ के मुकाबले तीन गुना अधिक तेजी से प्रकट होते हैं। पशु क्लोनिंग के वांछनीय नतीजे नहीं प्राप्त हुए।

### मानव क्लोनिंग भी उतनी ही कठिन होगी

मानव क्लोनिंग उन क्लोन के लिए एक अभिशाप सिद्ध होगी जिन्हें कृत्रिम रूप से पैदा किया जाएगा। डॉ. विल्मर एवं अन्य अनुसंधानकर्ताओं का यह मत है कि मानव क्लोनिंग का भी वैसा ही हश्र हो सकता है जैसा डॉली के साथ हुआ। पूर्व अमरीकी

राष्ट्रपति बिल क्लिंटन ने मानव क्लोनिंग की जटिलताओं के अध्ययन के लिए एक जैव प्रौद्योगिकी परामर्शदात्री समिति नियुक्त की थी। उन्होंने समिति से इस प्रौद्योगिकी के विकास से जुड़े नैतिक एवं कानूनी मुद्दों की पड़ताल करने को कहा एवं मानव क्लोनिंग को अनैतिक मानते हुए इसके अनुसंधान के लिए अनुदान देने से मना कर दिया।

## मनुष्यों का जन्म मनुष्यों की तरह ही होना चाहिए

सर्वोपरि ईसाई धर्मस्थल वेटिकन सिटी, जिसने पहले टेस्ट-ट्यूब बेबी पर असंतोष व्यक्त किया था, ने कहा कि मनुष्यों का जन्म मनुष्यों की तरह ही होना चाहिए, प्रयोगशाला में नहीं। उनका यह मत था कि मानव क्लोनिंग मनुष्य की गरिमा, प्रजनन एवं वैवाहिक जीवन तीनों के ही विरुद्ध है। मानव क्लोन बनाने के प्रयास में मनुष्य ईश्वर बनने का निरर्थक प्रयास कर रहा है। इसने सारे देशों से मानव क्लोनिंग को प्रतिबंधित करने की अपील की। यूनेस्को ने अनुच्छेद 25 द्वारा 11 नवंबर, 1997 को व्यक्ति की गरिमा और मानव अधिकारों के संरक्षण के लिए मानव क्लोनिंग पर प्रतिबंध लगा दिया।

## क्लोनिंग द्वारा पैदा हुए मनुष्य समूची मानवता को अपने अधीन कर लेंगे

प्रारंभ में यह दावा किया गया था कि क्लोनिंग संबंधी प्रयोगों के सफल होने से पालतू पशुओं का बड़े पैमाने पर उत्पादन होगा जिससे अधिक मात्रा में दुग्ध उत्पाद व मांस प्राप्त होगा। लेकिन वैज्ञानिकों द्वारा इस तकनीक के दुरुपयोग की संभावना से सुपर मानव का विकास हो सकता है जैसा कि नाजियों ने सपना देखा था। आनुवंशिक रूप से गढ़े गए इन मनुष्यों द्वारा संपूर्ण मानव प्रजाति अपने अधीन की जा सकती है।

## निष्कर्ष

प्रकृति के नियमों को तोड़ने का कभी परामर्श नहीं दिया जा सकता क्योंकि प्रकृति का रोष समूची मानव प्रजाति के लिए तबाही बनकर टूट सकता है। मानवता के हित के लिए कुछ अनुसंधानों की जान-बूझकर उपेक्षा की जानी चाहिए। एटम बम के आविष्कारकों ने हिरोशिमा एवं नागासाकी पर इसके इतने बड़े पैमाने पर प्रयोग की कल्पना नहीं की होगी लेकिन परिस्थितियों ने अमरीका को द्वितीय विश्वयुद्ध के दौरान इसके प्रयोग के लिए विवश किया। इसी तरह मानव क्लोनिंग से पहचान के संकट से जुड़ी असंख्य समस्याओं का जन्म हो सकता है। साधारण मनुष्य और क्लोनिंग द्वारा पैदा हुए मनुष्य के बीच अंतर कर पाना कठिन होगा।

□□□